闲闲拾光
FREE time
闲·闲·拾·光

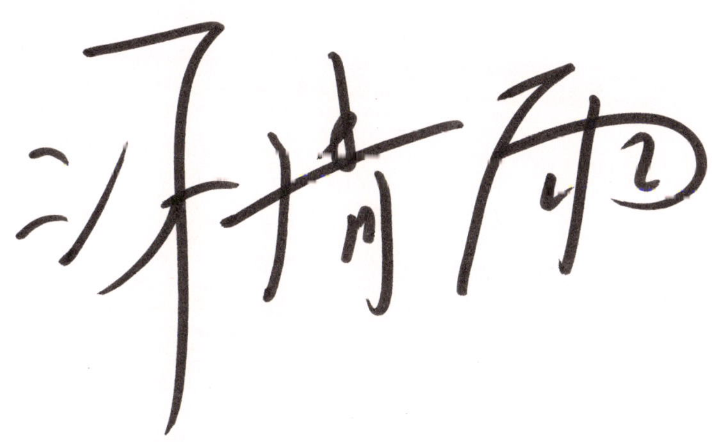

翅膀之末

（上）

沐清雨——著

文化发展出版社
Cultural Development Press

图书在版编目(CIP)数据

翅膀之末 / 沐清雨著. — 北京 : 文化发展出版社, 2018.9
ISBN 978-7-5142-2387-3

Ⅰ. ①翅… Ⅱ. ①沐… Ⅲ. ①长篇小说—中国—当代
Ⅳ. ①I247.5

中国版本图书馆CIP数据核字(2018)第159424号

翅膀之末

沐清雨 著

责任编辑:周 蕾
校 对:岳智勇
特约编辑:DORIA
装帧设计:好谢翔 谢臻昊
封面绘图:大大黑
版式设计:蚂蚁王国

出版发行:文化发展出版社(北京市翠微路2号 邮编:100036)
网 址:www.wenhuafazhan.com
经 销:各地新华书店
印 刷:北京美图印务有限公司
开 本:880mm ×1230mm 1/32
字 数:463千字
印 张:16.75
版 次:2018年9月第1版
印 次:2018年9月第1次印刷
定 价:68.00元
I S B N:978-7-5142-2387-3

目录

CONTENTS

楔子

我在梦里见过你

当你睁开眼睛迎接清晨的第一束阳光，那些趁你不备闯入脑海中的镜头，你可能不会想到，将成为你生命中一个永久的烙印，不仅仅是梦一场。

凌晨两点五十分，她坐在雷达站的席位上，进行对空指挥。

气象图显示，雷雨云团会在半个小时内覆盖整个机场。她抬头，透过玻璃窗看向外面，一道闪电如同一把利剑划破长空，从云间一路劈下来，直到天地边缘，用瞬间的光芒覆盖了云雨。

响雷阵阵，仿佛雄狮怒吼。这样恶劣的气象条件，是不适合飞行的。但此时此刻，他还在天上执行巡航任务。

短暂的静默过后，耳麦里传来他低沉冷静的声音："91255 到达预定位置，请指示。"

她下达指令："接收信息。"

他复诵指令，同时操作并汇报："开始接收信息，接收一切正常。"

她目不转睛地注视雷达显示屏，指示："保持航向，注意航速。"

他回应："收到。"

雷达站同步接收到信息，她根据上级指示下达指令："锁定目标，实施驱离。"

他发出第一次警告："编号 362 飞机注意，你已进入中国管辖空域。你必须立刻离开！"

波道中有片刻的安静。

接着，是他的第二次警告：“编号 362 飞机注意，请立刻离开中国空域！重复，立刻离开！”

然后是第三次警告：“编号 362 飞机，我已将你锁定，五秒后执行驱离。”

再之后，波道里忽然间一点声音都没有了，静得让人心慌。

她按捺不住，开始呼叫：“这里是雷达站，呼叫 91255。”

波道里寂静无声，像是通信中断。

她继续呼叫：“91255，听到请回答。”

波道里传来沙沙沙的干扰音，依然没有他的回应。

她的眼睛一瞬不离地注意雷达显示屏，目光锁定代表他飞机的光点，继续呼叫：“呼叫 91255，91255 请回话！”

十几秒过去，他才回应：“这里是 91255，雷达站请讲。”

她眼眶热得下一秒就会落下泪来，下达指令：“你已完成驱离任务，随时可以返航。”

不等他回应，波道里传来另一位飞行员的声音：“91255，这里是 56322，我奉命接替你机执行巡航任务，请返航。”

原本至此，只要他听从雷达站指挥绕飞雷雨，任务就能圆满完成。他会像以往飞机接地前那样，在波道里用他低沉的嗓音，在她耳边轻笑着说：“落地接你下班。”

波道里却再次沉寂下去，唯有窗外雷声轰鸣。

她有强烈不好的预感，正准备再次呼叫，以确认他那边一切如常，就听见他用与平常无异的声音说：“91255 收到，我已无法返航，请你们继续前进。重复，请你们继续前进！”

天空在这时裂开一道口子，豆大的雨点伴随着闪电倾泻而下，仿佛战场上密集的子弹，呼啸而来。她在强烈的电光中下意识闭眼，耳畔响起的却不是预期的雷声，而是飞机发生碰撞，战斗机坠毁的巨响——

轰！

“不！”她惊叫着醒过来时，大口大口地喘气，直到意识到是一场梦，绷紧的肩膀才垮下来。

仰头注视窗外星光璀璨的夜空，她确定且肯定，记忆没有遗失。甚至早逝的母亲的样子，她都记得清清楚楚。可为什么会有一种错觉——自己忘了很重要的人？

那，是谁？

寂静的深夜，没人回答她的疑问。而自那晚过后，原本睡眠质量很好的她，做梦的频率无故变高，梦境也越来越凌乱，直到……再也睡不着。

第一章

如果只是初相遇

在那些特定的镜头里，从来都只有梦和期待，以至她以为，命运的轮盘会一直遵循现有的轨迹运行，和他的结局就是所谓的曾经，无从改写。

G 市，中南集团总部多功能会议室里，正在播放一段来自网络的视频。

根据视频画面显示，事发地是机场候机厅，人群聚集的登机口处，身穿地勤制服的检票员解释了延误的原因，旅客还是拒绝登机，并在一名长相带有匪气的男性旅客煽动下声称：“机长不出面道歉，谁也别想飞！”

检票员强调：“航班延误是由于航空管制，与航空公司和机组无关，希望大家理解，不要迁怒机长，抓紧时间登机好吗？”

她不提“航空管制”还好，一提反倒让那名带头闹事的匪气大哥情绪更加激动，他的矛头瞬间指向了管制员：“也不知道那些管制员是干什么吃的，只顾自己方便，不拿我们旅客的时间当回事，控制飞机不让飞，他们能上天吗？”

有人开了头，有人就跟着附和：

“吃饱了撑的，闲得没事干。”

“就他妈拿着鸡毛当令箭。”

越说越不堪入耳，甚至还有人拿饮料瓶拍打柜台，一副要吃了检票员的架势。

一位女子在这时发声：“管制员又没得罪你，别有事没事骂爹骂娘砸东西！”

匪气大哥显然没料到会有人站出来，他气愤地问：“你谁啊？关你什么事？”

平稳干净的嗓音毫不示弱地回敬道：“知道我是谁你能自己飞上天吗？”言语间，一抹纤瘦的身影出现在视野里，她穿过人群走过来，站在挡住登机口的匪气大哥面前，“管制员和你没仇，强制飞机不让飞，当然是有原因的，地上跑的不也有被交警拦住，把路让出来的时候吗？怎么，天上飞的就不能有个特殊情况？更别说是天气所致！”

匪气大哥注视着面前矮了自己半个头的小女子，底气十足地辩驳：“不管什么原因，飞机延误，他们就得负责！”

“他们确实要负责，却不是因为延误和管制，而是为了确保你的生命安全！”女子丝毫不因身高差异有所畏惧，言语犀利，“受天气等因素的限制，航班延误是时有发生的事，你的直观感受是被耽误了行程，你所不知道的是延误过后航班量全部超流量，管制席位全开，各个波道还是极度拥挤的状态，你想快点飞，别的飞机也不想被迫降到其他机场，管制员需要时间协调才能把流量控制下来，否则满天都是航空器你怎么飞？往哪儿飞？不怕撞机，不要命了吗？”

百余字的一大段话，她一口气说完，中间连标点的停顿都没有，不仅语速快，说到最后一句时，气场更是陡然强势起来。匪气大哥被质问得一脸蒙逼，而原本像菜市场一样闹哄哄的登机口因她一席话安静下来。

寂静中，她语有不善地继续道：“被延误的心情可以理解，但别不分青红皂白就让管制员背锅，我们不是背锅侠！”说完用登机牌拍了下挡路的匪气大哥肩膀，语气有点横，“借过！”

不想吵吵，好想动手啊！

却不能打女人！

匪气大哥原地奓毛了几秒，一脸憋屈地侧身让路。

她走过去，把登机牌递给检票员。

检票员像见到亲人解放军似的说：“谢谢你。”

她边说“不用”边第一个走进廊桥，末了还偏头看了眼匪气大哥，状似友情提示，实则有点气人地说：“我看大家的手提行李都不少，如果登机晚了的话，行李架可能就满了。”

当背着双肩包、戴着棒球帽的身影在视线中消失，先前拒绝登机的旅客们纷纷拥向登机口。

视频在隐隐的“女子本弱，遇渣男则强”的玩笑话中结束，中南会议室里不知是谁低声说了句：“解气！”

坐在首位，高高在上的大 BOSS 顾南亭抿唇，半晌才唤了一声：“程潇。”

所有人都屏住了呼吸，视线落在会议室里唯一的女飞行员身上。

作为视频中被要求道歉的机长，身穿制服的程潇站起来，肩膀上代表责任的机长肩章在阳光下熠熠生辉。

顾南亭隔着众人注视她：“关于这段视频，程机长有什么想法？”

程潇以机长的角度和立场表示：“虽然航空管制导致的延误，责任不在于航空公司，但旅客出行心切，谁都不愿被延误，作为机长，我有义务带领机组向旅客说明情况，表示诚意和歉意，同时也分担地面的压力。”

对于她的认识顾南亭很满意，接过话题继续道：“当天空中只剩空客和波音的时候，拼的只有服务。中南作为中国四大航空公司之一，为旅客提供全方位、无缝隙的优质航空服务，是我们的宗旨。时值暑期高峰，我们要竭尽全力，让选择中南的旅客平安、准时地到达目的地。”

会议以机长程潇针对此次“道歉事件”提交一份报告而结束。当顾南亭走出会议室，程潇找他的助理要那段视频去了。

回到飞行部，程潇边回顾视频，边琢磨如何寻找“恩人”的下落，可要通过一个偷拍的连正脸都没有的视频确认一个人的身份，比开飞机难多了，尤其那个路见不平、拔刀相助的小女子还远在千里之外的深山里……清修。

三天后，A 市西山的千年古刹灵泉寺。

晨钟响起时，她推开禅房的门走进院子，纤瘦的身影被晨光笼罩。

日光轻暖，微风徐徐，再呼吸一口清新的空气，舒服惬意至极。

难怪现在越来越多的人选择归隐山林，她觉得再这样住下去，自己也想长伴青灯古佛了。不过，她自知六根未净，并不适合留在这里。于是，早早收拾好背包，准备辞别方丈后，就去机场赶飞机回 G 市。

经过藏经楼时，她走进去，跪在殿前的蒲团上，双手合十。

在这深山古刹，第一次虔诚地拜了三拜，然后听见有人问："施主是要离去了吗？"

她应声抬头，看见身穿僧袍的方丈静夜法师从内殿走来。她起身，朝行至近前的方丈躬身行礼："这几天打扰法师清修了。"

静夜法师面色平和，声音沧桑低沉："施主此行可有收获？"

她笑了笑，唇边的梨窝若隐若现："法师慧眼，自然看得出我是与佛无缘的人。尤其我以为，求人不如求己。"

静夜法师静静地端详着她，似是有什么重要的话要嘱咐，最后只是点化道："世间种种，佛祖自有安排。"说着把手中的一本经书递过来，像是早知道她会在这个薄雾的清晨离开，特意准备的送行礼。

她双手接过来，是一本手抄的《摩诃般若波罗蜜多心经》，那上面熟悉的工整峻秀的字迹，让她眼眶微湿。

短暂的沉默。

再抬头时，她向静夜法师致谢："谢谢法师提点。我虽不信佛，却不敢不敬。经书我一定会妥善收藏，不枉法师一片苦心。"

静夜法师点头："去吧。"

她鞠躬告辞，小白鞋踩在山间的青石路上，坚定有力。

八点钟的机场，已是人来人往，她顺利找到中南的贵宾休息室，脚步轻盈得完全不像是刚刚徒步下山的样子，她选了个角落的位置坐下，拿出背包中的书埋头看起来，临近十点，才收起书去值机柜台办理登机牌。

候机厅里，她站在窗前，习惯性地看云了解天气。

此时的机场上空，出现大量的絮状高积云，让那片明丽的蔚蓝色显得有些无序的乱。温暖的阳光不会让人质疑天气的晴朗，唯有她知道，这往往是雷雨的前兆。

所幸飞机准时起飞，只是机长广播针对后续将遭遇的颠簸说："女士们，先生们，根据气象观测，本次飞机全程都会经过雷雨区，所以整个飞行过程，嗯……会很有意思，请自行体会。"

如此与众不同的机长广播让客舱内静了几秒，然后许多旅客不约而同地笑了，甚至有胆大的旅客配合道："机长，来点刺激的！"

当然，也有胆小的旅客被吓尿了。比如，她旁边座位的女生，被机长广播唬得抓住她的胳膊不放，开口时声音里都带了颤音："我能握你的手吗？"

"行啊，我按分钟计费。"她本意是缓解女孩紧张的情绪，见对方一副要哭的样子，赶紧安慰，"我和机长一样，都是开玩笑的，全程免费，放心握吧。"

正在检查行李架的空乘闻言多看了她两眼，宽松高腰的白上衣，牛仔八分阔脚裤，恰好露出细白的脚踝，再配一双小白鞋，简单大方，清爽随意。

空乘都忍不住和她一起安慰被吓坏的女孩："我们机长具备丰富的飞行经验，一定会平安地把大家送到G市的，不要担心。"

与空乘对视一眼，她缓缓笑了。

云中飞行确实有些颠簸，指示灯亮起时，客舱中都是扣安全带的声音，而且全程没有一位旅客在过道中随意走动，甚至都没有人上洗手间，唯有邻座女孩不断加大的手劲，让她忍不住开玩笑道："你是在给我号脉吗？怎么样，我心跳快不快？"

女孩意识到自己掐疼了她，忙说："对不起。"

她活动了一下有点麻的手臂，女孩问道："你皮肤真好，是天生的，还是后天保养的？”

“……从小就这样。”

“真羡慕你，你看我，肤色暗黄，还总起痘。”

女孩盯着她白皙无瑕的脸，羡慕道：“你皮肤挺好的。”

“我擦了粉底啊，痘印都遮住了，要不没脸见人。”

“……你用的什么牌子的粉底啊？遮瑕效果还挺好的……”

“很亲民的一个牌子，你可能都没听说过……”

就这么东拉西扯了一路，直到女孩的脸上恢复了血色，她才喝了口水。

飞机安全着陆，接地时稳得完全不像是从空中降落，而像一直都行驶在地面上一样，女孩更是忘了要抓她的手。

当周围的人纷纷站起来开行李架，她才说：“飞机是目前全世界失事率最低的交通工具，据统计只有0.03%。而且中国航空公司的飞机也是世界航空公司中安全度较高的，所以，真的不用担心。”说着她指了指驾驶舱的方向，“这位女机长的飞行术也很靠得住。”

女孩笑着接了一句：“就是说话有点不靠谱。”

她笑了。

走到舱门时，空乘请她留步。

她不解，以目光询问。

驾驶舱舱门适时打开，身穿机长制服的程潇走出来，看到她的双肩包和被她拿在手里没来得及戴上的棒球帽，微笑着说：“终于找到你了。”

“找我？”注视着面前的美女机长，她微微蹙眉，“我应该没做干扰航班正常营运的事情吧？”

“当然没有。”程潇提示，“三天前，航空管制，航班大面积延误，旅客拒绝登机的航班，我是机长。”

她想起来了：“怎么了？”

程潇伸出手：“谢谢你为中南、为我的机组解围。”

原来是这样。她虽出于礼貌递出手与程潇握了握，却拒绝了这份谢意：

“那个大哥对管制的误解，才是我们争执的起因，如果无意中帮了你，不用谢，实属巧合。”她说完就要走，又想起什么似的停步，“坊间传程机长飞行术精湛，亲自体验过才知名不虚传，尤其是机长广播，”她注视程潇，评价道，“也很特别。”

“特别？”程潇显然不信，“我听着不像是夸奖。”

她忽地一笑：“其实我是想说，有点匪。”之后微微一点头表示告辞。

程潇记得未婚夫顾南亭曾评价她开车有点匪，不禁对着她的背影笑道：“这两人，怼人的调调都一样。”

空乘趁机批评她：“谁让你的机长广播那么唬人。”

“唬人？”程潇委屈巴巴，“换成盛远时就是粗暴了。”

见她走远，空乘提醒：“不问问你‘恩人’的尊姓大名吗？”

程潇举着手里的旅客名单：“一个和我准老公撞名的人，我已经做过功课了。”

空乘好奇：“她叫顾南亭？”

“她是空管中心的管制之花，姓南，名庭，叫南庭。”程潇一笑，“所以对于这位二老公，我准备以身相许了。”

被称作“二老公”的南庭，对于业内为数不多的，独立带机组的女机长程潇，也是有所耳闻，尤其此前在波道中相遇过，程潇清朗声线下沉稳的情绪，感染到了她，让她这个小见习生有信心指挥那些航路上的“老司机”。

至于怎么会多嘴去评价“偶像”的机长广播，是因为南庭想起了一位旧人，他的机长广播相比程潇，有过之而无不及。时隔多年，南庭依然清楚地记得他所有版本的广播。

就这样分了神，没注意到从哪里跑来两个小朋友，围着她追逐起来。南庭担心他们摔倒，边俯身说：“小伙子，快踩刹车，不然追尾了。”边伸手，准备把两人一前一后拉开。

小朋友却在“再乱跑就把你送人”的恐吓声中用力挣开她跑走了。

南庭被推了一下，惯性地向后退了几步，眼看着就要撞上滚动的平梯扶手。孩子的手劲并不大，即便撞上也不会有多疼，问题是，一旦南庭倒着踏上平梯边缘，一前一后两个方向的作用力下，很容易被带倒，大庭广众之下出丑事小，危险性很大。

腰间突然横出来一只手，用力一搂，轻巧地把她带离危险区域。

由于身上穿的是高腰宽松的上衣，这样一个简单的动作，对方的手指不经意就触到了她腰间的肌肤上。

明知是无意的冒犯，可那么敏感的部位被陌生人碰到，而且还是个男人——南庭的第一反应是：下次再也不穿这件衣服了。

对方却在她站稳的瞬间收手，并清晰地说了句：“抱歉。”显然对于意外的肌肤接触也有所察觉。

低沉磁性的声线，微微带了点温柔的语气，男人脚下未停，与她擦肩而过。

南庭的目光只来得及捕捉从头顶掠过的那只有力的手臂，视线里就只剩下一个笔直的背影。领口挺阔的白色衬衣，与闪着光芒的四道杠飞行肩章相得益彰，剪裁合身的黑色长裤，衬得男人身姿舒展、挺拔利落。

那个背影，正在打电话，南庭听见他语带笑意地说：“刚刚落地，发布会？来得及，不过我是不是应该先倒个时差……颜值担当？我什么时候需要靠脸吃饭了？”那个背影，被透过玻璃窗投射进来的日光拉长，南庭看着他，一步步走远，不曾回头，唯有他身后跟着的十几位飞行学员，纷纷回头看她，像是在嘲笑她的狼狈。

南庭伸手抚上后腰，觉得刚刚被他碰过的地方有些热。

手的温度，来自心里。

感谢的话再无从启口。

机场高速上，一辆白色的运动版揽胜果断超车，南庭的目光停留在揽胜并不陌生的车牌上，直到它在视线里消失不见，才继续和桑桎聊天：“我以为你会先问我是不是得偿所愿了。”

桑桎稳稳地打着方向盘，抬头在倒车镜中看了她一眼：“我有自己的判断，准确率还算高。”

之所以如此笃定，是因为她眸底闪烁的喜悦之意未加掩饰，结果却听南庭说：“这次你的情绪捕捉有误。”

桑桎多少有些意外，但还是安慰她：“既然和预想的一样，也不用难过。每个人的生活方式都不相同，与其强求，不如‘和而不同，求同存异’。”

“你这话和灵泉寺的法师说的话如出一辙，要不是知道你还走在相亲的路上，我会以为你有心皈依佛门。”南庭在后视镜中注视他，“只是，你真的不用特意跑一趟，机场对我来说，像家一样熟悉，更何况中南航空的机场快线在小区附近是有站点的，很方便。”这也是她选择中南航班出行的原因之一。

桑桎则说：“从心理学角度来讲，有人接机会比独自回家更让人心情愉悦。”

南庭也有属于她自己的坚持：“从经济学角度来讲，你驱车往返一次机场是资源浪费。尤其是你总这么关照我，会让我有种是你的病患的错觉，这种感觉无益于我的身心健康。”

对于她的伶牙俐齿，桑桎弯了弯唇：“你的健康状况非常不错，不用多想。”说着伸手拿起副驾位置上的一个文件袋，“体检报告出来了，所有指标都在线内。”

这对于南庭来说无疑是个好消息。

她接过来，笑了：“这下可以放开手脚干活了。”

桑桎失笑：“你的工作已经会令你比同龄人衰老得快，还想怎么放开手脚？”

南庭不以为意：“熬夜确实是女人的天敌，但我属于失眠一族，值夜班正好消耗我过于旺盛的精力。”言语间，她好心情地抚摩趴在身边的毛团，

“你说是不是啊，睡不着？”

“睡不着”是一只一岁半的柴犬，黄色白底的毛，挺直的小三角形耳朵，椭圆的眼睛，眼尾微向上吊，尤显机敏聪明。

提到睡不着，桑桎没追问她失眠的事：“我看它被你训练得很好，完全一副生活技能满分的样子，以为很好带，结果这几天我见识了它强大的破坏力。”

南庭倒不意外：“你是没按时带它去外面玩吧？”

桑桎讶异：“我家那么大，还不够它玩吗？”

“你家再大也大不过公园吧？”南庭抚摩睡不着的背毛，“它属于猎犬，需要一定的运动量和空间，你天天把它关在家里，它会烦躁，当然就乱叫乱咬地搞破坏了。”

与她狡黠的目光对视，桑桎无奈：“你怎么不提醒我？”

南庭回得理直气壮：“谁让你老是嫌弃它，从来不和它培养感情。”

桑桎苦笑：“我没有嫌弃它，我是认为你一个女孩子养一条猎犬容易被抓伤，尤其是它出门还会和别的犬斗殴。你不能否认，很多兽医和美容从业者都怕柴犬。”

“凶一点有什么关系？”南庭递出一只手，睡不着立即伸出一只前爪搭上来，吐着舌头，歪着脑袋看她。

南庭和它握手，继续说道：“我是个手无缚鸡之力的弱女子，当然要养一条凶一点的犬才有安全感。”说着挑眉示意睡不着，“凶一个给老桑看看。”

前一秒还乖巧可爱的睡不着闻言倏地抽回前爪，改扑到驾驶座的靠背上，朝桑桎“汪”了一声。

桑桎立即告饶：“停，我领教了。”

南庭抚摩睡不着表示安抚：“你要记住，老桑只是面上嫌弃你，内心和我一样，是对你不离不弃的。”

桑桎矢口否认：“我发誓不是像你说的那样。”

南庭也不介意他拆自己的台，径自对睡不着说：“他口是心非。”

桑桎哭笑不得，由于还有事，把南庭送到家，说好明天过来帮她搬家后，他就走了。南庭先打电话和新房东确认第二天拿钥匙的时间，再打给现任房东，告诉对方自己明天搬走，钥匙会放在保安室。

房东承诺会把该退的房款和押金打到她的账户里，随后又因卖房提前中止租房合约道了几句歉，便挂了电话。

南庭坐在沙发上，俯身对进了门就跟在她脚边的睡不着说：“只是把你送到老桑那儿借住几天，又没把你送给他，老跟着我干吗？自己去玩啊，睡觉也行。”

被“遗弃”了几天的睡不着却只是蹲在沙发对面的地板上，吐着舌头静静地看着她。

南庭看看时间：“是不是饿了？晚上吃鸡肉饭怎么样？”

睡不着颠颠地跑到茶几里侧叼了一袋粮食出来，一脸等主人喂食的乖巧。

“这有什么好吃的？跟着我混，不能这么没追求！”南庭把狗粮放回原处，提着先前在楼下超市买的食材进了厨房，用了半个小时，做了两份香喷喷的鸡肉饭，一份给睡不着，一份是自己的，一人一犬在西下的霞光中共进晚餐！

睡不着吃饱喝足没一会儿就跑过来咬南庭的裤角，南庭收拾完厨房，带它出去散步。

小区的花园里，有人在跳广场舞，还有人在打太极，两种不同步调的违和感似乎被偶尔穿梭于其中玩闹的小孩打破了。南庭坐在长椅上，眼睛看着睡不着和一只拉布拉多犬疯得正欢，大脑则在回想机场平梯前的一幕，微笑而不自知。

邻居阿姨远远地和她打招呼：“小南，好几天没见着你，又加班啦？”

南庭如实说：“没有，出了趟门。”

阿姨走过来在她身旁坐下，状似闲聊地问：“听说你在航空公司上班，做什么工作啊？空姐吗？”

“我不是空姐。”南庭没有过多地解释自己不在航空公司工作，只以玩笑的口吻说，“我专门负责舒缓飞行员的压力，陪他们聊天。”

“陪聊天？”阿姨听得一愣，又不知从何问起，于是换了话题，“今天送你回来的是你男朋友吗？”

南庭明白阿姨这是要当媒人，她默认似的“啊”了一声。

阿姨眼里的光顿时熄灭，客观地嘀咕了一句：“小伙子还挺精神的。”然后不死心地说，“分手了来找阿姨啊，阿姨这儿有现成的。”

“就不能盼我点好吗？”南庭几不可察地叹气，“真是个令人头疼的存在。”

结果阿姨听岔了，回应她说：“我确实有偏头痛的毛病哦。”

这种不同频率的聊天真的是……无以为继。恰逢睡不着跑过来，南庭站起来说：“玩够了我们回家吧。”

寂静的夜里，睡不着已经睡着，南庭打开笔记本电脑，在收藏夹中找到中南集团的官网。不无意外地，新闻中心页面最新更新了一则报道，内容是关于中南集团旗下子公司南程航空首航的新闻发布会。

报道中称，发布会在G市最豪华的超五星酒店空中宴会厅举行，与会人员除了媒体记者，还有本市的十佳旅行社、中南供应商和尊贵会员代表，而曝光的一张张奢华的现场图，更证明这是一场规格极高的盛会。

然而，那些关于中南集团终极BOSS顾南亭、南程航空总经理乔其诺的介绍与采访，都没能吸引南庭的目光，她的视线落在一张飞行员合影上，久久未移。最后，她把那张照片另存好，才点开标题为《王者归来》的视频。

那是中南飞行总队队长、南程总飞行师盛远时的专访。

镜头前，身穿飞行制服的男人眉宇间透出睿智与精明，面对记者提及的南程航空组建之初，集团总裁三顾纽约请他回国的话题，他谦虚又不失幽默地说：“有中南并购YG航空、未婚妻程潇在YG担任机长的前情做铺垫，顾总才三顾纽约，次数确实少了点。”

提到闻名民航界的女机长程潇，记者便多问了一句：“刚刚在发布会上，我们已经知道了，首航由您领飞，执行双机长执飞阵容，那么请问会是您与程潇搭组吗？”

盛远时略微挑起一侧眉峰，唇角勾起个淡淡的弧度：“为了请程机长出山，我可不止向顾总申请了三次，可惜，顾总舍不得未婚妻抛头露面，我只好重新点将。”

记者笑了，随后再问：“能否请盛总给我们介绍一下南程的飞行力量？”

盛远时调整了一下坐姿，从初时的浅坐到后来舒服的深坐，神情冷静内敛，有强者气势，回答道：“经过一年紧张高效的筹备，从飞机引进、技术人员的招聘培训等方面的配合，南程已于上个月月初完成运行前的所有准备工作，正式投入运营。从 G 市到 A 市的热门航线也将于下周一正式开航运营，我们的飞行总队……”

他们的飞行总队下设一大队和二大队，他作为飞行总队的队长，负责整个集团的飞行事务。所以，相比兼任的南程航空总飞行师的职务，他其实有高于总经理乔其诺的管理权限。而他今天下午才带领南程的最后一批受训学员从纽约抵达 G 市……

关于他的所有个人资料和回国这一年多来的近况，南庭都了如指掌。注视镜头前那双不羁中带着明媚的眼睛，她轻声低语：“七哥，好久不见。”

是夜，顾南亭为盛远时接风，乔其诺和程潇“作陪”。

南程航空首航在即，三个男人一碰面就聊起了公事，程潇独乐般吃得风生水起，当她第 N 次探身夹距离乔其诺最近的那盘菜时，乔总经理说：“老大，麻烦给你女人端过去吧，我有种和她抢食的罪恶感。”

顾南亭失笑。

程潇不满地回敬道：“明明是我点的我爱吃的菜，他却让服务生放到你面前，说他不是故意的，谁信？”

这个“他”一脸认真：“我倒是想把这一桌子菜都搁在你面前，搁得下吗？”

程潇扫了一圈菜，故意气他：“摞起来。”

乔其诺作为程潇的“姐妹淘”，也憋不住乐了：“反正一桌子女士菜我们也下不去嘴，就摞她面前吧。”

盛远时眉毛微挑：“等会儿我们吃消夜，选个女士不宜的地儿。”看向顾南亭，他笑问，“老大你陪吗？”

盛远时和程潇早在国外学飞行期间就相识，后又在 YG 航空做了三年同事，也正是因为有这样的前情做铺垫，顾南亭才得以把盛远时从外航请回来，而对于两人见面就掐的状态，他早已见怪不怪，但作为程潇的未婚夫，当两人发生“矛盾”时，他还是立场分明地站在未婚妻一边：“你俩差不多行了，我还在这儿呢。”

乔其诺与盛远时对视一眼，感慨：“都说了别和他们一起吃饭，顿顿狗粮消化不了。”

程潇还故意气人，小鸟依人般往顾南亭身边凑。

顾 BOSS 当然是享受的，盛远时则不疾不缓地揭程潇的短：“别以为老大没批评你擅自篡改机长广播，这事就过去了，小心回家和你算账。”

“什么机长广播？”顾南亭显然还不知道。

程潇没好气地反驳盛远时：“我已经很温柔了，换成你肯定更直接粗暴。”

盛远时也不否认：“如果是我，我会告诉乘客，全程经过雷雨区的飞行会很刺激，有心脏病史的请提前把药拿在手上，免得到时候来不及。”

乔其诺一口茶呛得脸都红了：“我是遇上了假飞行员吗？”

盛远时的机长广播多有个性是业内闻名的，顾南亭明白是怎么回事了，他给程潇夹菜，同时交代了一句：“别学他。”

盛远时无辜脸：“什么意思？”

乔其诺适时补一刀："说你把程机长给带坏了。"

本性如此，还赖他？盛远时眼明手快地从程潇筷子底下抢下最后一只她爱吃的皮皮虾，轻描淡写地说："有人把未婚妻拱手送去外航，怪我了？"

想到曾经被准岳父下战书，迫不得已把程潇送去外航的顾总，哑口无言。程潇毫不客气地拿筷子去打盛远时的手。

那位灵活躲开："我好歹算你半个师父，现在还是你的领导，你稍微对我友好一点，我保证你老公不会吃醋。"

程潇被他气得牙痒痒："早晚有人治得了你！"

盛远时一挑眉："拭目以待。"

晚饭后，盛远时没直接回家，而是驱车去了民航小区。

听到敲门声，齐妙抱怨："又不是没长手，不会自己开啊。"

"你也不见得比我少一只手，还不是照样丢钥匙？"盛远时说着从裤兜里掏出一串钥匙递过去，"这是最后一把备用的，再丢别找我，直接打开锁公司电话，我谢谢你。"

齐妙抬手捶他肩膀一拳："我是你姐，没大没小的？"

盛远时像拎小鸡一样把小表姐拎进屋："想让我叫你姐，没问题，先给我找个姐夫。"

齐妙挣开他的手，盘腿坐在沙发上："咱俩是有约定，谁先结婚谁称大，但在两人都没结婚的前提下，姐你得先叫着，谁让你磨叽，晚了一个小时出生呢，弟弟。"

盛远时懒得反驳，把给她打包的外卖放在茶几上，说道："不能换个舒服点的沙发吗？差钱找我舅，或者找我舅的外甥也行。"

"你舅的外……"齐妙差点被他绕进去，一个抱枕砸过来。

盛远时笑着接住："明天我喊个劳力帮你把对门的沙发搬过来。"

齐妙边吃外卖边含混不清地说："不用，对门我租出去了，明天搬过来，要不能让你半夜送钥匙吗？"

“万一我行程有变，今天没回国呢？”

“那就先把我这儿让给人家住。”

“房客是男的？”

“你什么意思？”

“否则你会这么主动献身吗？”

“姓盛的！”

盛远时也不理会她，起身时说：“是女的就行，怕你人傻吃亏。”

齐妙汇报房客信息：“小姑娘，二十四岁，单身未婚，等我观察一下，人好的话留给你。”

盛远时扔下一句：“不用着急管我叫哥。”就准备走。

齐妙叫住他：“明天不飞的话来帮个忙。”

盛远时马上猜到是什么事：“让我等房客来拿钥匙？”

齐妙义愤填膺地说：“从A市空降来一位‘师太’，通知明天加班。大周末的开会，你说变不变态？”

盛远时并不同情小表姐：“那你可以让我明天来，何必大半夜折腾我跑一趟？”

齐妙理所当然地说：“想你了呗，也就是你姐我，换别人谁惦记你？”

“这种折腾人的惦记，能少则少。”盛远时甩上门走了。

次日两人再碰面时，齐妙才起床，盛远时把早餐，确切地说是午餐，放到餐桌上，然后像田螺姑娘似的帮他姐收拾屋子。半个小时后，门口堆了几个垃圾袋，客厅则焕然一新，大理石地面光彩照人。

等齐妙洗漱完毕坐在餐桌前吃饭，盛远时问：“住在垃圾堆里的感觉还好吗？”

齐妙也不生气：“能将就。”然后问，“你回国后不就近住对面，不是嫌房子小，而是怕帮我打扫吧？”

盛远时没有否认：“我年薪不低，没必要兼职做保姆，尤其还没薪水拿。”

齐妙感叹了一句："这个家没有亲情了。"随后给房客打电话，通知对方："我弟弟会在这边等你拿钥匙。"

盛远时拿出笔记本电脑处理公事。

齐妙临出门时说："要是你有时间，顺手把对门也收拾一下呗。"

盛远时头也不抬地拒绝了："家务方面，我没有进步空间了。"

城市的另一端，桑桎依约过来时，南庭已经把她的全部家当搬到了单元门门口。

桑桎看看面前的几个大纸箱和一个拉杆箱，皱眉："既然说了帮你搬家，总要给我一个展示臂力的机会吧？"

南庭准备和他一起把行李往车上放："给你保存体力，等会儿好往楼上扛。"

桑桎伸手隔开她，自己把东西都搬上车："如果我没记错的话，新家是电梯房吧？"

南庭笑眯眯的："这不怕万一停电吗？"然后招呼睡不着坐上后座。

新租的房子是城西一座周边配套设施完善的小区，十楼，一室一厅，租金相比之前的多层当然要高，但由于距离小区二百米处正好是单位通勤车站点，还有地铁，她才咬牙租了。

桑桎开她玩笑："让睡不着少吃点，租金就有了。"

南庭注视脚边的睡不着："等我穷到吃土的时候，就把它炖了。"

桑桎无语，睡不着则仰头注视它的主人，还是一脸的笑嘻嘻。

到了民航小区门口，桑桎下车登记，一辆白色揽胜从对面的出口驶出，隔着墨色的玻璃，南庭看见驾驶位上的男人目视前方，会车时头都没侧一下。

尽管对方戴着墨镜，南庭还是一眼就认出来了，那个男人是盛远时。她下意识转过脸去，随后才反应过来，车窗是关着的，外面看不到里面。

桑桎上车时发现南庭靠在车椅上，手遮在脸上，他问："怎么了？"

南庭收手，坐正：“刚刚看到一位……同事。”

“这么巧？”桑桎并没多想，“我打听过，这个小区确实住了不少你们民航的业内人士，快称得上民航家属楼了。”

所以，他也住在这里吗？南庭忽然不知道该拿什么心情面对自己的乔迁之喜。

到了十楼，南庭敲自己租住的2号门，她以为房东的弟弟会在这里等她，结果开的却是1号的门。里面十五六岁的男生见到南庭一怔，隔了几秒才不情愿似的开口：“……姐？你是房客？”

南庭显然也是意外的，在误以为男生就是房东电话里说的等她来拿钥匙的弟弟后，她很快恢复正常：“叫姐不亏，我肯定比你大，不信翻翻租房合同后面附着的身份证复印件，如假包换。”

确认她是房客南庭无疑，男生挠了挠头发：“等我给你拿钥匙。”

桑桎一头雾水：“你们认识？”

南庭摇头：“到现在为止我只知道他姐的名字，也就是我的新房东，叫齐妙。”

桑桎眉心微聚。

南庭想起去A市那天，也就是旅客因航班延误要求机长道歉，拒绝登机那天，在候机时与男生的一面之缘。

当时她也是在看书，连身旁什么时候站了人都毫无察觉，直到对方主动开口：“小姐？”

她正好看到“复杂气象条件下机场管制的一般规定”，视线从“对流层、航空器、能见度”这些词上移开，她抬头，从对方的眼神判断出是在叫自己，才直起身子：“收到，请讲。”

男生笑起来：“是你的背包吧，可以挪一下吗？”

南庭没有因背包占了一个座位急于道歉，而是先环顾四周，确认周围确实没有其他空位了才说：“好。”言语间拿起双肩包随意地抱在怀里，再把书放在上面，继续看。

男生在她旁边的位置坐下，片刻后又开口了：“小姐？”

她头也没抬地说：“还有其他事的话，出于礼貌最好先叫我一声姐姐再继续，否则请保持安静，这里禁止大声喧哗。”说着，抬起手按了按书页。

她语气和缓，语速却快，男生反应了一瞬，嗫嚅道：“……对不起。”那声“姐”却没叫出来。

与男生的一面之缘就是这样，如果先前对方不是那么犹豫地叫了她一声“姐”，南庭几乎忘了两人还有这样一场交集。

“之前房东给我打电话，说她弟弟会在家等我来拿钥匙，但我没想到机场那个和我不沾亲带故的弟弟是人家弟弟。”南庭像煞有介事地叹气，“你说他姐会不会因为我乱认亲给我涨房租？”

桑桎难得开玩笑：“让房东发现你脑回路如此清奇，没准儿就不收你房租了。”

南庭抚胸口：“幸好我有睡不着，要不还不敢住了呢。”

睡不着适时“汪汪”了两声，以表达护主的忠心。

男生打开房门，和桑桎一起往里面搬东西，南庭见他欲言又止，主动开口：“你不用觉得尴尬，我没有误会你那天是在搭讪，我是不乐意听你叫我‘小姐’。”

男生挠了挠头发：“是我没礼貌了，可叫‘美女’好像也很不尊重人。”

“尊重？”南庭微微皱眉，“你我的年龄差，需要用尊老爱幼来描述吗？”

“不是不是，我的意思是……”

“行了，我懂。”南庭未语先笑，“虽然让你叫我‘同学’有扮嫩的嫌疑，但显然这个称呼比‘姐’和‘小姐’更容易取悦女人。齐小弟，多学着点，否则很难交到女朋友。”

齐小弟也笑了：“姐，你真有趣。”

“是夸我吗？”南庭挑眉，“下次直接说我长得好看，我会更高兴。”

桑桎发现今天的南庭有点不一样，似乎格外健谈，但他还是拍拍齐小弟的肩膀，替南庭解释了一句："这是她表达友好的方式之一。"

往书房搬东西的女人闻言轻飘飘地扔过来一句："我是看他面善，比较好欺负而已。"

齐小弟笑得心无城府："姐，我以后可以来找你的狗玩吗？"

睡不着作为那只被喜欢上的小狗，吐着舌头，歪着脑袋看着齐小弟，像是在替南庭回答："可以的可以的。"

南庭原本喜静，而且最近几年她也习惯了一个人，但她还是说："可以啊。"

齐小弟闻言高兴地蹲在门口和睡不着培养起了感情，末了还提出要求："姐，我们加一下微信吧？"

桑桎以为南庭会拒绝，毕竟，除了自己和几位同事外，她几乎拒绝交朋友，桑桎因此对她格外放心，当然，起初也有过担心，担心她越来越孤僻，结果南庭选择了管制职业，那个每天都需要与人交流的职业，而随着对工作的投入，她人也渐渐恢复了从前的开朗。

一切都在往期待的方向发展，只是朋友少而已，似乎没什么可担心的。

桑桎见南庭没有马上接话，以为她是拒绝的意思，正准备替她回绝，南庭已经报出了自己的微信号："幺三洞拐拐两幺拐洞……"

齐小弟像是没听懂，一脸的"碉堡"表情。

面对南庭的职业病，桑桎体贴地帮齐小弟翻译了一下："130772170……"

齐小弟"哦"了一声，低头添加好友。等他走了，桑桎帮南庭检查过水电，确认都没问题也要走："下午还有个约会，不帮你收拾了，剩下的自己搞定吧。"

南庭理解成了另外的意思，她从卧室里探出脑袋："相亲行程挺紧密啊。"

桑桎没有否认，而是说："我确实到了被父母催婚的年纪。"

南庭对此表示同情："那你只能以实际行动安抚四方民心了。"

桑桎没再多说什么。

睡不着自觉地跑过去关门，导致南庭没有看见桑桎临走前看她的那一眼。

把全部家当都整理好，已临近傍晚，南庭去楼下超市采购吃食，回来时在电梯里遇见一位打扮时尚的美艳女子。见她按了十楼，对方摘下墨镜肆无忌惮地打量她："南庭？"

南庭注视她生得好看的眉眼："齐妙？"

齐妙一挑眉："前段时间忙，合同都是通过中介走的，今天你搬来了，我正打算上去认认人，也认认你的狗。"说话的同时俯身，她注视南庭旁边的柴犬："可以摸摸你吗？"

南庭介绍道："它叫睡不着。"然后对睡不着说："和我们的新房东握个手。"

蹲着的睡不着顺从而友好地伸出一只前爪。

"我猜你和我一样爱睡懒觉，你主人取笑你才给你起名睡不着的，对不对？"齐妙握了握睡不着的爪子，末了还摸了摸它的脑袋，"挺乖的，看来不会扰民。哦，对了，我弟弟没嫌弃它吧？他那个人，有点洁癖，你别介意。"

南庭完全不认为齐小弟有洁癖："他挺喜欢睡不着的。"

"哦？"齐妙觉得自己发现什么了，"那倒挺难得。"

南庭表扬齐小弟："他还帮我搬了东西，是个勤快又可爱的人。"

"可爱？"齐妙无法把"可爱"这个形容词和盛远时联系起来，但作为姐姐，她当然也觉得自家弟弟天下无敌最可爱，尤其盛远时确实很勤快，于是她说："我弟弟特别有女人缘。"

齐小弟……一个小屁孩有女人缘？南庭差点憋不住笑出来。

齐妙粗线条地以为南庭是出于女孩子的矜持才没继续夸奖盛远时，也不好王婆卖瓜下去，到达十楼时，她边开门边说："你比我小，以后可以叫我妙姐。"

南庭实话实说："看你面相，有点担不起那声姐。"

齐妙眉开眼笑："小妹妹嘴真甜，我喜欢你。"

南庭赞她："我也喜欢你的审美。"

齐妙腹诽：挺有意思的小姑娘。到家后，她先给盛远时打电话："你不讨厌狗了吗？"

盛远时刚从机场出来，正在开车："我对狗毛过敏，你说我讨不讨厌它们？"

齐妙不解："你不会真的看上我的小房客了吧？虽然我也觉得她挺漂亮的，但一见钟情这种事，我还是认为不靠谱，况且，你不该是以貌取人的人。"

盛远时不答反问："这是对我的褒奖吗？"

"以你的智商，应该听得出来。"齐妙把南庭的话转述给他，"我房客说你很喜欢她的狗，还夸你勤劳可爱，是我听错了吗？"

"你房客养狗？"盛远时在电话那端皱眉，"我以后尽量少去你那儿。"

"别呀！难道要让一条狗成为咱们姐弟的第三者吗？"齐妙有点糊涂了，"是你亲手交的钥匙？"

盛远时就明白了："她说的是齐正扬。公司有事，我先走了。"

所以在不确定南庭几点能来的情况下，盛远时把正放暑假的齐正扬叫来交的钥匙，结果他刚走到门口，南庭就到了，这才有了小区门口相遇的一幕，只不过盛远时并没有看见南庭。

"原来是这样。"齐妙恍然大悟，"我就说你和勤劳、可爱沾不上边。"

盛远时笑："嗯，勤劳、可爱的那个是我们的侄子。"

没错，齐小弟大名为齐正扬，齐妙不是他的姐姐，而是他的姑姑，盛远时则是他的小叔，姑姑、小叔有事，可怜的侄子当然只能随叫随到。"童工"什么的，谁小时候没当过？

次日，盛远时去往机场做飞行前的准备工作时，南庭恰好带睡不着跑步回来。她自己动手做了早餐，一切收拾妥当出门，还不到七点。通勤车上，同人们今天的话题都是与南程首航有关的：

“南程新建成的贵宾候机厅和专属值机柜台今天投入使用了吧？据说还请来了局方领导为首航客机剪彩。”

“中南是业界老大，旗下子公司开航动静当然要大。”

“听说姓盛的总飞行师不仅能飞战斗机，还能做专业性很强的高难度动作，才三十岁吧，已经飞了快十年！”

“原来是个军转民。”

“是不是军转民不知道，但出身空军世家是肯定的，所以，人家是在军用机场长大的。”

“难怪那么牛！不过，这么年轻的总飞行师，也是够那些老头子喝一壶的。”

“中南就是有魄力，敢起用这么年轻的飞行员做总飞行师。”

“盛远时做过中南‘第一夫人’，就是那个女机长程潇的飞行教员，这次受聘于中南，是以从外航带回的飞行团队为投名状的。”

“难怪顾南亭那么看重他，把近千人的飞行队伍交给他带。”

“不过业界对他的评价也是褒贬不一，有人说他是飞行奇才，百年一遇；也有人说他恃才傲物，不可一世。”

“人家打娘胎里出来，就没想做个合群的小孩。”

“怎么讲？”

“盛气凌人呗！”

“男人就是要狂！”

在同人们的议论声中，南庭静静地看着车窗外倒退的街景，一言不发。

半个小时后，通勤车在机场内的一栋大楼前停下。这栋大楼是机场内的最高建筑——塔台。塔台顶楼四面都是透明的窗户，拥有360度的视野，以确保航空管制员们能够监督和控制飞机起降。

南庭是一名即将放单的塔台管制员，就在这里工作。做完交班准备，给师父泡好茶，她站在窗前，俯瞰偌大的机场，以及场内那架抢眼的红蓝交映的远程宽体客机。

根据进程单显示，这架客机的航班编号是NC1015，目的地A市，预计UTC（协调世界时）02:00，也就是北京时间的十点整从本场起飞。所以此时，NC1015次航班已经停在了候机楼前，于廊桥对接完毕，航站楼里南程航空的专属值机柜台正在办理登机手续，而身为首航机长的盛远时也带领他的机组成员现身。

笔挺的飞行制服，在阳光下熠熠生辉的机长肩章，稳健有力的步伐，如劲松般笔直的身形，都让踏上红毯的男人有种睥睨天下的骄傲，而他身后的外籍飞行员也是首航的亮点之一。

阳光和煦，微风乍起，被涂抹得一片湛蓝的天空，成了他们的背景。

媒体被阻隔在安全距离之外，摄像器材却全部聚焦于一点。

盛远时作为领飞机长，与顾南亭、乔其诺以及局方领导一起为首航客机剪彩。头顶的阳光柔和，洒下一片金色，镜头前的男人，五官深邃，目光如炬。

当机组在万众瞩目下登机，塔台上的南庭正在席位上进行指挥：

“海航1359，立即起飞，否则脱离跑道。”

“明航3312，你的起落架没有收上去。”

“新锐5126，进跑道09等待，你是第二个。”

终于，在早高峰到来时，一道久违的声音在波道中响起：“G市塔台，南程1015，无线电检查，128.6。”

她的世界，在这一刻静止。

明明不是第一次在波道中遇见，明明是事先得知他今日首航，才刻意申请到上席位指挥的机会，然而，当盛远时辨识度很高的声音近在耳畔时，南庭竟忘了反应。

站在她身后，负责监督指挥的主任管制应子铭与她的话筒相连，发现南庭卡壳，他本该马上接过指挥权，可南庭是他一手带出来的、最得意的徒弟，此刻没有任何特殊情况，他不认为她有什么应付不了，便没有马上说话。

飞机上的盛远时以为塔台没有收到信号，原话重复了一遍。

南庭依然没有反应。

应子铭才出声："南程 1015，G 市塔台，我听你三个，背景音刺耳，请调整你的发射机，并给我一长呼。"然后把手覆在南庭肩膀上，问她："怎么了？"

南庭侧头看他，眼睛里隐隐流露出一点点的不确定和柔弱。

她第一次上席位时都没有表现出这样的怯意。应子铭正准备让她下去休息，盛远时那边已经重新调试了无线电，再次要求通话检查。

南庭迅速调整呼吸，适时给出回应："南程 1015，G 市塔台，信号清楚。"

尽管声音不是很稳，应子铭也没再说什么。

结果，波道里突然安静下来，像是对方……卡住了。

怎么会？他不可能听出她的声音，否则半年前他就会发现。南庭认定是自己想多了，果然，仅仅是几秒后，盛远时声音无异地继续通话："南程 1015，请求推出开车。"

在应子铭的注视下，南庭给出开车指令："同意推出开车，滑到 A1 等待点。"

片刻，盛远时熟悉的声线再次传进耳里："南程 1015，仪表飞行规则，目的地 A 市，请求离场条件。"

南庭努力收敛情绪，尽可能地让声音听上去无波无绪："南程 1015，离场跑道 17，地面风 280，6 米每秒，修正海压 1025，跑道视程……"

盛远时按规定复诵，随后申请起飞指令。

"南程 1015，通播 B 有效，可以沿计划航路放行至 A 市，使用跑道 17 离场，航路上申请巡航高度层 9800 米，应答机 5310，离地后联系进近 123.7。"给出这道指令，南庭摘下耳机起身。

旁边席位的大林在应子铭的示意下接过指挥权。

塔台上，南庭看着那架由盛远时操纵的航空器腾空而起，在不远处昂头冲入云霄，默念：“起落安妥。”

9800米的高度层，飞往A市的南程1015次航班平稳地飞行着。广播响起，低沉磁性的声线在客舱中扩散开来：“女士们，先生们，我是本次航班的机长，利用开餐前的几分钟做一个机长广播。今天是南程航空首航的日子，关于南程，它不仅仅是隶属于中南集团的一家子公司，还蕴含了一份爱情的信念。五年前，中南航空还只是国内十大航空之一；五年后的今天，它是当之无愧的业界龙头。在短短五年时间里缔造了这个传奇的男人，就是中南集团现任总裁顾南亭先生。”

这似乎不是一则普通的广播，而是一个励志的故事。客舱里安静下来，大家都在侧耳倾听。

“当年，顾先生为了获得岳父的认可，曾立下军令状，承诺在三年内并购一家外航。这对当年的中南而言，是以卵击石的不自量力。但他做到了。为了纪念他与未婚妻程潇这段披荆斩棘的爱情，他把并购后组建的新公司命名‘南程’。所以，这个故事告诉我们：人可以任性，但一定要先让自己牛逼起来。”

客舱内顿时笑声四溢，连正在准备餐食的乘务长也说：“盛总的机长广播果然名不虚传，独具个性。”

她身边的年轻乘务则是一脸崇拜：“盛总不仅飞机开得好，人长得帅，还那么幽默，简直就是男神光环自带。”

乘务长善意地提醒：“花痴可以，千万别动真格的。”

“越是优秀的人越难染指的道理我懂。”年轻乘务叹气，“大白天的，我当然不会做梦。”

乘务长刚要表扬她明智，又听她说：“可我控制不住我自己啊。”

乘务长只好控制住自己，继续听广播。

“在此之前，您或许听到过很多关于‘南程’故事的版本，但我负责地告诉您，今天的这个版本是最接近真相的。作为首航机长，我有义务让各位了解南程，以坚定您日后出行的选择。最后，我代表南程和全体机组人员，感谢您乘坐我们的航班，给了新生的南程在民航界一席立锥之地。接下来请您享用我们为您准备的午餐，不过，您最好不要问我们的乘务员，咖喱鸡饭好吃还是红烧牛肉饭好吃，因为尽管我们的航空配餐师使出了浑身解数，但是受时间和数量限制，餐食口味也是不尽如人意。反正再难吃，也有我的机组成员陪你们一起，所以，你们不是一个人在战斗。”

中文广播结束后，又是一遍发音纯正的英文。

认真地听完，共同执飞的外籍飞行员Benson才用很流利的中文揭穿他：“你的餐食明明是单独的。”

盛远时还在回忆波道里那个声音，闻言淡淡地说：“所以我说的是‘我的机组成员’，而非‘我和机组成员’。”

Benson惊讶的表情很是夸张：“中文真是太复杂、太强大、太难了啊！”

盛远时透过驾驶舱的风挡玻璃，注视着外面流动的云：“中国历史悠久，中华文化源远流长，你好好学吧。”

Benson耸肩：“跟着你，我一直没有放弃学习。”

盛远时收回目光瞥他一眼：“那就对了，否则我会把你踢回纽约。”

Benson一副宝宝委屈的样子：“我才不回纽约，我还要娶个像……”他欲言又止，小心地看了盛远时一眼，才继续，“我还要娶个漂亮的中国姑娘做媳妇儿。”

盛远时看似没听出什么，神色如常，眼神平静：“再漂亮，时间长了也会看腻。”

Benson有不同意见：“可你们不是有句话叫‘爱江山更爱美人’吗？”

盛远时慢条斯理地反驳他：“我们还有一个成语叫红颜祸水。”

Benson无言以对，聚紧的眉心，不知道是代表没听懂而困惑，还是表示听懂了更困惑。盛远时看着面前这个自己一手带出来的小老外纠结的脸，眼底终于有了一丝笑意，暂时放下对那道女声的追究，专注于飞行。

乘务长在这时打来电话："盛总，您和 Benson 机长的午餐准备好了，现在送进来吗？"

通常机长和副驾驶是不会同一时间用餐的，盛远时回复说："把 Benson 机长的餐送进来吧，我落地再吃。"

乘务长还是送了两份餐到驾驶舱："这份是餐饮中心特意为您准备的。"

盛远时看都没看："给 Benson 机长吧。"

他是总飞行师，餐饮中心单独为他准备餐食实属正常。可那么精致的餐盒，好像就不是机长的标配啊。Benson 连连摆手，本想说无福消受，结果说成了："我消受不起。"

盛远时的声音里有散漫的笑意："虽然我谦虚地对乘客说，我们的餐食不尽如人意，但餐饮中心也是有撒手锏的，Benson 机长就不想尝尝？"

中南的餐饮中心有厨艺最棒的航空配餐师，他们出品的餐食，色香味俱全，尤其 Benson 又那么爱中国菜，于是，他试探地说："要不我替你尝一口？"

乘务长忍笑把餐盒递给 Benson："我不会告诉何子妍是你吃的。"言外之意，这份餐食是何子妍亲自为盛远时做的。

盛远时继续喝水的动作，情绪看上去没有任何波动。

何子妍是餐饮中心的头牌配餐师，Benson 实在拒绝不了这样的美食诱惑，但等他吃完整盒，盛远时轻飘飘地丢过来一句："还是要让何子妍知道的，免得她误会。"

这是什么圈套吗？自觉上当的 Benson 忽然想回纽约了。

区调这时在管制波道中呼叫："南程 1015，9800 米飞机较多，你能接受 11300 米吗？"

盛远时眼底的笑意犹在："只要你给我许可，我还可以飞得更高。"

阳光温暖地落在他眼角眉梢，柔和了那硬朗的侧脸线条，显得整个人随意温和。Benson 收起玩笑之心，配合他在区调指挥下升至 11300 米的高度层。

北京时间十二点十五分，南程 1015 次航班顺利着陆 A 市机场。

旅客下机前，机长广播再次响起：“女士们，先生们，我们比预计时间早到了十五分钟。如果您下次搭乘南程航空的航班遭遇短时间的延误，我们就扯平了。再会。”

有旅客呼应广播：“再会，机长先生。”

也有旅客笑言：“真是位会算计的机长。”

首航就在这样愉快、轻松的氛围下完成了，机组经过一番准备后，重新开始迎客、返航。

夕阳西下，晚霞满天，当进近把航班交接给塔台，盛远时在管制波道中申请：“G 市塔台，南程 1016 首航返航，请求低空通场一次。”

低空通场是飞机表达敬意的一种方式，一般只在航展、军事飞行等相对特殊的情况下才会进行的一种航空礼仪和训练。由于飞机要在飞行过程中从机场跑道上空飞过，就要求飞行员的视线一直在外面，目测高度，非常考验飞行员的判断力和技术。显然，南程航空是要用这种方式庆祝首航圆满，以此展示做过国产大飞机试飞员的盛远时精湛的飞行术。

南程航空提交飞行计划时已提前报备，空管中心已有准备。根据现有净空条件以及机场使用规则，持续做了小半天心理建设的南庭指示：“南程 1016，可以低空通场，跑道 26，不低于 150 米，三边报。”

盛远时耳力很好，瞬间听出是上午出港时那道清脆悦耳的女声，他神色平静疏离，心中却无声震动：“跑道 26，不低于 150 米，三边报，南程 1016。”

片刻，那架喷有“中南南程”字样的航空器呼啸着飞越塔台时，姿态优雅地歪了一下机身，站在管制大厅窗前的应子铭对席位上专心工作的管制员们说：“南程在向我们表达谢意。”

南庭注视 1016 次航班在跑道上空如金翅大鹏鸟般振翅翱翔，在空中留下一长串白色的凝结尾迹，然后平稳接地，她给出最后的指令："南程 1016，沿滑行道 C3 滑到停机位 12。"

盛远时复诵完毕后，又听她说："恭喜首航圆满，盛机长，再见。"

盛远时的声音冷静、克制："谢谢，再见。"

当飞机稳稳地停入指定的停机位，盛远时做最后的机长广播："女士们，先生们，飞机下此时有很多媒体朋友为等待我们的返航，站得腰酸腿软，为了能让他们早点回去交差，请左边的旅客别急着开行李架，先向舷窗外挥挥手，配合媒体拍照，与南程共庆首航圆满的同时，顺便体现一下目前航空业的景气程度。"

机下等待的媒体在接收到机长手势后，把镜头对准了机身的舷窗，拍下了众多旅客微笑着挥手的珍贵一幕。

驾驶舱内的盛远时却只是望向塔台，久久不语。

庆功晚宴上，程潇针对低空通场调侃盛远时："盛总那个歪机身的动作，帅得我不敢直视啊。换成顾南亭，我肯定以为他在向我示爱。"

盛远时那双眼，沉静无波："你怎么知道我不是借此在表达什么？"

"表达什么都不会是爱意。"程潇嘲笑他，"你一直站在被我伤害的单身狗行列，以为我不知道？"

盛远时也不解释："我还知道，你不是个爱惜小动物的女人。"

"小动物？别把自己比喻得那么纯良、可爱好吗？谁不知道谁！"程潇低头抿了一口红酒，"听说你在首航的机长广播里，消费了我和顾南亭的爱情？"

盛远时神色坦然："明明是发挥你们的余热。"

程潇故作惊讶："难道这是我们仅存的剩余价值？"

"不会。"盛远时毫无诚意地安慰她，"整个民航界还在翘首以盼你和顾总的婚礼，甚至有人猜测你们是不是会举行一场空中婚礼。"

“空中婚礼？我们钱多烧的啊？”程潇注视他抬眼间的不动声色，忽然想到一个人，“你还是孤家寡人对吧？”

盛远时微微蹙眉：“思维跳跃这么快，是在打什么坏主意？”

程潇一脸无害：“有顾南亭在那儿，还不相信我的眼光吗？我告诉你我最近认识了一个新朋友……”

盛远时看着她。

“我说正经的呢。”想到南庭的职业，程潇更觉得两人浑身都是戏，“那妹妹黑发如瀑，肤色如雪，腰身细软，曲线玲珑，总之就是一个貌美如花。”

这略带“风尘”味道的评价……盛远时讶然：“我的择偶标准什么时候那么肤浅了？”

程潇一语道破天机：“那明明是你们男人亘古不变的专一！”

盛远时失笑。

“不说话我可当你默许了。”程潇杵他胳膊一下，“等我回头给你安排，我们得自然点，别搞得像相亲似的……”

盛远时低头看着手中的酒杯，再抬头时，眼眸平静：“我有喜欢的人。”

这回程潇是真的惊讶了：“真的假的？什么时候的事？你发誓没开玩笑？”

盛远时不动声色地看着她：“我什么时候开过这种玩笑？”

他漆黑幽沉的眼睛里有深邃不可辨的情绪，这样的盛远时，的确不像在开玩笑。

“你竟然有喜欢的人！”一想到这个被喜欢的人不是自己的新朋友，程潇居然有些接受不了，她负气地说，“我敢保证，你错过了一个亿，等我把人介绍给‘咖啡’，让你后悔。”

“咖啡”是乔其诺的绰号，盛远时是知道的，他闻言淡淡地道：“我等着看乔总如何感谢你的美意。”

深夜，盛远时写完飞行总结，随手打开自己实名验证的微博，在无数的艾特中看见一位航空摄影师最新更新的一组南程首航班机归航的照片，回想起先前在庆功宴上，程潇关于低空通场的调侃，他脑海里不自觉浮现出与波道中那个熟悉的女声初相遇的情景——

那是半年前，盛远时完成国产大飞机试飞任务后，开始执飞中南国际航班期间发生的事。那段时间，盛远时不仅要负责整个中南集团的飞行事务，还要兼顾正在组建的南程航空的飞行员选拔和培训，以及执飞中南的国际线航班，忙得不可开交。

连顾南亭都觉得过意不去，要取消他的排班，让他只专注于南程的筹建工作。盛远时却坚持要飞，他说："你请我来做总飞行师，我就要对得起你赋予总飞行师的职权和薪水，并用实际工作成效让那些不服气的家伙闭嘴！否则我真的没办法保证，哪天在面对那些笑里藏刀的人时，会不顾身份地分分钟碾轧了他们。毕竟，我引以为傲的自控力有多不堪一击，我心里有数。"

如果不是局方有严格的航时限制，凭他那固执的姿态，顾南亭都以为他要日夜兼程地连轴飞了。这个比自己年轻时更拼的男人，让顾南亭意识到，曾经不惜一切代价，只为把他争取回国的举动，异常值得。

一个静谧的清晨，盛远时执行苏黎世直飞 G 市的返航航班，飞机进入着陆阶段时，他发现起落架指示灯显示异常："G 市塔台，中南 8677，我起落架指示灯不亮，申请中止进近，低空通场进行目视检查。"

一道女声出现在波道中，她说："G 市塔台收到，中南 8677，嗯，稍等……"

管制员说"稍等"，通常是在思考的意思，而她那个停顿的"嗯"字，让盛远时这位"老司机"意识到，和自己通话的是个业务生疏的见习。

起落架指示灯不亮，代表起落架未放下，飞机无法进行正常着陆，是很严重的特情，任何飞行员遭遇这种特情，心情都不会好，盛远时却沉稳冷静地回复："中南 8677，听你指挥。"

本以为至少要等一会儿，然后换一位放单的管制员协助他进行低空通场检查，结果，再次发来指令的依然是她："中南 8677，在跑道 26 左侧，保持 200 米通场，我将保持与你联系。"

盛远时执行指令，进行通场检查。

飞机通过后，女见习在波道中告诉他："中南 8677，我观察你三个起落架正常放下，地面机务也观察到正常放下，但是否锁定，我们无法确定。"

她之所以让他稍等，是在指挥其他飞机为他让路，以及通知机场机务到跑道边观察飞机起落架收放情况，而她自己也在塔台用望远镜观察，更是在短短的不足一分钟的时间里，调整好了情绪。盛远时意识到，这位管制员的心理素质不错，且应变能力很强。

他回复："中南 8677 收到，判断是传感器异常，我再收放几次试试。"随后申请了一个对其他进出港飞机没有影响的安全高度，按照检查单循环起落架手柄，重新收上再放下，再收上再放下。

所幸虚惊一场，起落架显示灯恢复正常，当进近再次把盛远时移交给塔台，他通知塔台："中南 8677，起落架放下并锁定。"

波道中安静了两秒，唯有隐隐深呼吸的声音传进盛远时耳里，那个瞬间，他有种被担心的错觉，可他来不及思考更多，女见习已经给出着陆指令："中南 8677，雷达服务终止，地面静风可以落地。"

当时正处于着陆的关键阶段，盛远时没来得及说一声"谢谢"。

飞机安全着陆，全机乘客和机组成员下机后，盛远时还坐在驾驶舱里，隔着风挡玻璃，看向位于机场中轴线上的塔台，脑海里一直回响着女见习的声音，除了清脆、嘹亮、动听，还让人觉得刚柔并济地舒服，那个声音，他事后回想起来，觉得自己无比熟悉。

却久违到不敢去认。

但回头再想，盛远时又否定了自己。

他认为不可能！绝对到不需要去确认！

却依然记住了那个声音。可惜的是，在过去的半年里，再也没有在波道中相遇，只偶尔听徒弟丛林提起，很多飞行员都对塔台一位女见习的声音一见钟情，甚至还有人主动去打听那女孩的名字，据说她叫——如花。而盛远时明明有很多次机会走进塔台，都被无声放弃。是怕失望，还是怎么样……他无从解释。

直到首航归航时，那个熟悉的声音在波道中恭喜他首航圆满，并称呼他“盛机长”，一直以来被压抑的情绪瞬间释放出来，盛远时险些自控不住。他隐隐觉得，那些之前被自己推翻的猜测在被证实。

盛远时转发了航空摄影师的那组低空通场的照片，没有任何文字，只有一串省略号。

那些未尽之言，他要等见面时当面说。就这样有了决定，否定了那些自己曾有的笃定与坚决。

当事人却全然不知。

凌晨两点，当整座城市陷入沉睡时，南庭打开盛远时的微博页面，在那些“最牛机长”“爱你啊偶像”“曾经我也有过飞行梦”等类似表白的留言中，默默地把那组低空通场的照片另存了。南庭很感谢航空摄影师抓拍下那个歪机身的动作，她的目光许久不离，像是能透过照片，看见那人专注于驾驶飞机的样子——有多迷人。

次日，盛远时到公司时，接到一份空管中心的邀请，那边希望中南集团派出几位飞行员，协助完成一次管制的模拟机训练。主持完飞行部会议，他驱车去机场。

站在G市机场的空管指挥塔下，盛远时笑自己心太急。其实他本没必要亲自来，只要交代下去，由飞行部根据排班协调飞行员即可，以至空管站团委林主任听闻南程航空的总飞行师来了，受宠若惊到对盛远时格外热情：“谢谢盛总对我们空管工作的支持。”

盛远时和他握手，语气平和谦逊：“有机会让飞行员了解管制员的工作流程，也是一种促进交流，免得一有延误就有人误解，以为管制员乱指挥。”

飞行员是天之骄子，但到了天上，却不能像鸟一样随意飞，而是要绝对服从管制员的指挥，这就造成了双方诸多的摩擦。所以一直以来，飞行员与管制员的关系始终处于“不激化，但也不融洽”这种“相爱相杀”的尴尬状态。

林主任对这种扎心的误解当然不陌生：“一个指令关乎几百条生命，管制员们就算把所有天上地上的飞机都按住不降不飞，也不会乱发指令的。盛总，您试想一下，一个扇面同时有八架飞机，一个小时进出港三十五架飞机，平均不到两秒钟就要给出一句指令，是多么大的指挥压力！”

盛远时知道管制员的准入门槛高，拿到执照后，还要一至两年的见习，通过跟班和放单考核后才能独立指挥；业务差的，也许好多年都不放单，导致管制人员缺口很大。这在民航业蓬勃发展的当下，对于空管系统确保运行安全其实是非常不利的，所以，出于对飞行安全的考虑，他愿意给予协助：“需要我的飞行员做什么？您请讲。”

林主任感激不尽：“这次管制员的等级评定，除了要进行正常的口试和笔试外，模拟机训练想走出模拟装置室……”

听完林主任的说明，盛远时承诺会按时委派飞行员到场协助训练，同时，他提出：“能否请团委在适当的时机下安排一次类似于‘走进空管’的活动，让我们的飞行员也有机会走上塔台，走近管制员，体验他们指挥飞机的压力与乐趣？”

林主任眼睛一亮：“当然可以，彼此间多些了解，也有利于我们更好地服务于飞行员嘛。”

盛远时起身告辞：“那后续就辛苦林主任了。”

“一切对飞行安全有利的工作，我们都责无旁贷。”随后林主任发出邀请，“如果盛总有时间的话，我现在就带您上顶楼转转。”

盛远时确实有上去的冲动，毕竟，是这个念头促使他亲自来到了塔台，可他还是说：“改天吧，今天就不麻烦林主任了。”然后要了一份此次参加训练的见习管制员名单，似乎是想给自己一个缓冲。

一份名单而已，林主任当然不会捂着不给看，他甚至还指着名单中唯一女见习的名字，骄傲地介绍：“和顾总撞名的这位，是历年来见习时间最短，但跟班表现最为突出的，估计放单之后就要往进近阶段培养了，不得了哦。”

管制分为塔台管制、进近管制和区域管制，每个阶段的管制都有相应负责的区域和高度。据盛远时所知，空管学院空中交通管制专业毕业的人，可以去塔台，也可以做区调，但不能直接成为进近。倒不是管制职业分三六九等，而是管制的人事筛选过程就是如此，塔台和区调未必能成为进近，但进近一定是在塔台或是区调工作过的。因为塔台只负责飞机起降的那一两分钟，进近却要持续和一架飞机通话达十分钟之久，且进近负责的空域，飞机不仅是来回穿梭的，塔台和区调给多少，他们也必须接收多少，不能拒绝，因此导致无论是工作强度还是指挥压力，都是其他管制员无法相比的。

进近管制的难度是业内公认的，所以直到现在，很多机场的进近管制室都和 G 市一样，没有女管制员。

竟然是 G 市机场第一位女进近的候选人！

竟然和顾南亭的名字同音。

可“南庭”这个名字对于盛远时来说，太过陌生。

分不清是失望多一点，还是其他莫名的情绪更多一点。盛远时看看模拟训练的时间，发现那天自己是有飞行任务的。在回公司的路上，他给程潇打电话：“如果我没记错的话，20 号你应该不飞，要是没有特殊安排，带队去塔台那边配合进行一次模拟机训练。”

程潇一听是去塔台，立即答应：“没问题，交给我。”

对于她的爽快，盛远时颇有些意外：“这么痛快，不会临时放我鸽子吧？”

程潇故意说：“我说是的话，盛总是准备临阵换将吗？那可是兵家之大忌。”

盛远时一笑：“无论犯了多大的忌讳，相信顾总都能扭转乾坤。再说，和空管中心搞好关系这种事，也该大 BOSS 出面，你觉得呢？”

程潇违心地表扬他：“盛总考虑事情就是全面。”

盛远时眼中有细碎笑意：“我一直觉得自己在智商上赢过很多人。”

深夜，喧闹的城市终于在渐熄的万家灯火中宣布，到了世界都该沉睡的时间了。唯有千米之上的空中航路繁忙依旧。九十九米高的塔台顶层指挥室没有开灯，南庭和所有坚守在席位前的管制员一样，大脑飞快地运算着飞行信息，为进出港的机组发布飞行指令。

夜的寂静就这样被飞机的轰鸣声取代，直到放飞最后一个离港航班，直到归航的航班越来越少，直到机场空着的停机位一个个被占满，已经过了凌晨两点。

在接下来的时间里，进港的大多是货机，可以稍稍松一口气了。

大林过来接班时，南庭尚无睡意，可要不是应子铭想在考试前给她锻炼的机会，她身为见习，是不能值夜班的，所以她老老实实地从席位上下来了。之后，南庭没有直接回休息室，而是先去给应子铭倒杯热水，结果等她回来时，应子铭已经躺在沙发上睡着了，外套随意地搭在身上。

南庭就没打扰，她关了灯，轻轻地退了出去，端着那杯热水，站在走廊的窗前，看着刚刚着陆的那架航空器机翼上闪亮的信号灯和划过夜空的流星，直到天际亮起微光。

清晨交班完毕，大林叹气：“再这么熬下去，同学家的孩子都该叫我伯伯了。”

南庭开他玩笑：“虽然眼袋有点垂，面色有点黄，好在还没出现脱发的现象，现在就开始担心会不会有点杞人忧天了？”

“你个小丫头片子。”见南庭还是一副精力旺盛的样子，大林不禁感慨，“到底是年轻，同样都是值大夜班，你哥我快散架了，你还活蹦乱跳的。”

南庭说："我是见习嘛，有师父在身后撑腰，没什么压力的。"

"拉倒吧，师父睡得都打呼噜了。哎哟……"后脑被人不轻不重地打了下，回头见应子铭站在身后，大林马上改口说，"师父，我知道您装睡呢，目的在于培养如花独立工作的心理。不过这个方法太老套，都被我们识破了。"

应子铭板脸训他："你见习那会儿别说打个盹儿，就连厕所我都不敢去，可想而知你和小南的差距。"

大林被批评了也不生气："多少年了，咱们塔台才出了如花一个能飞升上神的人，我等小仙当然是没法比的。"

"你这小仙修炼的时间可是够长的，胡子都快长出来了。"应子铭打击完他，又纠正，"说过多少次了，不要给小南取绰号！"

大林没有辩驳，只说："等如花参加完这次模拟机训练，人就曝光了，这个绰号也保护不了她。"说着又像大哥一样拍拍南庭的肩膀，安慰道："不过没事，塔台这么多爷们儿，还怕护不住你这一枝花吗？"

应子铭当然知道大家叫南庭"如花"不是讽刺的意思，除了夸她漂亮，也是在用"如花"这个接地气的绰号，帮她挡掉那些特意来塔台打听她的飞行员。毕竟，整个空管站，除地面管制员外，上席位的管制员只有她一位女性，难免引起那些在波道中和她有所接触的飞行员的关注，尤其南庭的声音还很特别。

想到这些，应子铭笑了："这种抵御外敌的招数，倒也高明，毕竟肥水不流外人田嘛。"说着他看向大林，"可我们指挥塔这么多单身汉，也没见谁近水楼台先得月啊。"

大林也是一脸惋惜之情："要不说他们完蛋呢，一个个的只敢远观，要是我再年轻十岁，保证出手，大不了就是被拒绝嘛，又不是没有被拒绝过。"

应子铭皱眉："你年轻十岁倒是风华正茂，可那时的小南尚未成年，你贸然出手的话，好像有罪吧？"

“呃……师父，你这么较真儿，让徒弟情何以堪？”

南庭憋不住笑了：“大林哥，嫂子喊你回家吃饭呢。”

应子铭附和：“对，回家吃饭。”

大林抚额。

接下来的一天南庭休息，她像往常一样带睡不着晨跑，在家看书和做饭。看的书有专业性很强的民航无线电陆空通话，也有辅助性质的外语类工具书，还有那些在别人眼中有些不着边际的心理学，总之很杂。至于做饭，原本一个人的饭并不好做，好在她有睡不着，即便有剩下的，也可以做成便当，带到单位作为午餐，经济又健康。

桑桎评价她：“越来越有生活气息了。”

“其实是提前进入了老龄化。”南庭边盛汤边说，“一天好对付，随便叫个外卖就行；一周也没问题，反正外卖品类丰富；可要对付一辈子就比较难了，而且只有照顾好自己才能养睡不着。这不是你教我的吗？”

桑桎恍然大悟：“搞了半天你学做饭是为了睡不着？”

“总要给自己个动力嘛，难不成为你？”南庭喝了口汤，“我明天参加模拟机训练，如果通过的话就能参加后续的放单考试了。”

“笔试通过了？”见她点头，桑桎又问，“见习有一年了吧，如果重来一次，还选民航吗？”

“别说重来不可能，即便能，也不见得有比现在更好的选择。”南庭埋头喝汤，半晌才自我鼓励似的说了句，“没有错误的选择，只看你选择后做了什么。”

“据说民航空管系统评定的独立管制员还没有一位女性，”桑桎如兄长般摸摸她的头，“没准儿你是第一个。”

南庭听得笑了：“通过放单考试我才是三级管制员，一个刚刚合格的菜鸟，距离独立管制员是万水千山之隔，说得我都以为自己具备成为女英雄的潜力了。”

桑桎以玩笑的口吻说：“你不是已经披荆斩棘地走在成为女英雄的路上了吗？”

南庭垂眸：“我不想做什么女英雄，我只求别在睡梦中被惊险空难吓醒。”

桑桎敛笑，双眼如夜幕般深沉：“我很矛盾，作为朋友，对于你的选择我该无条件支持鼓励，之前我也一直这样说服自己的。但正因为是朋友，我并不愿意你从事压力那么大的工作。三个月前，你师父就推荐你参加评定考试，但你放弃了。你很清楚那不是一场普通的考试，那是生命的战场，不能犯错，不能失败，不能重来。那不是一个女孩子该承受的，尤其夜班是常态这种工作模式，让我对你的健康状况非常担忧。南庭，你坦白告诉我，你失眠是不是越来越严重了？”

南庭实话实说：“我只要睡着就做梦，梦见一些我觉得既陌生又熟悉的场景，醒来后感觉比不睡还累，又无法把梦中那些细碎的场景拼凑完整。”见他脸上浮现出担忧的神情，她又无所谓地说，“睡得少反而让我比别人多出很多时间学习和看书，否则我也不可能成为见习时间最短的管制员，这可多亏了失眠呢。”

桑桎的语气就不太好了：“可我根据你上周的阅读量和你值班的时间计算得出，你几乎没有睡眠的时间。为什么失眠到这个地步都不告诉我？”

“原来你刚才和我聊那些是为了在这儿堵我。”南庭竟然还笑得出来，“老桑，你能别活得那么有规矩吗？”

桑桎的说辞是：“我是医生，严谨是我的特质。”

“可我不是你的病患。”南庭抬眸，直视他的眼睛，“我目前的健康状况很好，那份体检报告就是最好的证明。而不让我吃安眠药，是你作为医生给我的建议。”像是猜到桑桎要说什么，她紧接着说，“别让我去你那儿接受催眠。”

桑桎毫不松懈地劝说：“那也许是能帮你找到失眠根源的唯一办法。”

南庭当即反驳：“那哪里是治疗？根本就是窥探个人隐私。”

桑桎立即听出她的话外音："你有不想我知道的心事？"

南庭张了张嘴，终是什么都没说。

她从不撒谎，沉默即默认。

午后的阳光温暖地照进来，映在南庭不动声色的脸上，桑桎忽然没办法以平静的姿态面对她无意间坦露出的情感，他连饭都没有吃完，就以有事为由走了。

南庭的心情忽然有些不好，她看着睡不着："有的时候我也会羡慕你，睡得那么香。"

似是感应到主人的情绪，睡不着撒娇般蹭了蹭南庭的腿，然后格外乖巧地趴在一边。

然而，当朝阳冉冉升起，南庭又会放下那些低落，精神饱满地开始一天的生活。走进塔台，一路都有人和她说："如花加油。"她就也给自己加油——南庭，你行的！

模拟机训练定在上午九点开始，和飞行员的人机对话相比，管制员的模拟机训练则是人与人的对话，一个管制员，对面坐三十五个人，一个小时之内和这些人"吵架"，大脑高速决策，指令一个接一个，遇到外航，还要瞬间切换成英文。所以，经历这一个小时之后，正常点的人都恨不得做个哑巴。

至于为什么是三十五个人，则是局方规定：一个扇面同时有八架航空器，一个小时进出港三十五架，这就要求，一个管制员一个小时内，负责三十五架航空器的起降，平均不到两分钟一架，万一遇上延误，航班量积压，一个小时需要指挥一百多个航班，基本上每秒钟都在发指令。

为了适应这种高效的工作模式，空管中心才选择走出模拟装置室，也不再安排自己人扮演飞行员的角色进行模拟训练，而是请三十五位飞行员到场，同时起降，力求给见习营造一个最接近真实的战场。

此次参加训练考核的见习共有四位，南庭是下午场的最后一个，当她走进来，原本喧闹的训练室瞬间安静，所有飞行员的目光都集中到她身上，连负责监考的管制主任都感觉到了那些视线的灼热，南庭却面色如常地站在众人面前，躬身行了个礼，才在位置上坐下，开始调试设备。

当她说："准备完毕。"那如空谷幽兰般，让人倍感舒服的嗓音瞬间征服了在场的男人们，模拟室里顿时涌起了一阵骚动，除了窃窃私语声，突然有人说了句："是如花？"显然是在波道中和南庭相遇过，记得她的声音。

也不知道是谁给她取的这个名字，而她竟然接受了！程潇坐在一众男飞行员中，觉得这群男人和给南庭取绰号的人都太 low 了。不过，看着对面穿着比校服还丑的工装，却依然美得浓墨重彩的她二老公，程潇还是能够理解那些如狼似虎的男人的，毕竟，在这个美颜相机横行的年代，有个素颜的真美人站在面前，是多么赏心悦目的一件事。

越发觉得南庭和盛远时配一脸！程潇立即发微信问那位："真的不考虑一下我的新朋友？"堪称史上"最执着媒婆"。

盛远时应该是在忙，没有回复。

整点时，应子铭宣布训练开始，结果那些在天空叱咤风云的飞行员却像忘了自己该做什么一样，沉浸在议论如花的氛围里，无法自拔。

南庭等了片刻，见没人说话，她自己先开场："中南 1686，请报告你的意图。"说话的同时，把目光投向了程潇。

还知道找她救场。程潇笑着接过话："G 市塔台，中南 1686，机上有位女乘客下腹剧痛，怀疑是阑尾炎，到达时请为病人安排急救援助。"

南庭向她点头表示感谢："中南 1686，G 市塔台，情况已了解，我们马上通知医疗部门，医生和救护车会在客机坪等候你们。"

飞行员这才进入状态。

程潇以为他们在领略了"如花"的颜值后，会像自己一样对南庭温柔以待，结果为了争取和南庭对话的机会，飞行员们竟像记者一样，连珠炮似的一个接着一个通报情况，完全忘了一个扇区同时只能有八架航空器的规定，高峰时已经达到十五个人同时要指令的状态。

南庭几乎没有停顿的时候，不停地询问机组意图，一句接着一句地给出飞行指令，程潇甚至怀疑她哪里来的时间思考，她也尝试去记八位飞行员的意图，却发现根本不能。一向对口条和记忆力有自信的程潇，在这一刻给南庭跪下了。

见同人们失心风似的，毫不怜香惜玉，程潇看准时机高声插了一句：“G 市塔台，中南 1686，襟翼卡阻，请求等待程序，检查襟翼将花费一些时间。”

所谓的等待程序，就是要求无线电静默。南庭明白程潇是在给自己争取休息的时间，她淡定地回复完程潇后，对所有守听的飞行员宣布：“北边有特情，全体注意，无线电静默，MAYDAY。”

训练室的门在这时悄无声息地被推开，一个挺拔的身影在团委林主任的引领下，从外面进来，而为了不打断训练，来人以手势示意林主任，他站着就好，无须入座。

飞行员都背对着门而坐，且注意力都在对面的南庭身上，没有几个发现有人来，唯有南庭，恰好面朝着门。

南庭看着身穿机长制服的男人抬头，前一秒还微微带笑的温和面孔，在看见她的刹那间，瞬间凝结，迅速冷下来的神情衬得那双锐利、沉湛的眼盛气凌人。

盛远时刚下航线，连机长制服都没有来得及换，就直奔塔台而来，然后发现，那个让他特意为之而来的女见习……不是陌生人。

可她叫什么来着？南庭，对，是南庭没错。很少外露情绪的男人，此时脸上意外的表情，纤毫毕现。

在那些特定的镜头里，从来都只有梦和期待，以至她以为，命运的轮盘会一直遵循现有的轨迹运行，和他的结局就是所谓的曾经，无从改写。然而，眼前的这一幕——如果只是初相遇，就不会如此猝不及防。

南庭如坐针毡，几乎承受不了盛远时身上散发出来的寒冷气息。可训练仍在继续，飞行员还在持续报告着意图，等待管制员的指令，南庭想要继续，而她也必须继续，却发现所有的声音都在他迫人的视线下成了飞机轰鸣声，震得人耳鸣，让她根本听不清飞行员在说什么。

一直得不到回应，渐渐地，飞行员不再说话。

训练室陷入诡异的寂静，众人面面相觑，不明白发生了什么。

程潇顺着南庭的目光看过去，才发现盛远时站在距离门口最近的角落里。紧接着，越来越多的人发现了盛远时的存在。

应子铭与其他两位管制主任交换了眼神，像是在商量是否需要中断训练。一旦中断，就意味着南庭此次训练失败，那样她将失去参加放单考试的资格。

盛远时救场似的突然发声："Tower,NC2012,we have trouble with extending the landing gear,request low pass for visual check.（塔台，南程2012，我们放不下起落架，请求低空通场做目视检查。）"

竟然是英语！即使语气很克制，也能让人从平淡的语调中读出隐忍的怒气。唯有南庭清楚他的怒气所为何来，而那地道的美式英语，也勾起了她无限的回忆。

此时此刻却并不适合回忆。

南庭的嗓子紧得厉害，像是下一秒就会绷断，却不得不在他的逼视下开口，她以英语回复："NC2012,make a low pass on the left-hand side of runway 24. I'll keep you advised.（南程 2012，在跑道 24 左侧低空通场。我将保持与你联系。）"

细听之下，音色有点哑，随后，像是读懂了他目光中的意思是要延续这个特情，她说："The wheel not down,what's your intention?（前轮没有放下，你要怎么办？）"

盛远时注视她的眼睛，像是在探寻里面埋藏的秘密："NC2012,request permission for touch and go.We'll attempt to jar hte wheel down.（南程 2012，请求做一个触地拉升，以便甩出机轮。）"

这样的请求，南庭得允许："NC2012,cleared for touch and go on

runway 36R.（南程 2012，在跑道 36 右，做一个触地拉升。）”

所有人都以为，一个触地拉升做完，南庭就该告诉他，起落架放下了，毕竟，身为正在考试的见习，谁会愿意为一个特情纠缠下去？那对自己多不利，南庭不会不知道，结果她竟然说：“The gear does not appear to be down.（前轮还未放下。）”

或许盛远时也意外于她的回答，他脸上风云变幻：“Roger,we will have to make a gear up landing,request foam carpet at the touchdown zone of the runway.（收到，我们将做无前轮着陆，请求在着陆区铺设泡沫毯。）”

无前轮着陆就是迫降，南庭只要答应，这个特情就算结束，她却较劲似的回复：“Sorry ,negative due to foam carpet aids inoperative,divert to your alternate.（抱歉，由于铺设泡沫设备损坏，请改航飞往你的备降场。）”

虽然这不是不可能发生的状况，但在座的飞行员还是为这种假设的可能性吸了口气。然而，就在大家都以为盛远时会接受指令改飞备降场时，他不容反驳地拒绝道：“Can't do it!（不能照办！）”

就这样当众掐了起来，尤其盛远时在说“不能照办”时的语气和神情，以在场的飞行员和管制主任看来，实在有些盛气凌人。

南庭却懂得他此刻的固执——不是你想怎么样都可以！她的语气缓和下来：“Report your intentions.（报告你的意图。）”明显以退为进。

盛远时隔着众人注视她：“Unable to comply due low on fuel,we will have to make a forced landing on the grass east of runway 01.（由于燃油不足，我们将在 01 号跑道东边的草地跑道上迫降。）”

之所以拒绝飞往备降场，是因为飞机没油了？这个哏……盛总，您可真够放飞自我的啊！

众人腹诽之余，南庭彻底冷静下来，她只想分分钟结束这场特情：“Cleared forced landing on the grass runway at your own discretion.（允许在草地跑道上降落，你可以自己掌握。）”间隔了两秒，又告知他，“The emergency equipment is standing by.（紧急救援设备已经准备好。）”

随着盛远时回复："Do it.（照办。）"起落架的特情处理完毕。

程潇带头鼓掌，为两人给大家上演了一场有如耳朵盛宴的英语对话，众飞行员也纷纷起身，但他们应该都是为空管之花南庭的出色表现而鼓掌，盛远时则片刻未停留，转身就走，不禁让人猜测他此行的目的以及和南庭的关系。

时间刚刚好，南庭训练结束。

程潇尾随她出了塔台，来到外面的草坪前，语气肯定地说："你们认识。"

南庭没有回头，也没有回答，保持着笔直的站姿，面朝机坪而立。

程潇耐心极好地等待着。

南庭目送一架飞机冲入云霄，才回头，坦然地说："我喜欢他。"

是现在时的"喜欢"，而非"喜欢过"这种过去式！这份坦白，让程潇意外，而南庭那一笑，有种无以言表的沧桑，是与年龄不符的成熟。年轻如她，究竟经历过什么，才能把一份十足的勇气转化为不动声色的爱？

盛远时呢，那个被他喜欢的人是南庭吗？如果答案是肯定的，似乎就可以解释这些年，为什么他身边没有过任何女人。可他刚刚在训练室的表现，又像是对南庭刻意为难，程潇有很多疑问，只是，无论哪一个问题，似乎都不该由南庭来解答，尤其程潇觉得，南庭心里是有答案的，这个答案，就是她和盛远时的过往。这个过往，必然离不开爱情。

南庭没有想到，让自己忍不住倾诉喜欢盛远时这个秘密的人，会是程潇："我以为凭他总飞行师的身份，不会亲自来。"说着她摊了摊手，"明明准备了很久，还是措手不及。"

"他传递给我的信息也显示，他原本不打算过来。确切地说，时间很赶，过不来。"程潇看了看时间，"半个小时前，他才刚刚落地。"

旅客下机至少也要二十分钟吧，所以根据他在训练室停留的时间计算，他几乎是一分钟都没耽搁，匆忙而来。

南庭自嘲地笑了笑："有点奢望他是为我而来。"

程潇见她低头看了看自己，一副审视自我的模样，以为她会说些自我否定的话。程潇都准备好了，一旦南庭开口，就反问她："训练中的自信哪儿去了？"却听她说："如果他说不认识我，你就假装相信吧。虽然这明显侮辱了你的智商，但两害相权取其轻，你应该能理解我。"

程潇有些不情愿："做个善解人意的人太难了，老程没教过我，我不保证憋得住。"

南庭笑了："你这么说，已经是无师自通了。谢谢了，善解人意的程机长。"

"你都这么夸我了，"程潇一挑眉，"那我就看在二老公的面子上，饶他一次。"

"二什么？"南庭以为自己听错了，向她确认，"请再重复一遍，我没听清。"

程潇于是特别爷们儿地搂住她二老公纤瘦的肩膀，解释了"二老公"这个称呼的由来。

原来是撞名惹的祸。

南庭听完忍了忍，还是认为有必要确定一下："虽然有人说，同性才是人间真爱，异性只为繁衍后代，但我喜欢男人这件事，我刚刚告诉你了吧？"

程潇一怔，随即哈哈笑起来："放心，我不是 P，也没有把你当 T。"

模拟机训练之后，盛远时几乎成为业界公敌，经由在场飞行员转播，他身为中南第一飞，当众为难塔台女见习如花的行为被传得栩栩如生，如果不是当时在场，程潇都要相信了。甚至有人说盛远时暗恋如花，为了给如花留下深刻印象，才要帅地拿英语和人家对话，结果如花的口语那叫一个棒，让盛总啪啪啪打脸了。

当然，更多的人认为，那才是真正的考试，因为作为飞行员，你永远不知道明天和特情哪个先来。所以，现场在由盛远时发起的特殊情况下，两人的无线电通话，无论是对飞行员，还是对管制员，都具备借鉴学习的意义。尤其两人的英语对话更像一场六级英语听力考试，堪称陆空通话范本。

管制主任则认为，尽管南庭在训练中出现了卡壳的小插曲，但是处置特情的业务能力和最后中英文切换阶段的表现，都是本批见习中最出色的。所以，南庭通过了模拟机训练，被安排在一周后的傍晚进行放单考试。

傍晚是一个相对繁忙的时段，起飞和降落的航班都有，而那个时候，南庭已经工作了一整天，身体和大脑都处于疲惫状态，在那种情况下，如果她能完成指挥，就能和其他独立指挥的管制员一样，具有管制权。

别人考试都是最佳状态，管制员考试时偏挑你状态不好时让你应考，可见，出于对飞行安全的考虑，管制员在等级评定方面有着特殊且苛刻的要求。

程潇也得到了消息，特意致电恭喜："放单后，我们喝酒庆祝。"

感知到程潇对自己的信心，南庭爽快地答应了，但她有点小担心："听起来你酒量像是不错。"

"那就要看这个不错的标准是什么了。"程潇给她打预防针，"我查了下，你考试那天某人有飞行任务，他不捣乱的话算我输。"

南庭笃定地说："他不会。"

程潇不以为然："这么有信心？他之前的表现，可是不怎么样。"

南庭轻声说："不怪他。"

"哦？"程潇一针见血，"那就是怪你了？"

南庭没有否认："是我的错。"

程潇很想知道南庭错在哪儿了，可她护短似的说："那他也难辞其咎，谁让他是爷们儿呢？就算是你的错，歉也得他道，你有点出息啊。"

电话那端沉默了几秒，才说："谢谢。"

明白南庭是在谢自己的不追问，程潇自信满满地说："你早晚会告诉我。"

南庭坦言："除了你，我无人可说。"

程潇"嗞"一声："不能说点好听的哄哄我啊？"

南庭语气无辜："我又不是顾总。"

程机长噎了一下："……不说了，和我男人亲热去。"

南庭居然没有不好意思，她轻飘飘地回了一句："不羡慕你，反正男人我迟早也会有。"随后不给程潇反击的机会，又补充说，"快挂吧，良宵苦短，你要分秒必争。"

"有那么紧迫吗？"通话结束，程潇对顾南亭说，"你一定想不到，盛远时和我二老公有一腿。"

顾南亭略感意外："你说空管中心那个南庭？"见程潇点头，他似乎也明白了些什么，"我就说他去过塔台后有点怪。"

程潇的好奇心瞬间被勾起来了："怎么怪了？"

顾南亭放下书，很认真地想了想："好像比之前沉默了，又好像眼睛里多了一些心事，总之，有点矛盾。"

"矛盾就是有戏啊。"程潇又崇拜了她男人一次，"你抽空约他喝个酒，听听他的酒后真言。"

顾南亭失笑："他和你喝酒向来都是他十杯你一杯，你觉得我能灌醉他吗？"

"那家伙的酒量确实有点逆天。"程潇钻进被窝，"算了，等我想想换个别的套路。"

顾南亭关灯搂住她："还是先想想，今晚换个什么姿势。"

对于有过繁忙时段上席位指挥经验的南庭而言，放单考试不过就是一次平常的值班，她的心情很放松，尤其想到还会引导盛远时的飞机着陆，更是隐隐地有了期待。可惜，天有不测风云，那天中午竟开始下雨，预计傍晚到晚上八点，十二级台风还将登陆 G 市。

为确保台风登陆期间给航班的安全运行提供保障，塔台技术保障部提前对油机房、导航台、雷达天线等进行了加固巡检，还在管制楼铺设了雨布、沙包，以封固门窗玻璃。

随着风渐大，雨渐急，地面的飞机放飞间隔不得不加大，队伍越排越长，空中的飞机无法降落，都在准备飞往备降机场，或是继续盘旋等待，总之，整个机场塞满了被延误的旅客和航空器，不仅候机厅爆满，连停机位都告急。

这是每年雷雨季都会出现的情况，是每个民航从业人员都必须经历的。甚至在每个雷雨季来临之前，为了更好地应对，他们还要进行相关的复训。但每每发生的还是和以往任何一次一样，面对众多出行心切的旅客，既要保持“鸡蛋砸到脸上也要微笑”的状态，又控制不住内心奔腾而过的无数“羊驼”。

终于等到气象中心预报室发来通报，有个短暂的间隙，塔台迅速通报当前雨势、风力等级，提醒飞行员严守起降标准，并把握时间指挥区域内的飞机着陆。就在管制波道忙得不可开交时，塔台接到通知，归航的南程1237次航班因机上有病人，申请优先落地。

等进近把南程1237次航班移交给塔台，盛远时几乎是以一种强势的态度申请着陆指令：“因机上一名孕妇昏迷，南程1237不接受任何延误。”

可此时正有十几架飞机在空中排队降落，让他优先落地，意味着管制员需要迅速指挥其他飞机改变现有姿态，让出预定位置。

原本这个时间就属于一个大流量阶段，现在为了给他让路，之前所有的工作都要反着来一遍，管制波道有多繁忙，根本无法想象。

四面八方的飞机都在叫，无数请求中，南庭率先回应他：“南程1237，G市塔台收到，请证实一下病人现在的情况，是否需要我们安排救护车？”

这是自模拟机训练后，两人第一次在波道中相遇，盛远时听见她的声音并不意外，只是以公事公办的语气回复：“病人已处于昏迷状态，生命体征微弱，我们已经和公司签派联系上，不需要你们安排救护车。”

南庭了解完情况，开始给其他飞机下达让路指令：“明航 3312，左转航向 320，雷达引导预计 36L 落地。”

该机组提出申请：“协调一下 36R 可以吗？停在 112 离得太远。”

这种情况放在平时确实可以商量，现下南庭却不能答应：“先按 36L 准备，一会儿能改肯定给你改，北边有特情，飞机上一位孕妇昏迷了……海航 1650，左转航向飞 360，雷达引导，多谢配合。”她的眼睛一瞬不离地注视着雷达显示屏，“南程 1237，预计短五边二十公里内做转弯。”

盛远时又说：“我们飞机很重，需要证实跑道是否有积水。”

南庭回复：“没有积水报告。”然后根据雷达显示，陆续给盛远时下指令，“下降到 600 保持，预计保持这个航向直接引导你切入五边……距接地点大约十公里，注意你的高度，证实建立航道了。”

明明一切顺利，却没能着陆成功。

南庭亲眼看见那架即将接地的南程 1237 次航班，机身突然摇晃了两下，堪堪擦着跑道被重新拉起。她倏地起身，条件反射地呼叫：“南程 1237！”

旁边席位的管制员因她骤然提高的音量转过头来，应子铭也顺着她的目光看向外面。

盛远时几乎是在同一时间向她报告：“南程 1237 复飞。”

南庭深呼吸，声音尽力平稳：“收到，看见你复飞了。”

盛远时汇报情况：“航空器速度过快，超出预定着陆点。”

中大型民航客机降落的速度是根据飞机载重计算出来的，同时还受风速风向、跑道表面摩擦、重心等因素的影响，要严格保证稳定的小速度。就在刚刚，风向突然改变，导致盛远时的飞机从原本的逆风降落变成了顺风降落。虽说顺风降落不是不可以，却很冒险，尤其此时跑道湿滑，风力等级高，一旦飞机因速度太快超出预定着陆点接地，滑跑的长度可能就不够了，很容易发生冲出跑道的状况。

想象一下，开车 60 码踩刹车和 120 码踩刹车，刹车距离能一样吗？

而一个上百吨重的大胖子刹不住闸，冲出跑道的话，机场可能就要广播：“我们抱歉地通知，您所乘坐的航班……呃，不知道冲去哪里了，我们正在找……在找在找了啊。”

生命不能承受之重。

南庭稳住心神：“了解，南程 1237，直线上升到 900 米，保持在目前频率上。”片刻，她重新指挥盛远时降落，“南程 1237，你是第一个落地，跑道 26 右。”然后关注着气象雷达图，向他通报，“地面风 320，风速 15 节……地面风 340，风速 17 节……”

直到看见他驾驶的飞机在跑道上接地成功，滑跑的速度慢下来，她才给出新的指令：“南程 1237，左转经 C5 脱离跑道，联系地面 118.5。”

盛远时回复：“收到，C5 脱离，118.5。”

南庭这才松了口气，脱力般坐回席位上。

第二章

相遇分离总有期

我站在地平线的尽头，仰望他的飞机昂头冲入云霄，也会想：是不是我们今生的缘分就是不断目送他的背影消失在转弯处，而他其实是在用背影告诉我，不用追？

确认孕妇脱离生命危险，从航线上下来的盛远时没有马上离开机场，因延误还在持续，他留下来协调机组，并安排集团的机场巴士，将滞留在机场的中南和南程的旅客送回市区或酒店。

在应急指挥中心楼下，盛远时遇见备飞的程潇。最近两人都忙，各飞各的，这是继模拟机训练之后的首次碰面，程潇明显一副“终于等到你”的姿态，盛远时则看似平常地了解完她的备飞情况，就准备上楼了。

见他要走，程潇突然来了一句：“真不考虑我的新朋友了？现在后悔还来得及。”

一针见血，瞬间戳到了某人的痛处。

盛远时确实没有想到她的新朋友是南庭，确切地说，即便盛远时知道程潇的新朋友姓南名庭，他也不可能接受她的媒人之举，但在与南庭见过面之后，拒绝的话，他说不出口，只意味不明地反问了一句：“你的新朋友知道你在四处推销她吗？”

顾左右而言他的男人真是让人想分分钟打死，但为了南庭，程潇压住了脾气：“你想知道的话，我帮你问问，不用谢，你是我的老朋友。”

盛远时不想再和这个人说话了。

程潇也不阻止他走，只是有点气人地说：“还以为你见过她本尊后会改变主意，既然这样……”

盛远时停步，回头看她：“讲！”

“既然不是你的菜，那我就真的介绍给咖啡试试喽。”程潇回他一个挑事的微笑，“那么如花似玉的姑娘，落入塔台那些糙爷们儿手里可是遭践了，你说是吧？”

盛远时漆黑幽沉的眼睛里，透出危险的气息：“你什么时候这么爱管闲事了？”

“管闲事又不用像工作一样还得逐级请示，为什么不管呢？”她眼里有笑意，“再说南庭是我二老公，她的事就是我……”

不等她说完，就被盛远时打断了，他音色低沉地说：“她没你那么多事。”

听听这口气，好像多了解人家，和人家有什么特殊关系似的，程潇忍不住提醒他：“别又把天聊死了，我二老公怼人的功夫可是不赖。”

盛远时带着几分不自知的信心回敬：“那也分人！”

程潇一笑：“行，我等着看你是怎么玩砸的。”

一个小时后，天气越发恶劣，已经开始从 10 级风力的强热带风暴，向 45 米每秒的 14 级强台风飙升，截至晚上八点，有超过 200 个来往 G 市的航班取消。

在风眼逼近前，塔台在接到航空公司询问关于起降情况的电话时，还能笑着调侃：“塔在我在，塔亡我亡。”然而，当机坪上狂风大作，原本天地相接的夜景被肆虐的台风吞没，甚至威严的塔台都在骤急的风雨中有了摇晃的迹象，年轻的管制员们才有了前所未有的恐惧和警惕。

却没有一个人离开席位。

他们严阵以待，持续关注着实时台风路径，为还在空中的航班保驾护航。

南庭来到管制大厅，在备份席位坐下。

大林诧异地看着她："你已经下班了吧？怎么还没走？通勤车停了？"

原本她完成放单考试就可以下班了，那个时间正好有一班车回市区，现在都应该到家了。结果她只是休息了一会儿，就向应子铭申请回来帮忙了："堆积的飞机还在增多，怕你忙不过来，增开25号扇区吧，分担一部分流量会更安全。"

她刚才值了一个繁忙时段的班，且还是参加精神高度紧张的放单考试，换成大林，肯定只想睡觉，她却考虑到台风过后，后续航班集中起降，波道有多繁忙，主动留下来加班。

大林点头："辛苦了，如花。"

南庭插好自己的话筒："分内事。"

应子铭还在忙着和终端进近管制室通话，了解处于盘旋状态下的航班情况。

风势愈演愈烈，听着外面不知是哪里的玻璃碎裂落地声、隔壁消防队出警的鸣笛，看着机坪上的作业车辆被风掀翻，管制楼外的大树被连根拔起，真是对心脏的终极挑战。

空管中心已经启动应急预案，先是给值班的管制员配发了红色安全帽，作为临时防护措施。到了后面，当地面的飞机全被按住，当空中的飞机相继离开机场空域，转飞备降场，在管制楼有多扇门窗被吹碎，而管制大厅的玻璃正经受严峻考验的情况下，管制员们被通知，合并扇区，除各岗位管制领导留守外，管制员们紧急撤离管制大厅。

在南庭的扇区内，竟有一架日航飞机听错指令，持续进近到塔台所负责的高度内，试图寻找台风间隙强行落地。

此时降落，航空器将面临高达113公里每小时的风速，根本就是找死。南庭严守起降标准，在日航飞行员不听劝阻的情况下，她用英文，语气强硬地给对方下最后通牒："JAL602,Tower,the weather is below VFR minima,it's illegal for you to land,or I'II have to write up an incident report and it might end up with a licence suspension.（日航602，天气低于VFR最低标

准，落地违规，否则我将不得不写一份事故报告，这可能会吊销你的飞行执照。）”

或许是被南庭所说的“吊销飞行执照”提醒，也可能是因真真正正地体会到了风力的凶猛，感觉到了害怕，日航飞行员终是放弃了降落，根据南庭的飞行指令，迅速脱离风力最强的空域。

南庭却为了争取时间把他移交给进近管制，失去了最佳撤离时机。

盛远时赶到管制大厅时，就见外面一台不知从哪里刮来的空调外挂机，正在风的作用下，朝南庭所在的席位方向砸过去。他厉声喝道：“蹲下！”与此同时，身体快速反应，健步如飞地冲向南庭，动作迅捷得连距离南庭最近的应子铭都不及他快。

南庭恰好在这时摘下耳机，她循声望去，就见神色紧张的盛远时出现在门口，她以为是自己眼花看错了，不可置信地揉了下眼睛，完全没发现窗外即将来临的危险。

“如花快躲！”大林的惊呼声中，管制大厅的玻璃不可幸免地被空调外挂机砸中。

“砰”的巨响声中，厚重的玻璃硬生生被撞碎，伴随玻璃碎裂的声音，空调外挂机被狂风卷进管制大厅，疯牛野马似的直逼向南庭的脊背。

一旦被砸中，就是性命之忧。

突来的巨响令南庭有一瞬的耳鸣，而夹杂着湿冷雨水的大风吹得她根本站不稳，在她下意识伸手想要扶住什么时，整个人已在风驰电掣间被一股突来的力量带倒，天旋地转中，她甚至分不清是风的力量，还是人为力量促使她倒下，直到身体被一双有力的手臂抱住，才意识到是盛远时扑倒了自己。

耳边的风声顿时消失不见，南庭只觉得，他的怀抱温暖宽厚。

似曾相识的熟悉感，久违到让她眼眶发热。

相比她情绪的冲击，被砸坏了一块玻璃的管制大厅瞬间狂风肆虐，无数资料和相对较轻的设备被刮得四处乱飞，才退到门边的管制员纷纷冲进来，有就近抢救设备的，有冲过来看南庭和盛远时是否受伤的。

南庭后背着地躺着，怔怔地看着居高临下俯视她的盛远时。

盛远时却只看到她被玻璃碎片剐伤，沁出血迹的额头。他没多说一个字，迅速起身的同时，小心地托起南庭的背把她扶起来，确认她身上没有其他伤，为她正了正安全帽，把她紧紧护在怀里往门口走。

混乱中，应子铭没有看清南庭的伤情，只瞥到她脸上似乎有血，他扬声喊大林："带小南去医务室。"自己则留下，带领管制员们抢救飞行资料和设备。

可此时已经八点多，塔台医务室的同事早在台风来临前，被安排坐最后一班通勤车下班了，所以团委林主任才会给盛远时打电话，请求医疗帮助，因为就在刚刚，有两位技术保障室的同事在作业时受了伤，而南程航空在机场的指挥中心是距离塔台最近的。

盛远时带南庭下楼，并打电话给副驾驶丛林："告诉我你的位置。"

丛林立即听出他语气的急切："二楼休息室，医生正在给……"

"我马上到，除医生外，"盛远时冷声命令，"清场！"

师父有令，丛林丝毫不敢怠慢，南庭和盛远时到达休息室时，里面只有一位医生。经过检查，南庭左额头上被玻璃碎片划出一道约两厘米长的口子，所幸伤口不是特别深，也没有伤及额骨，但医生还是说："差一点就划到眼睛了。"

等医生做好伤口的消毒工作，盛远时从他手上接过纱布："我来。"开始为南庭固定。

明明很疼，南庭却连眉头都没皱一下，还安慰小心翼翼的他："不疼。"

盛远时抬眸看她，偏沉的目光似是在警告她——闭嘴。

丛林则在看清南庭的脸时说："是你啊！"

盛远时闻言几不可察地蹙了下眉，像是在质疑：怎么身边的人都认识南庭，唯独自己，对她一无所知？

南庭认出丛林竟然是那天在平梯扶手前，跟在盛远时身后的几名飞行学员之一，刚想说话，下巴已被盛远时单手捏住，然后听见他以命令的口吻说：“别动！”

南庭就没出声。

从林识趣地闭嘴，眼睛却一直在盛远时和南庭身上转。

大林在这时举着南庭的手机进来：“一直响，就给你拿过来了。”

平时他们上席位时手机都是不带的，以免工作分心，所以管制员上班时和飞行员一样，属于失联状态。今天情况特殊，下了席位的管制员纷纷开机，急于了解家里的情况。

盛远时正好把纱布固定好，见大林过来递手机，他没有起身，只是叉开长腿坐在她对面，南庭才意识到两人此时的坐姿是那种自己被他长腿“包围”的局面。

有些尴尬，却像贪恋这一刻的相处一样，无法开口请他动一动，于是，南庭保持着在外人看来有点暧昧的姿态，伸手把手机接过来。

盛远时视力敏锐，在她接通的前一秒，瞥到来电显示是：老桑。

信号很弱，南庭半天才听清桑桎说：“机场那边怎么样？你没事吧？海湾大桥被封了，我要晚点才能到，你在塔台等我，不要坐通勤车了。”

海弯大桥被封，意味着唯一的一座连接市区和机场的枢纽在台风结束前，不会有车辆往来。南庭没有想到桑桎竟然要来机场接她下班，还被困在了桥那边，她语气略急地说：“我什么事都没有，今晚要加班，不急着回家，你赶紧往回走，不要在外面停……”话还没说完，电话突然断了。

南庭立即切换到微信界面，手速很快地编辑了一条信息，确认发送，祈祷这微弱的信号能把消息传送出去，祈祷桑桎能听她的话，平安折返回家。

盛远时把两个人的对话听得清清楚楚，包括她不自觉表现出来的焦急、担心都尽收眼底，他压了压情绪，在克制中起身。

南庭回过神来，手像有自己的意识一样伸出去，拉住他。

盛远时身形一顿，感觉到手腕处的凉意，心里没了声音。

大林看见这一幕，傻了几秒，和丛林对视一眼，默契地带着医生退了出去。

盛远时才回头看南庭。

南庭仰脸注视他，脸色苍白，眼神笔直坦荡。

盛远时不说话，等她先开口。

南庭好半天才找回自己的声音，哑声道："你怎么来了？"

还需要再确认什么？在看见她的第一眼，不是就确定了吗？盛远时恨自己为什么没有在半年前听出她的声音后及时来一趟塔台，更恨自己为什么要那么武断地认定，她不可能成为管制员！盛远时啊盛远时，你是从什么时候开始，连相信奇迹的勇气都没有了？

盛远时微微仰头，试图压抑住胸间要汹涌而出的，那些他不想外露的情绪。许久，他手上一转，反握住南庭纤细冰凉的手，在她面前蹲下来："你留我，只是为了说这些吗？"

是啊，旁若无人地、不顾矜持地留下他，只是要说这些吗？

答案昭然若揭。

可在经历刚刚那千钧一发的危险后，南庭迫切地想要知道：他在如此恶劣的天气里出现在塔台，是不是为自己？

盛远时却不答，蹲在她面前，用那双如鹰般锐利的眼睛，无声地仰视她。

那目光似有穿透性，直看进南庭心里，让她不能敷衍，也找不出敷衍的言语。

空气中有种平静又隐忍的较量气氛，像是谁先开口，谁就输了。可南庭不想和他争输赢。她的手无意识地握紧盛远时的手，仿佛是害怕他突然抽手离开，就像那天在训练室里一样，走得头也不回。

她微微低头的样子，俨然失去了在席位上的自信与独立，连出口的话都显得底气不足，盛远时听见她轻声说："我不是故意的。"

看似没头没脑，他却听懂了，回想那天两人在训练室里剑拔弩张地你来我往，盛远时沉了沉眸："不是故意假装不识，还是不是故意看我狼狈失态？”

在没见面的情况下，南庭确实能够做到假装不识，一如南程首航那天，同事们谈论他时那样，置身事外，似乎他只是陌生人。可当他真实地站在她面前，南庭所有的心理防线，全线溃守。

接到通知，得知这一次的模拟机训练不在空管中心内部进行，而是邀请各航空公司飞行员到场时，南庭以为，和盛远时的这一场重逢无可避免。可他如今不是一位普通的机长，而是高高在上的盛总，配合训练这种小事，他会亲自来吗？

先是大林斩钉截铁地摧毁了她的期待：“中南和南程共派了十二名飞行员到场，由女飞行员程潇带队。”

之后见面，程潇也说：“要不是我们总飞行师有任务来不了，我还没机会来找你。”

总之，所有的信息都告诉南庭，盛远时不会来。

失望的同时，又莫名松了口气，这样的近情情怯，不像她。

盛远时偏偏还是来了，在考核接近尾声时，在南庭毫无防备之下。所以，那一刻狼狈失态的不止盛远时一人。只是这些，南庭无从对他说起。

外面的台风还在持续，呼啸着拍打着窗户的玻璃，仿佛下一秒就会冲破阻碍刮进来，席卷室内的一切，包括此时此刻内心都无法平静的一对男女。

终于，盛远时先松口：“到塔台多久了？”嗓音沉凉，一语中的。

南庭咬唇：“一年零两个月。”

把时间向前推十四个月，恰好是他回国后不久。

盛远时深呼吸：“知道我在中南？”

南庭点头。

“起落架特情那次，听出我的声音了？”

“是的。”

“非常镇定，声音没有任何的异样或惊慌。”

“第一次上席位，过于紧张，没第一时间听出是你。”等听出来是他，又因为他正在遭遇起落架放不下来这样严重的特情，不敢有丝毫的分神和懈怠，可天知道，等待他着陆的那几分钟里，她担心到几近窒息。

那天走出塔台后，南庭独自坐在机场南侧的瞭望台上，看向跑道的方向，很久。暮色暗淡，残阳如血，女孩子单薄的身影，在与天地相接的机场面前，显得那么渺小、孤单。

之后很多天，南庭都没有勇气走上顶层指挥塔，只要回想那一天的经历，就心有余悸。发觉她的逃避，应子铭甚至有些后悔，认为不该让她太早拿起话筒。

算是给南庭做心理疏导吧，应子铭带她去了终端进近管制室，在那个封闭的、四面没有窗户的房间里，让她亲身感受进近管制员如何在有条不紊中争分夺秒地为起落的飞机护航。

当进近管制室接到电话，得知一架载有急症病人的飞机平安着陆，且病人脱离危险后，他们脸上洋溢的笑容和眼底涌起的泪意，让南庭意识到，管制员除了担负着飞行安全那一份沉甸甸的责任，还有对生命的敬畏。

她对应子铭说：“师父，我想再试试。”

那眼眸中的坚定，让应子铭如释重负，他语重心长地说：“要想成为一名真正优秀的管制员，小南，你还会经历很多，还要承受很多。”

当时的南庭并不是很懂应子铭的意思，直到她开始经历特情。可她的这些转变，盛远时不得而知：“我也听着像你，但我怎么都没想到你会成为管制员。”

他去往最遥远的地方寻找，而她悄无声息地来到他身旁。盛远时松开她的手，改而捏住她下巴，逼她抬头与自己对视：“到了G市，做了管制员，都不让我知道？”

南庭想过无数种和他重逢的场景，唯独没有眼前这一幕，面对他的质问，她不知如何作答，只在他眼中看到小小的自己，脆弱到无能为力。

盛远时保持着和她对视的姿态许久，这是他在记忆里，唯一仰望在自己面前瘦瘦小小的她，而额头包着纱布的小姑娘也没有了昔日高傲、嚣张的气焰，显得那么娇小柔弱。

何必咄咄逼人？久别重逢，她又安然无恙，不是应该高兴吗？是啊，该高兴的，却笑不出来。但终究心软了，盛远时把捏在南庭下巴上的手移到她脸颊上，然后是额头，怕碰疼了她，一点力道都不敢用，轻轻地抚摩，最后，他的手落在她的发顶，像是在确认，面前的她，是真实存在的，可就在他准备再说点，或是再做点什么时，南庭的手机再次响起，来电显示依然是：老桑。

显然是那位手机有了信号，因为担心她，才又打来。忽然之间，什么温情的话都说不出来了。盛远时眼神微凉地住了口，收了手："好好想想，你该道歉的，是哪件事。"说完起身离开。

南庭抬头，视线里只剩下他高大的背影，以及白色机长制服上似是被玻璃碎片造成的几个破口，和那上面刺目惊心的斑斑血迹。

他受伤了？南庭惊呼："七哥！"

盛远时停顿了一下，也只是说："你应该不缺送你回家的人。"

这……南庭追到门口，他已经走到了楼梯拐角处。她又折返回窗前，很快，盛远时的身影出现在塔台楼下，他就那样迎着狂风暴雨走向那辆白色路虎，后面的丛林小跑着才勉强追上他。

应子铭匆忙而来，他关切地问："小南，还好吗？"

其实不太好，无论是先前的惊吓，还是和盛远时不算愉快的对话，以及发现他受伤后的自责与担心，都让南庭身心俱疲。可该来的已经来了，尤其这场重逢，她又期待已久。于是，尽管额头上包着纱布的样子有点可怜和滑稽，南庭还是笑着答："特别好。"

必须有特别好的状态，才有勇气面对即将到来的一切。反正，就算结局没有特别好也没关系，总不至于比从前失去他更糟。

嗯，真的真的特别好。

南庭缓缓笑起。

一个多小时的疯狂过后，不仅机坪疮痍满目，办公区和航站楼里也是一片狼藉，甚至中心两路市电都中断了供应，空管中心立即开启灾后重建模式，各个部门的人员迅速投入到了救援抢险的工作中去，兵分几路，抢修线路，清理积水，恢复设备的运行、运转，同时进行检测，力争在最短的时间内让涉及飞行保障的每个环节恢复到正常水平。

深夜，G 市机场逐渐恢复了航班起降。由于台风后加班机增多，从次日清晨起，管制波道一直处于繁忙状态，包括南庭在内的，前一晚值了大夜班的管制员们没一个人离开塔台，累了就在休息室里眯一会儿，醒了就去管制大厅，协助值班的同事做些协调工作，以确保飞行安全。

截至南庭下班时，她已经连续工作了三十多个小时，桑桎更是在机场等了她很久，就怕她因外伤和劳累引发高烧。

南庭走出塔台时，下意识看向停车场，没有一辆白色的车，更没有那个想见的人。她自嘲地笑了，笑自己痴心妄想。

在回去的路上，桑桎始终默不作声，目不斜视的样子像是专注于路况，但南庭知道，他在生气，气她先是隐瞒失眠，后又加班受伤，她想了想说：“我心里再清楚不过，作为一名菜鸟级管制员，自己能做的非常有限，可在整个塔台都处于极度繁忙的状态，对我倾囊相授的师父，指导帮助过我的师兄们都在坚守的情况下，我实在走不开，哪怕只是为他们泡一杯咖啡、买一份快餐，我也觉得是有意义的。”

桑桎清楚，只要天上有飞机，身为管制员的她就不会离开，可面对南庭的伤，他还是忍不住说：“从前我只觉得管制员在工作上的失误会造成风险，这次台风，让我意识到空管还有生命上的危险。尽管我没有立场劝你改行，但你必须答应我，以生命安全为第一考量。你不用辩驳，你额头上的伤就是最好的证明。再有下次，南庭，我不管你是不是要和我绝交，我一定有办法让空管中心辞退你。”

见他缓和下来，南庭故作轻松地说：“我是上班不是卖命，当然会好好保重自己，再说了，我还有很多事情没做，好多计划没实现，哪能傻得拿生命冒险？”

桑桎也不冷着脸了，饶有兴致地问她：“很多事是什么事？”

南庭不会和他说，有些事是和盛远时有关，她只避重就轻地说：“例如养睡不着。”

桑桎就笑了：“睡不着我可以替你养，有空还是先想想破相了怎么办吧。”

南庭似乎这才想起额头上还有伤，她伸手摸了摸纱布，无所谓地说：“破相的话，只能用内在美弥补了，除此之外，我实在没什么拿得出手的东西。”

她明明是句玩笑话，没有走心的，桑桎却像听出了什么话外音一样，再次沉默。

南庭的新家也遭遇了台风的侵袭，所幸只是厨房的玻璃被吹碎了一块，没有给她的小窝造成毁灭性的伤害。睡不着听见钥匙开门的声音，从床底下蹿出来，朝门口的南庭奋力扑过来，如果不是桑桎在南庭身后扶了一把，她险些被扑倒。

睡不着很少用这么激烈的方式迎接南庭回家，显然是被前一晚的台风吓坏了。南庭安慰了睡不着很久，要不是桑桎及时阻止，被主人亲亲、抱抱、举高高，怕是免不了了。等睡不着恢复了以往的活泼，它开始上蹿下跳地围着南庭玩，唯对桑桎还是一如既往地冷淡，有种同性相斥的距离感。

桑桎找人来安装了新玻璃，等把厨房收拾完，他低头看着南庭。

此刻灯光朦胧，在她头顶洒下一片暖色，她一米六五的身高本不算矮，可此时蹲在他身后擦地，却是小小的一团，身上穿着纯棉的T恤衫和运动裤，长头发随意地在脑后梳成马尾，在狭小的空间里，仔仔细细地擦着地上的污迹，安静又乖巧。

明明是最普通寻常的烟火气，却怎么都觉得和她不搭。桑桎忍不住把她拉起来："先别擦了，去打电话叫个外卖，我饿了，等不及你做饭。"

他这样说，南庭当然不会坚持，她把抹布放在不妨碍他落脚的地方："你想吃什么？"

桑桎说："我什么都行，看你和睡不着吃什么。"

厨房门口的睡不着听见自己的名字，小耳朵敏锐地动了动，小眼睛巴巴地看着桑桎。

南庭则提议："那就狗饼干吧，味道还不错，我和睡不着什么都行。"

桑桎失笑："我都有点后悔建议你养睡不着了。"

"为什么？"南庭不解。

桑桎的解释竟然是："刚刚你安慰它的样子，如果让外人看见的话，可能会误会。"

南庭却一本正经地说："没有误会，我和睡不着其实就是那种……"说到这儿，她故意一副不好意思继续的样子，"不正常的关系。"

桑桎一怔，见南庭憋笑，才反应过来她在开玩笑，他无奈地回了一句："等睡不着有女朋友的时候，你放开手脚和那位竞争一下，看睡不着会不会选你！"

南庭哈哈笑起来，牵动了额头上的伤口，桑桎赶紧拿出医药箱给她换药，有人却在这时敲门，是送外卖的，可他们还没打电话订餐，桑桎正准备和送餐员核对地址，南庭的手机就响了，是齐妙，那位漂亮的房东姐姐在那端说："南庭小妹妹你在家吗？我点的外卖送到了，但我还在路上堵车……"

南庭于是帮齐妙收了那份丰盛得完全不像一人份的外卖，等桑桎给她换完药，房东姐姐就回来了。踩着高跟鞋的齐妙倚着门，手里拎着一瓶红酒："这位先生，不介意让你女朋友陪我喝一杯吧？"

桑桎从齐妙的情绪和行为判断出她应该是遇到了情感问题，在他看来，这种事南庭是不擅长解决的，尤其她现在还是个病号。"她不能喝酒。"是明显拒绝的意思。

齐妙也看见了南庭额头上的纱布，她不解地问：“怎么挂彩了？因为台风，还是被……”她瞅了眼桑桎，“家暴了？”

见齐妙盯着桑桎，南庭失笑：“如果真被家暴的话，我一定会报警的，好吗，妙姐？”

齐妙耸肩：“那就不喝酒，陪我聊天吧，可以吗，男朋友先生？”

桑桎并没有因齐妙是房东而有任何的放松和讨好，他提醒道：“她有外伤，又持续三十多个小时没有休息，为免出现并发症，你们……”他抬腕看了下时间，“十点前结束，到时候我打电话来。”

“还有时间限制？”齐妙皱眉，“不用这么锱铢必较吧？”

桑桎也不应她，看向南庭。

南庭立即表态：“我以睡不着发誓，不喝酒，准时上床休息。”

被点名的睡不着歪着脑袋看向南庭。

等桑桎走了，齐妙踢了高跟鞋，赤脚走到沙发前坐下：“男朋友挺事儿啊。”

南庭给她递了个抱枕：“我们做了什么，让你那么肯定我们是那种关系？”

齐妙伸手接过来：“不是最好，文绉绉的男人没有安全感，差评。”

和盛远时的气势天生不同，桑桎属于平和温雅，有贵族式优雅的男人，却被评价为文绉绉……南庭替他不服：“形容词那么多，像是温润如玉、淡雅如风、学者气质这些，都比文绉绉更恰当。”

齐妙不以为然：“这种俗称暖男的男人最容易被炮灰了，那种……”她脑海里浮现盛远时的样子，“英俊伟岸、气势逼人，有男子汉的爷们儿之气的帅，才是男朋友的标准气质。”

南庭也不和她辩：“那你还怀疑人家打了我？”

齐妙随口说：“万一他心理阴暗呢？”

南庭觉得有必要给桑桎洗白一下：“老桑是心理学教授，中心医院精神科的外请专家，不仅想约他做心理辅导的患者约不上，连行业内想请他做督导的心理师都不计其数。”

“心理学教授？”齐妙忽略“心理辅导”和“督导”这些行业术语，略显吃惊地问，“不会你以前得过抑郁症吧？”在她的世界里，心理学教授就是心理医生，而心理医生专治抑郁症。

南庭随口“嗯”了一声：“天天都想跳楼，可惜恐高。”

齐妙以为她是开玩笑，没心没肺地建议：“你可以割腕啊。”

南庭笑言：“那多疼，还一时半会儿死不了，过程太漫长，不是自杀首选。”

这个话题有点沉重，齐妙不想继续了：“那我刚刚揣度他的心思，会不会被他看穿？”

“你说老桑？”南庭好奇，“你揣度他什么了？”

齐妙贼兮兮地凑到南庭跟前，小声说：“揣度他是不是想睡你，可不是我污啊，主要是教授和禽兽总是被画等号啊。”

教授和禽兽的话题让南庭很无语：“看来今天晚上我们只能靠尬聊死撑了。”

对于南庭坦荡地接受了这个黄色幽默的举动，齐妙很满意，她像知心姐姐似的提醒：“不怕贼偷，就怕贼惦记，人家可能是想和你有后续更新的哦，小妹妹。”

南庭把外卖摆好，又拿来两个杯子，才在单座沙发上坐下：“我只对我想的事负责，其他的，与我无关。”

“有道理。”齐妙的注意力被款式不一样的两个瓷杯转移，她一脸嫌弃地问，“还有比这两个更丑的吗？”

“那就只剩我了，但我显然没那功能。”南庭挠头想了想，“或者我直接把瓶口敲碎？”

齐妙被她的简单粗暴吓了一跳：“把玻璃碴子喝进去，就扎心了啊，小妹妹。”

可南庭戒酒多年，家里确实没有瓶起子。

后来还是回齐妙那边打开了酒，接下来，两个女人开始了台风过境后的第一次促膝长谈。南庭不记得齐妙喝了多少酒，在拦不住的情况下，只好趁齐妙不注意偷偷把酒往花盆里倒，见睡不着歪着脑袋盯着自己，她比画了个“噤声”的手势，示意睡不着别叫。睡不着的小三角眼转了转，哼哼着在她身边趴下，一副宝宝心里苦的委屈样。

齐妙明显是有心事，但在喝醉前，她一个字都没说，直到酒劲上来了，话才开始多起来，先是把最近空降来的女上司的祖宗十八代问候了一遍，又把一位姓乔的……她称之为“毛还没长全的小子”从头发骂到了脚指头。

南庭不会安慰人，尤其她认为大道理谁都懂，只是事情发生在自己身上时，当局者迷而已，于是，她只是静静地听齐妙倾诉，在必要时一起骂两句，直到齐妙骂累了，睡着了，才找来毯子盖在她身上，独自收拾残局，等把垃圾装好，睡不着叼着手机进了厨房。

南庭把手机接过来，摸摸它的头：“这不是我的，是妙姐的。”

睡不着分不清，见那个奇怪的发声体一直不停地叫，它也跟着“汪”个不停。

躺在客厅里的齐妙依然睡得很自我陶醉，完全没被睡不着的叫声惊扰。南庭意识到此时是叫不醒她的，见手机锲而不舍地响，来电显示又是“弟弟”，在误以为是帮自己搬家的齐小弟打来的电话时，她选择了接听：“收到，齐小弟，请讲。”

等了两秒，见那边没动静，她又说：“我是你南庭小姐姐，妙姐她在我这边喝了酒睡着了，如果没有特别重要的事，你明早打来吧。”

那边的人依然没反应，唯有通过听筒传来的呼吸声提醒南庭，对方没有挂断。

南庭不解地“喂”了一声：“齐小弟，你那边信号不好吗？听到给我个回应。”典型的管制员语言特征。

终于，一道低沉的男声对她说：“看来你需要向我解释的事，又多了一件。”

那不怒自威的声音是……盛远时？

回想前一秒怎么称呼他来着？齐小弟！还自称：南庭小姐姐！南庭恨不得原地爆炸。震惊之余，她手不自觉一松，手机就掉在了厨房的地上，屏幕碎了。

睡不着低头看了看哑掉的手机，伸出一只爪子扒拉了一下，就要用嘴把手机叼起来。

南庭及时阻止它，自己俯身捡起碎了屏幕的手机，随后疾步去客厅拿自己的手机，打开微信界面，查看齐小弟的朋友圈。

三个月前，他发了一条："虽然帅气指数有所降低，但安全指数 UP 啦，小叔棒棒哒。"配图是一位飞行员身穿反光背心的照片。

那是每次起飞前，机长在做绕机检查时的状态，而照片中戴着墨镜的飞行员，是盛远时无疑，显然，这是南程航空开航前，他执飞中南航班时被拍下的。

再去翻看齐妙的朋友圈，一个月前，她发了一条："年方三十，民航机长，年薪稳定，具自动取款功能，相貌，低调地说，属超帅一族，无不良嗜好，能承担责任，现收购女友一名，要求……"配图是一张盛远时身穿飞行员制服的照片。

照片是在什么情况下拍的，南庭不得而知，但她凭盛远时肩章上的三道杠确认，拍这张照片时他还是副驾驶，尚未晋升责任机长。而他面孔上畅意自信的笑，愈加显得眉目飞扬、俊朗阳光。

南庭完全可以想象，齐妙的这条朋友圈会引发怎样的山洪。

齐小弟留言提醒她："屏蔽小叔了吗？被他看见，姑姑你就惨了。"

齐妙却说："作为姐姐，我会怕他？"

齐小弟有些愤愤的："换成我，明明是好意，也会被收拾得很惨。果然辈分害死人，侄子我表示不服！"

齐小弟不是齐妙的弟弟，盛远时才是？而她搬来那天之所以会在小区门口遇见他，不是因为他住在这里，而是他原本要替姐姐交钥匙给自己的？

曾以为城市很大，一个转身，足以割断所有联系。事实却是，世界都很小，那些你以为在后来的日子里再也遇不到的人，也许会在你的心心念念之下如同奇迹一样出现，只要回头，就能看见，像是他。

南庭站在窗前，瞬间被万千心事包围——

那一年冬雪正盛时，她约同学林如玉一起去瑞士旅行，确切地说，是她请林如玉去瑞士。出发那天，航班因天气原因延误了两个多小时，她等得不耐烦，几乎是指着登机口地服人员的鼻子，要求告知准确的起飞时间。

地服解释了延误原因，并承诺一旦天气好转，很快就能登机，可她不依不饶，态度蛮横地要求机长出来道歉，如果不是很快就通知了登机，地服都快被她逼哭了，她却一脸得意地对围观的旅客说：“就得给他们施压，看看，这不就登机了吗？”

天气不好转，认她闹翻了天，也是飞不了的。可那时的她，无知到根本没意识到自己是在拿嚣张无理当正义凛然。

进入廊桥，走近舱门时，她看见驾驶舱内，左座上身穿飞行制服，戴着耳麦的中国男人正低头看着手上的单子，右座上的外籍飞行员则侧头看向他，眼神恭敬，像是在请示什么。她看不见男人的正脸，只能借着夜色与灯光，注意到他的侧脸线条和嘴唇弧线很迷人。

林如玉显然也看见了驾驶舱的一幕，目光却是被外籍飞行员吸引：“那个老外好帅。”

她闻言嗤之以鼻：“男朋友还是国产的好。”

林如玉不明所以。

她漫不经心地问：“你英文那么烂，不担心语言障碍吗？”

林如玉却说：“正好和他学英文啊。”不满地推她一下，“说得好像你英文多好似的。”

她笑得妩媚动人：“所以我看上的是那个中国男人。”

年少轻狂，大言不惭。

飞机起飞后，第一次机上广播是乘务长做的。进入平飞阶段，空乘开始提供机上服务，对于相比经济舱精致百倍的头等舱餐食，她依然满脸嫌弃，一口都没吃，全部扔掉。

长途飞行很累，没多久她就睡着了，醒过来时距离飞抵苏黎世还有六个半小时，她按铃把空乘叫来，莫名其妙地说：“我要投诉你们机长。”

“投诉机长？”空乘还是头一次遇上这种状况，有点傻眼。

她非常不满：“本来就延误了两个多小时，还飞这么慢，是你们没给他送饭吗？”

空乘接不住招，把乘务长请来了。

乘务长是位国际友人，用英文询问她有什么需要帮助。

她更来气了，蛮不讲理地指责：“你看不出来我是中国人吗？公司没对你培训中文吗？”

乘务长的笑容僵了一下，然后换成中文，客气地再问了一遍。

她气愤地说：“我要投诉你们机长，因为他飞机开得不够快，越开越像老太太。”

乘务长是怎么转达给机长的她不得而知，只是没几分钟广播就响了，一道低沉磁性的男声先用中文说：“女士们，先生们，我是本次航班的机长，为了表达我们对飞机晚点的歉意，稍后我会把飞机飞得跟刚偷来时一样快，请你们务必系好安全带。”

然后，是一遍流利的英文。

那是她听过最幽默另类的机长广播，从此，她恋上了对方地道的美式英语。

相比南庭的全无防备，盛远时也是措手不及。本以为那个他莫名熟悉，又被否定的声音是南庭，已经是比奇迹还稀奇的事情，结果，这个女人不仅是他表姐的房客，丛林又告诉他，他带飞行学员回国那天在航站楼里，随手“搭救”的那个人，也是她。

那个下午，他刚刚带领南程最后一批在纽约受训的飞行学员回来，行至平梯扶手处，顾南亭打来电话，接通时，他看见一个女孩子背对自己，踉跄着向平梯而去，如果她就那样倒着踩上去，势必要被平梯向前的作用力带倒。

向来拒绝和异性有肢体接触的男人，鬼迷了心窍似的，右手保持握手机的姿势不动，左手适时伸出，在女孩子腰间用力一搂。

纤腰柔软，皮肤触手细滑，有那么一秒，盛远时因大脑突然涌现出来的异样感觉停止了思考，但还是理智地说了一句“抱歉”，并在她站稳的瞬间收手，没有多一秒的停留。

乌黑的长发，白色上衣，双肩包，平底鞋，最简单朴素的打扮，与记忆中的那个人千差万别，可那几乎快忘了的她身上特有的味道——盛远时在通话结束前突然停步，回头，却只看见那个女孩子俯身捡棒球帽的背影。

他站在原地没动，固执地要等对方转过头来。结果，她起身后竟然朝反方向走了。

盛远时几乎就要追上去确认。

手机那端的顾南亭唤：“远时？”

身旁的丛林也提醒道：“师父，公司的机组车到了。”

不会是她。如果重逢是那么容易的事，分离就不会那么疼。就像半年前在塔台听出那个声音像她后一样，盛远时再一次选择了放弃。他没有和飞行学员一起坐公司的机组车，而是独自开着那辆白色路虎一路疾驰。

却真的是她。

她悄无声息地回到他身边，和他周围的人都成了熟人。

唯独自己，对她的归来，全然不知。

这个深夜，这寂静的城市一角，盛远时几乎是在瞬间，被回忆四面威胁——

那个异常寒冷的冬天，在外航供职的盛远时执飞A市至苏黎世的航班。

由于天气恶劣，航班延误了两个多小时，当时的北京时间正值深夜，机上的旅客多在睡觉，为避免飞机颠簸影响大家休息，他保持着正常的巡航速度。

乘务长敲门进入驾驶舱，对身为机长的他说：“有位旅客要投诉你。”

Benson 那时还是副驾驶，闻言顿时来了精神，替师父盛远时问：“Why?”

乘务长犹豫了下，还是决定实话实说：“她说机长飞机开得不够快，越开越像老太太。”

那是盛远时有生以来唯一被投诉，理由令人啼笑皆非。

在 Benson 哭笑不得的表情中，盛远时从容地做了个“提速预报”式的机长广播。然后，直到飞抵苏黎世，那位投诉他的旅客没再有其他举动。他以为这件事到此为止了，结果走出驾驶舱时，有个梳着短发、打扮前卫的女孩子堵在舱门前，用她与众不同的悦耳嗓音提出要求：“我想把握最后的机会，和机长先生认识一下，可以吗？”

在飞机着陆前，盛远时才在广播中说：“女士们，先生们，你们可能已经留意到，飞机十分钟前就该落地了，但此时机场还有十二架飞机在我们前面排队待降，所以我们需要在高空盘旋等待一下，如果你还没有要到邻座的电话号码，这是最后的机会了，但请不要打开手机记号码，因为手机发出的电磁波会对飞机的导航系统造成干扰，万一飞机因此落错了跑道，或是发生其他危险，我连为各位的人身安全负责的机会都没有。”

所以现在，这个女孩子把广播中他应对延误的那一套原封不动还给了他。

果然，江湖事，都可以推翻重来。

乘务长摊手表示无奈，显然是阻止过，不让女孩子等在驾驶舱外，但失败了。

在盛远时的飞行生涯中，这种经历不胜枚举，遇上他心情好，他可能会说：“如果你想感谢我，可以向我的公司写一封感谢信，记得注明航班号，谢谢。”万一这个航段的飞行有些颠簸或疲惫，他可能不会那么好脾气，而是不留情面地表示：“我的工作是把旅客平安送达目的地，不是和旅客交朋友。”

无论是哪一种拒绝，都足以让好不容易鼓起勇气前来搭讪的女子知难而退。毕竟，在爱情里，女人总是比男人要矜持。

本以为这一次也不例外，尤其面前还是位投诉过他的旅客。

嫌飞机开得不够快，这个理由也是够奇葩了！

然而，盛远时看一眼她身旁抱着双臂，等着看热闹的同学一眼，反问：“你以后出行都会选乘我们公司的航班吗？”语气温和得像在哄闹脾气的小妹。

对于这么敬业的机长，女孩子反应很快地说：“加上手机号码就可以。”

盛远时那天的心情真是不错，他眼里带着笑：“互换联系方式这种事，我并不觉得吃亏。”然后开机，根据女孩子报出的手机号码，打给了她。

女孩子得意地朝同学晃了晃手机，随后突然上前一步，在众人诧异的目光下，踮脚抱住了盛远时，抽身时，她白皙细滑的小脸如羽毛般似有若无地擦过盛远时的侧脸。

那陌生的、无以言表的触感，让盛远时有一瞬的失神。

她却挥手说“再见”了。

盛远时在舱门前站了许久，他一直在想，她趁抱他之际，在他耳边轻声说的那句话，到底是“初次见你，请多关照”，还是“初次爱你，请多关照”。而这个大胆的，旁若无人拥抱他的女孩子，就这样给盛远时留下了深刻的印象。

苏黎世时间的晚上，盛远时去喝了两杯，由于长期飞国际航班，他一直用这种方式帮助自己倒时差。就在他准备买单离开时，微信收到一个昵称为“蛮蛮”的好友申请，验证信息是：“那架飞机真是偷来的？”

是个挺有意思的小姑娘。

盛远时通过了她的好友验证，借着醉意逗她：“关注一下最近的国际新闻，或许会有答案。”

蛮蛮不是幼儿园小朋友，当然不会在偷飞机的话题上纠缠，只是问：“方便通话吗？”不等盛远时回答，视频通话邀请已经发了过来。

盛远时接受了，可出现在手机屏幕上的不是她眉目如画的一张脸，而是敷着黑色面膜的一张只露出眼睛和嘴巴的脸，他呛了一口酒：“是请我看惊悚片吗？”

蛮蛮敷着面膜，说话含含糊糊的：“对呀，你被吓到，我才有机会嘛。”

盛远时失笑：“说得好像很有经验。”

蛮蛮俏皮地耸了下肩：“像我这么漂亮的女生，被邀请的经历当然是数不胜数。这么热闹，你在酒吧？”

盛远时于是举着手机给她看了看他的周围，耀眼的灯光，妖娆的女子，以及不知是哪个方向传来的失控的叫喊和号笑，最后，他把手机对准了不远处帅气的调酒师。

盛远时发誓，只是随手拍给她看，结果她竟然眼尖地发现了酒吧的名字，一把扔掉面膜，兴奋地说：“等我。”

通话结束时，盛远时才反应过来，或许那么巧，她就住在酒吧所属的这家酒店？

五分钟左右，或者更短的时间，有人由远及近跑来，自背后蒙住了他的眼睛。

劲爆的音乐和喧嚷的人群忽然寂静下来，唯有眼睛上的那双手，纤细柔软，温暖真切。

一道悦耳动听的女声轻轻地在他耳边哼唱：“我悄悄地蒙上你的眼睛，让你猜猜我是谁……”

如此落入俗套的情节，竟有种难以言喻的情怀涌起，盛远时几乎难以克制自己，他静了几秒，然后像遇见了爱闹的老朋友一样，伸手把她拉到自己身边坐下。

来人当然是蛮蛮，她顶着乱蓬蓬的短发，素着一张脸，身上穿着未及换下的睡裙。

有人朝她吹口哨。

盛远时抬头扫了一眼，黑眸凌厉，如同一匹审时度势的狼。

哨声即止。

他脱下外套披在她身上："下次不要再这么衣衫不整地出门，穿规矩点。"低沉的音色，带着警告意味的语气，是爆棚的男人味。

蛮蛮裹着带有他味道的外套，眯着眼睛笑："下次换个你喜欢的风格。"

盛远时仰头干了杯中的酒，示意调酒师再来一杯。

蛮蛮对调酒师支吾了半天，最后指了指盛远时，意思是来一杯和他一样的。

那个时候的她，英语令人不敢恭维。

盛远时阻止了调酒师，才偏头看她："我这杯太烈，你喝不了。"

"是担心我喝醉了，"蛮蛮与他对视，语气认真，"酒后乱性吗？"

大胆赤裸的言语，如同一剂有力的催情剂，让男人把持不住。

盛远时移开目光笑了。

调酒师则在他的要求下，给蛮蛮调了一杯五彩的鸡尾酒，末了还不忘夸奖她漂亮。

蛮蛮听懂了，她笑睨着盛远时，对调酒师说："Thanks."

盛远时笑而不语。

蛮蛮问他自己喝的这杯叫什么名字，盛远时随口答她："刁蛮公主。"

蛮蛮差一点就相信了，反应过来后，她抬手打了盛远时一下："我是善解人意型的。"

她善解人意？盛远时觉得自己可以靠这个笑话活半年。

尽管是初相识，盛远时还是觉得"蛮蛮"这个名字很适合她。直到后来，她再也没有对他刁蛮过，他才想起来《山海经 · 西山经》有载："崇吾之山，有鸟焉，其状如凫，而一翼一目，相得乃飞，名曰蛮蛮。"

蛮蛮是古代传说中只有一只翅膀和一只眼睛的鸟，因为要两只鸟合起来才能飞翔，后被称为比翼鸟，就是我们常说的“在天愿作比翼鸟，在地愿为连理枝”中的比翼鸟。

所以，她微信的昵称，也就是她的小名，其实是她父母对爱情和婚姻的一种态度和祈愿。只是，盛远时明白时，已经没有机会告诉她，她喝的那杯鸡尾酒的名字其实是：彩虹。

斯人若彩虹，遇上方知有。

那晚的最后，盛远时有了些许醉意，但他心里再清楚不过，蛮蛮故意给他多点了两杯酒。他不拒绝，就是想看看她打的什么主意。

蛮蛮让他送她回楼上的房间。

盛远时认为这是成年男女之间一种无声的暗示。

那一刻，他的心已经在拒绝和否定面前这个漂亮又……开放的蛮蛮姑娘。

可她却说：“刚才我下楼时，电梯里有两个黑人一直盯着我看。”

年轻美丽的脸上，厌弃的神色没有任何伪造。

盛远时竟有些庆幸，庆幸自己想多了。

他按键叫梯。

十二楼的酒店房间门口，蛮蛮对他说：“谢谢。”然后倾身上前。

年轻的少女，鼻梁挺秀，双唇淡红，梨窝浅浅，不施粉黛的样子，清爽而活泼，可他的那件男士外套往她身上一披，若隐若现的锁骨，再配上她仰头待吻的姿态，令她周身充满了慵懒与性感。

走廊昏暗的灯光，混杂着两人身上弥漫的烟酒味道，令暧昧开始迅速蔓延，侵蚀麻醉了盛远时的心。他搂住了她的腰，轻轻一带，女孩子柔软的身体就贴上了他……

都这样了，或许该发生点什么。

所幸盛远时不是随便的人。

不对，用程潇的话来说就是：“口味刁钻的男人不配有女朋友。”言外之意，在选择女朋友方面，盛远时属于挑毛拣刺型。

盛远时承认自己是苛刻的，不仅仅体现在飞行上，还有感情方面。他曾经以为，两个以最毋庸置疑的姿态站在彼此身边的人，才是最适合的。所以，他要的爱人，是和他一样，永远不放弃自我成长的；他要的爱情，是棋逢对手、势均力敌的。

显然，蛮蛮不是他想要的“对手”。尤其，那时距离两人交换手机号码还不到二十四个小时，盛远时甚至都不知道她的真实姓名，怎么可能那么草率地和她发生“肌肤之亲”？

所以，当他们的身体几乎贴在了一起时，盛远时也清晰地感觉到了女孩子凹凸有致的曲线，而他们的唇只距离寸许时，他微一偏头，附在蛮蛮耳边说：“这样的试探，很冒险。”松开手，适时退后。

后来蛮蛮告诉他，如果那晚他吻了她，她会删除他所有的联系方式，和他也就从那天开始，到那夜结束。

但他没有。

从那一刻起，她爱上了他。

当然，这是后话，当时的情景是，盛远时眼神冷静，带着一丝警惕地注视她，毫无醉意。

蛮蛮意外于自己被看穿了，但她并不气恼，反而坦白地说：“很多追我的男人都只是看我漂亮，还有和朋友打赌多少天能睡到我的，这样的渣男遇多了，碰上个养眼的，当然要试探一下，免得遇人不淑。”

也不是全无道理，只是这种类似以身试法的办法，盛远时并不苟同。他有些好奇地问：“如果我吻了你呢？”

“那就，”蛮蛮毫不矜持地回他两个字，“回吻。”

这个答案……盛远时倒是没想到，他本以为自己一旦吻下去的话，会换来她一巴掌，他用眼角余光明明瞥到她垂在身侧的手，已经有了准备。

盛远时调侃道：“你倒不吃亏。”

“能让我甘于冒险的人，当然是诱惑到我了，必须能吻则吻，把握机会。”蛮蛮把外套还给他，笑着伸出手，“司徒南，A 市人，十八岁，音乐学院大一新生，很高兴认识你，盛机长。”

一个坦荡到一不小心就会被误解为放荡的女孩子，确实与众不同。盛远时递出手，握住她的手：“看来我已经不需要做自我介绍了，司徒同学。”

司徒南握着他的手晃了晃，撒娇似的问：“那你不会怪我用了投诉你这个办法，才从你们公司获得这么一点官方的简介吧？”

盛远时微微皱眉，侧脸轮廓分明：“你为什么不换个方式，比如表扬？”

“我想到了啊，可我担心你们公司和我客气，说这是你应该做的，不用谢，或者让我写封表扬信发到官网啊什么的，我不就没机会问你名字了？总不能到了那个时候我再改口说要投诉吧，反反复复的，好像承认自己精神有问题似的，不如一刀见血来得痛快。”

“你这个思维，”盛远时抽回手，“我要以观后效，再考虑要不要给你一份独家简介。”

司徒南跺脚：“又不是让你娶我，有那么为难吗？”

盛远时笑着看一眼手表：“就这样吧，有机会再见。”

司徒南依依不舍：“可以以贴面礼作为告别吗？”

盛远时却说：“有缘在法国见，再行贴面礼也不迟。”

司徒南朝他的背影喊：“如果你食言，我就再投诉你一次。”

遇到这个厚脸皮又无赖的女孩子，却不反感，盛远时摇头笑。

那个时候，盛远时刚刚晋升责任机长，排班很满，通常不是在飞，就是去往飞行的路上，或者在睡觉，以至他的手机基本都处于关机状态，如同失联让人找不到。司徒南不过是一位与他仅有两面之缘的爱慕他的女孩子，盛远时当然不可能分太多的心思在她身上，只是在收到她的微信时和她聊几句，知道她人还在瑞士，在她的要求下，推荐一些他认为还不错的景点和吃食，至于他的行踪，则因要执飞不同的航班，有所不定。

一个星期后，盛远时执飞纽约到苏黎世的航班，飞机落地后他刚开机，司徒南就打来电话：“晚上的时间可以留给我吗？”

盛远时不免有些意外："你还在苏黎世？"

司徒南说："明天走。"

盛远时问："这次又是用了什么方法查到我排班的？"

司徒南如实回答："我打电话到你们公司，说上次的投诉是个误会，想当面跟你道歉。"

盛远时听后笑了："还挺机灵的。"

"为了给你洗白，我当然要绞尽脑汁了。"司徒南追问，"晚上的时间给我，OK 吗？"

盛远时向她确认："整个晚上？"

司徒南听出他那边有人，她故意在这边大声地说："如果你愿意的话，我当然没问题，就整晚啊。"

盛远时拒绝了副驾驶一起吃晚饭的提议，才回她："听不出来我身边是个男人吗？喊那么大声。"

"情敌可不分男女。"司徒南反应很快，且语出惊人，"或者我有必要先确认一下，你是喜欢女人的吧？"

盛远时真是服了她，他无可奈何地说："你是在提醒我用这个理由拒绝你吗？"

司徒南鬼灵精似的说："看来你知道我在追你哦。"

是啊，明知道她喜欢自己，却没有像从前拒绝别人那样远离，这是怎么回事？盛远时换了个话题："去看圣诞赛跑吗？"

司徒南的注意力很快就被转移了，她兴奋地说："还要放流水浮灯。"

盛远时嘱咐她："那就多穿点。"

结果等他去酒店接她时，她的羊绒大衣里，竟然只穿了件短款的蕾丝小晚礼服，还露出一截匀称的小腿。

盛远时习惯性地微微皱眉："你确定这样不会冷？"

司徒南在他面前转了个圈，笑容甜美："在漂亮和温暖之间，女孩子的选择永远只会是前者。即便以后我们结婚了，我也依然愿意用美来取悦你。”

一个天生丽质的女孩子，又选择了一套很适合自己的衣服，细看之下，还化了精致的淡妆，没有多余繁复的首饰，只搭配了一条钻石锁骨链和一块腕表，确实很美。

第一次发现，自己其实也是感观动物。盛远时作为那个被取悦的男人，是荣幸的，不过他还是说：“等你到了只有健康不能选的时候，就会明白这个时候最该选的其实是后者。”

“你好像我爸爸哦。”司徒南挽住他胳膊往外走，“果然老男人比较啰唆。”

“老男人？”盛远时不认同，“我是业界最年轻的机长，哪里老了？”

“比我大六岁还不老？六年以后我才二十四岁，你都三十岁啦。”她边走边仰头看他，“不过我不嫌弃你，谁让你脸长得好看呢，其他的都不重要。”

盛远时自动忽略掉“自己靠脸活着”的信息，绅士地为她开车门：“你同学呢，不一起去吗？”

他只是想换一个话题，司徒南却想多了：“这是我们第一次正式约会，我难道还要自带照明灯吗？还是你看上她了？不会吧，我明明比她好看得多了。”

面对她的自恋，盛远时打击道：“我不只看脸。”

司徒南好奇：“那还有什么可看的？”

盛远时启动车子：“内在。”

司徒南“切”一声：“老男人就是奇葩，小心遇上如花。”

像是要惩罚口无遮拦的她，盛远时突然加速。

司徒南吓一跳：“我还没系安全带呢。”

盛远时一脚油门踩到底。

司徒南尖叫。

那个时候的他们，一个青春年少，一个不羁狂放，或许骨子里，他们是同一种人，才会一拍即合。只可惜，在没有经历岁月洗礼前，他们和这世上很多人一样，以为爱情就是眼前的样子，想要就能得到。直到分离来得措手不及，才意识到，一拍两散才是这世上最容易的事情，那些所期待的最好，早已遇到，又已错失。

苏黎世圣诞节很热闹，尤其是著名的巴恩霍夫大街，更以璀璨的灯光迎接圣诞赛跑。但司徒南更喜欢苏黎世圣诞节的另一个传统，就是在Stadthausquai往利马特河上放流漂浮的蜡烛，她甚至虔诚地许了愿。

音乐弥漫的河边，拥抱接吻的情侣随处可见，一个纤瘦美丽的亚洲少女，面朝河水，双手合十，成为这个圣诞节最美的点缀。

盛远时拿手机的手一动，拍下这一幕。

司徒南全然不知已成别人的风景，她许好愿，回身问她的风景："想知道我许了什么愿吗？"

盛远时提醒她："愿望说出来就不灵了。"

司徒南却有自己的小算盘："可有的愿望光靠自己是实现不了的，需要有人帮忙啊。"

盛远时听懂了："那么请问司徒小姐，需要我怎么帮你呢？"

司徒南笑得眉眼弯弯："我的愿望是六年后嫁给你。"

暂且抛开他们会不会有进一步的发展，盛远时好奇的是："为什么是六年？"

司徒南笑眯眯地回答："趁我芳华正好，趁你还不太老。"

但愿那时，一切都是恰好。

盛远时笑得矜持又无奈。

那是一个愉快且令人难忘的圣诞节，一对年轻的亚洲男女，相携夜游苏黎世，笑闹着穿梭在小巷中，相互调侃追逐，不知何时就牵了手，女孩子笑声清脆，举手投足间皆是风情，眼中的眷恋爱意更是毫不遮掩，而她身边的男子，英俊又绅士，眉宇间始终带着笑，静静地看着她闹，俨然是一对陷入热恋的爱侣，引得旁人注目。

盛远时还带她去尝了瑞士风味的奶酪火锅，司徒南赞不绝口，嚷嚷着让司徒老爸在国内复制一家一模一样的餐厅，以满足她挑剔的胃，盛远时只当她是开玩笑。

回到酒店时，司徒南明显闷闷不乐，盛远时第二天也有飞行任务，他答应过来接她一起去机场，司徒南像个孩子似的瞬间开心起来，忘形地扑到盛远时怀里。

盛远时向来不允许道德放任自流，可当被司徒南抱住，身体里肾上腺和多巴胺瞬间提高，原则什么的，也就见了鬼，尽管他嘴硬地说："不要总是这么山河巨变，会让我对自己的人身安全很担心。"手臂却像有自己的意识一样轻轻地搂在她腰间。

司徒南因他回抱的动作，漂亮的眼睛里漫出笑意："你什么时候从了我？"

盛远时漆黑的眼睛里也有笑意："就这么迫不及待？"

司徒南重重点头，语气带着一份认真："急切地想知道和你接吻的滋味。"

这样的撩拨，实在容易擦枪走火。盛远时把她从自己怀里拉开，理智地回答："等我们对彼此多一些了解再说。"

"老男人都这么较真儿吗？"司徒南皱眉，"像我这种除了长得漂亮，什么都不会做，还挑三拣四的人，不是坐等出局？不开心。"

很孩子气，又不失坦率真实。

为了安抚她，盛远时不得不自我贬低："像我这种除了长得帅，只会开飞机的人，也可能是中看不中用，你小心以后回顾现在的所有情节时，只剩一种叫作'后悔'的情绪。"

司徒南俏皮地眨眼，语气暧昧："中不中用要用过才知道。"

她和别的女孩子最大的区别就是，无论说多过分的话，都有独特的底气，好像从来不会脸红害羞。盛远时不确定这算优点还是缺点，只觉得被撩的感觉，很是酸爽。

无疑是一种新鲜又奇妙的体验。但是，再多停留一秒，都怕被她邀请共度良宵。

盛远时无意挑战自控力：“明天见。”听着身后司徒南愉悦的笑声，他有种自己是落荒而逃的错觉。

深夜，他给司徒南发微信：“明天提前出发一个小时，迁就一下我的航班？”

司徒南当然不会有异议：“今晚去机场都行，只要你有要求，我分分钟从了。”不等盛远时回复，她又补充了一句，“我不像你那么难搞呀。”

盛远时深呼一口气：“睡吧。”

司徒南很懂得适可而止，也不再撩他，只回了一个萌萌哒的奸笑表情，像是心照不宣。

然而第二天，盛远时按照约定时间到达酒店时，那位小姐居然睡过头了，幸好盛远时车速够快，又熟悉路，才不至于影响他做飞行前的准备。但第一次出国的林如玉却还在担心退税时间不够，抱怨司徒南太磨蹭。

司徒南随口说：“来不及就不退，多少钱我给你。”

后座的林如玉在倒车镜中看了盛远时一眼，像是怕他误会一样，笑着说：“我又不是那个意思。”然后主动找话题和盛远时聊天：“盛机长是哪里人啊？”

盛远时专注于路况，没有看她：“司徒南没告诉你吗？”

林如玉竟没听出来自己被怼了，还在没话找话：“听说你是在美国考的飞行执照，然后就留在纽约工作了，是业界最年轻的机长，了不起哦。”

盛远时随口应了句：“国内外体制不同而已。”然后嘱咐司徒南：“你们的时间很充足，稍晚一点办乘机手续都可以，用我教你的英语请柜台给你办理你想要的座位，那一排通常会被航空公司锁定，不会太早放出来，不必担心被别人先选了。另外，你的箱子太重，不要拎上飞机，好了，我知道它很娇贵怕划，但这趟航班是远机位，需要坐摆渡车，你上下车会很不方便，还给空乘增加负担，我的建议是托运，OK？”

司徒南本不是个听话的孩子，却笑着答：“OK，盛爸爸。”

盛远时也奇怪自己什么时候变得如此啰唆了。

被冷落的林如玉在这时语带酸意地插话：“还以为盛机长会带我们走个员工通道呢。”

盛远时抬眸，在倒车镜中看了她一眼。

司徒南则毫不客气地反驳道：“你有什么资格走员工通道？再说了，他还要做飞行前的准备工作，已经为了接我们迟到了。”

林如玉开玩笑似的说：“你转性啦，这么体贴？”

司徒南回头瞪她一眼：“要不是你只顾着自己化妆忘了叫我，他也不会这么赶，你就不要说太多了。”

林如玉忌惮司徒南，不太敢犟嘴，但还是忍不住嘟囔了一句：“还不是你没告诉我改了出发时间？”

为了免除两个女孩子吵起来，盛远时适时说：“怪我了，要不是为了迁就我的航班，你们是可以再晚会儿出发的。”见司徒南侧身，一副要怼林如玉的架势，他腾出右手，按住她手腕，“不用操心我，我来得及，你顾好自己，按时登机就行。”末了还不放心地特意强调，“不要因为任何原因耽误登机，遇到问题随时给我打电话，不会影响我做飞行准备。”

司徒南失笑：“怎么感觉我像智障，连换个登机牌，过个安检都会出纰漏？”

盛远时瞥她一眼：“智障肯定不是，智商高不高，还有待验证。”

司徒南“嗞”一声：“我明明是聪明伶俐、足智多谋、秀外慧中、智勇双全、不容小觑的好吗？”

盛远时失笑：“别逼我说假话。”

司徒南微微嗔道：“你讨厌。”

那言语和姿态，俨然是情侣之间的打情骂俏。

林如玉别过脸去，不屑地哼了声。

在川流不息的航站楼前，司徒南伸手要抱抱，并要他承诺：“回国一定要让我知道。”

盛远时无法拒绝这临别的一抱，他轻轻回抱她。

司徒南抱着他不松手，仰着头撒娇：“怎么办，还没分开已经开始想你了。”

盛远时抬腕看了下时间：“我真的要来不及了。”

司徒南踮脚，动作极快地亲了他侧脸一下：“好吧，我立志做个善解人意、通情达理、投其所好的追求者。”

终于，除了老妈和老姐外，第一个和盛远时有亲密接触的女人出现了。

毫无征兆，堂而皇之。

被偷袭的盛远时有点不好意思，他避重就轻地回应她：“前缀太多，我容易抓不住重点。”

等他转身要上车，司徒南旁若无人地喊：“我一定会追到你的，你等着。”

她声音那么大，想假装听不见都不行。盛远时跳上车，朝她挥了下手：“先回国再说。”说完启动车子走了。

林如玉拖着两个人的行李箱，不耐烦地喊：“人都走了，就别戳那儿扮望夫石了吧，赶紧先去退税啊。”

司徒南哪还有心情退税啊？瑞士法郎再好，有她家盛机长好看吗？她从林如玉手上接过两个人的箱子：“你退你的，我看行李。”

林如玉误以为司徒南是支使自己去退税，有点不满地说：“那么多单子，我哪儿整理得过来？你来帮帮忙嘛。”

“你昨晚不就整理好了吗？”司徒南看时间还早，也没急着马上换登机牌，而是蹲在距离值机柜台不远的角落里，翻看手机里昨晚偷拍的盛远时的照片，以及缠着他拍的两个人的合影，口水流一地，没有听见排队的林如玉在背后小声说：“有钱有什么了不起！”

这边司徒南正垂涎盛远时的美色，那边不知从哪里跑出个人来，没长眼睛似的拖着个大得能把司徒南装下的箱子，重重地撞到她身上，司徒南全无防备，一下就膝盖着地跪在大理石地面上了，脱手的手机摔出去老远。

司徒南一惊，也顾不上膝盖处的疼，几乎是连滚带爬地去捡手机，确定裂了屏的手机运行正常，里面的照片都在，她才松了口气。可想到险些丢了盛远时的照片，心里顿时燃起一股无名怒火，司徒南站起来追上去，对那个撞了她，还理直气壮冲去值机柜台的人喝道："You give me stop!"

那个撞了司徒南的外国大姐对她的话置若罔闻，一路疾驰到柜台前，不顾后面排着长队等候的其他旅客，手舞足蹈地要求工作人员给她优先办理登机牌。

女值机边用英文说着什么，边用手示意她排队。

大姐却完全不听，用护照拍打柜台，示意值机快点，她来不及了。

女值机无奈之下拿起了她的护照，但经过查询后，还是拒绝给她办理登机手续，原因是航班截载。

大姐闻言非常气愤："我订好了票，飞机也没有起飞，为什么要截载？凭什么截载？"

显然，她不明白航班截载是什么意思，在她看来，只要飞机没起飞，她随时可以办理乘机手续，然后登机。

后面有那么多旅客在排队，为避免耽误大家的时间，女值机请她到旁边等一下，说稍后会请自己的领导向她解释，并协助她办理改签事宜。

那个大姐却不肯，拍打着柜台叫嚷，后来更是情绪激动地越过值机柜台，扬手给了女值机一记耳光。她动作特别快，还打得很用力，吓得旁边的旅客和工作人员都傻了，连身经百战的司徒南都因她突然的发作怔在原地，反应不过来。

女值机怔了几秒，"哇"的一声就哭了，旁边的同事也顾不得工作了，纷纷过来安慰她，可他们没一个人敢动那个大姐一下，只是听她一个人在那儿叫嚣。

当然，以上大姐和女值机的吵架内容其实是司徒南自己杜撰的，因为两人全程都是用英语在交流，语速又快，她除了听出来“航班截载”和“飞机没起飞”，其他的……司徒南绝对不会承认自己没听懂，而是根据她们的肢体语言脑补出来的。

如此强大的脑洞，也是很难被超越了。

可因航班截载停止办理乘机手续就打人，打的还是和她同肤色的亚洲人，司徒南就不能忍了，她没理会退完税跑过来的林如玉，撸起袖子就过去了。

林如玉都没反应过来是怎么回事，司徒南已经一把打开那个大姐的手，用中文质问人家：“机场是你家开的，还是航空公司是你家开的？值机端的是你的饭碗吗？你想打一巴掌就打一巴掌？机场有明确规定截载时间，你是瞎的还是傻的，看不见还是没读过书看不懂？”

大姐是个国际友人，对中文没有涉猎，她怔怔地看着面前这个纤瘦的亚洲女孩子，叽里呱啦地讲了一大串英文。

司徒南把发型挠乱了还是没听懂，情急之下对女值机说：“你能翻译一下吗？”

女值机以带着哭腔的声音说：“她说，飞机还有半个小时才起飞，就应该给她办手续，问您是不是欺负她不懂，还是因为她不是头等舱的客人。”

“你会说中文？”司徒南如遇神助，“我说，你译给她听，不用委婉，就简单粗暴地译！”

然后指着那个大姐，开始她的表演了：“你知不知道什么叫航班截载？而从截载到飞机起飞这段时间，又有多少事等着工作人员去做？载重平衡测算需要时间，行李装运和机上餐食配送需要时间，登机桥和客梯车的对接和撤离，摆渡车的机坪运行都需要时间，难道要因为你一个人，让所有的工作重来一遍？整架飞机就为你一个人服务吗？我镶金边长大，也没你那么贵啊，大妈！”

“你什么时候懂这么多了？”林如玉都吃了一惊。

司徒南得意地一挑眉："你以为这些天我每天对着手机是在看什么？"

为了讨好一个男人，不惜去了解一个全然陌生的行业？林如玉嗤之以鼻，嘀咕："学习这么努力，也不至于考试垫底了。"

女值机则为司徒南堪称科普式的宣讲要奉其为偶像了，她除了正常翻译外，还补充了两点，从截载到飞机起飞这段时间里，工作人员都要做些什么。一点是，应对特殊情况需要时间；还有一点就是，航班起飞前的准备需要时间。但是"镶金边长大很贵"这句，她就译不好了，为避免失去效果，她用中文，语气很重地重复了一遍，最后加了一句："Dama!"

三十五岁的大姐被二十多岁的年轻人喊大妈，不发火真是对不起自己，她嘴里喋喋不休的同时，人已经冲上来推搡司徒南了。

女人和女人之间就是这样，一言不合就发起总攻，挠脸、扯头发什么的通通用上。林如玉最先发现大姐要动手的迹象，她不仅没维护司徒南，竟然下意识往后一躲，离事发地远了些。

大姐的存在感那么强，硬碰硬的话，司徒南肯定要吃亏的，可她一点也不害怕，一把抓起斜挎在胸前的包就砸了过去。司徒南只是条件反射地自我防卫，结果包的五金件正中大姐眼睛，所以十分钟后，盛远时接到了机场警察的电话。

可他在做起飞前的准备，实在走不开，为避免因他个人令航班延误，在确认司徒南没有受伤的情况下，他让当时还是副驾驶的Benson过去处理，并亲自和机场警察通了话。

Benson是位中法混血儿，他赶到后先和机场警察交涉了几分钟，然后请司徒南接电话。

是盛远时，他先急切地询问司徒南有没有吃亏。

为了免于他担心，司徒南没提被大姐撞倒，膝盖隐隐作痛的前情，拍着胸脯保证说："我连一根头发都没少。"怕他不信，还补充了一句，"你又不是不知道我，吃亏的话，能只砸她眼睛？"

确实，凭她小辣椒的个性，真吃亏就得吃了人家。盛远时以命令的口吻说：“去道个歉，然后跟 Benson 登机。”

司徒南一听就炸了：“我道歉？凭什么？”

盛远时微恼：“你把人家打伤了！”

“她先要打我，我总不能站在那儿让她打吧？”司徒南并不认为自己有错，振振有词，“再说她还打了值机一巴掌呢，我就当替值机还回去了，不过分吧？”

“这种事，是这么个还法吗？”盛远时的语气冷下来，“去道歉，别让我废话。”

司徒南知道他正在忙，没时间耽搁，她说了句“你别管了”，就把手机扔给 Benson，然后从自己包里掏出一沓面额不小的瑞士法郎，还有些欧元，数也没数地拍在桌子上：“不是把你打了吗？我赔你医药费！但想让我跟你道歉，我告诉你，没门儿！”说完看着 Benson：“翻译给她听！”

Benson 一脸尴尬，却不得不在司徒南的“压迫”下勉为其难，但他自以为机智地篡改了台词，试图用委婉的说辞解决此事，结果司徒南听懂了他最后的那句：“你看这样可以吗？”顿时明白过来，他在做和事佬。

她也不让 Benson 翻译了，先坚决表示不道歉，然后看向那位被打的女值机，建议：“她打了你的脸，要么还回去，要么就请律师告到她破产为止，总之，不接受道歉。这世上，就数对不起最廉价！”

警察和 Benson 明明已经协商好了，结果居然是这样一种情况，两人相对无语。

那个大姐见她不肯道歉，情绪激动地问她什么意思。

司徒南气愤地说：“就是有钱了不起的意思！有本事，你别一见警察就尿。”然后看向警察：“这些钱作为医药费够不够？我能不能走了？”见那个大姐还要说点什么，她盯着人家，以质问的语气喝道：“要钱还是要道歉？”

盛远时在电话那端什么都听见了。

气得肝疼，还不得不为她善后。

最终，盛远时通过电话，代表司徒南向那个大姐道了歉，而那位亚洲女值机选择了接受对方的道歉。大事化小，小事化无，所谓的“路见不平，拔刀相助”，真的成了多管闲事。

“脑残、笨蛋、傻瓜！”司徒南一路都在骂自己，更是不肯听从盛远时的安排让 Benson 帮她换登机牌登机，而她到底因为对苏黎世机场不熟，直到过了飞机起飞时间二十多分钟才赶到登机口。

在这期间，盛远时一直在打她的手机，她没有关机，却始终不肯接电话，似乎在用这种方式告诉盛远时：我不开心！

任性到无理取闹。

至于盛远时，直到乘务长汇报，最后两位乘客找到了，他还没有来得及告诉司徒南，昨晚特意向公司申请，和一位执行期飞行资质匹配的同事调换了航班，只为亲自送她回国。所以，飞机等了司徒南将近三十分钟，完全是因为，机长是盛远时。

原本的惊喜，成了后来的负气。

盛远时作为机长，首次在执飞期间，没有亲自做机长广播，而是由副驾驶代劳。Benson 见他脸色始终不好，大气都不敢喘一下，憋得只能以上洗手间的方式解压。还是林如玉发现了端倪，她听完广播，不确定地说：“怎么听上去像是 Benson 的声音？”

“男人虽然是刚需，但也别看谁都长得像你未来老公。”司徒南怼完她侧了侧头，继续戴着眼罩装睡。

林如玉瞪了她一眼，不高兴地嘟囔了一句：“你还不是看见帅的就扑上去了？”

两个多小时后，司徒南开始出现晕机的症状，初时只是感觉头晕，很快发展为上腹不适，恶心，其实如果吐出来可能还舒服点，偏偏她从睡醒就没吃过东西，胃里什么都没有，根本吐不出来。

换作从前，司徒南肯定要为难空乘，甚至可能像此前飞往苏黎世时，投诉盛远时飞机开得慢一样，投诉机长飞行技术差，才使她晕机的。反正，自己不舒服，就要给别人添点堵，是司徒南一贯的行事风格。可现在她在追求盛远时，莫名地对民航从业者有了爱屋及乌的情绪，所以这次，尽管她控制不住在心里问候了机长的家人，面上还是忍住没发作。

林如玉见她在座位上翻来覆去，有点不耐烦："晕机也不是什么大不了的事，忍忍呗。"事不关己的语气听得司徒南想打死她。

却没有力气。

她头靠在椅背上，连续深呼吸。

飞机遇到气流持续颠簸了几分钟，司徒南的脸色更难看了，她按铃叫来空乘，要了一杯热水。空乘见她脸色惨白如纸，不放心地问："您还有其他需要吗？或者我们做个广播，看看机上有没有医生？"

司徒南还嫌人家啰唆，不耐烦地说："死不了。"

在空乘的汇报下，乘务长亲自过来看了看，并对林如玉说："如果这位小姐有什么需要，请您及时告诉我们。"

林如玉漫不经心地说："就是晕机，没事。"

当时的乘务组是第一次和盛远时搭组，并不知道司徒南是机长的朋友，视她为普通乘客，而她自己和同伴又都说没事，她们也就没有特别当回事，毕竟，晕机是最普通、最常见的状况。

幸好 Benson 机灵，趁上洗手间的空当偷偷去客舱看了眼司徒南，结果发现之前气焰嚣张的中国小姑娘面色惨白，一副快死了的样子。他向乘务长了解完情况，转身回到驾驶舱。本来是要打小报告的，结果一见盛远时的脸色，又不敢说实话了。

盛远时是多么敏感的人，用眼角余光瞥到 Benson 几次欲言又止，终于问："有什么事？"

Benson 如实说："司徒小姐不太舒服。"

盛远时脸上风云变幻，就在 Benson 以为他会直奔客舱时，他却只是把乘务长叫了进来，确认司徒南是晕机后，交代给她送药和毯子，末了还说："多照顾她一下。"

乘务长与 Benson 对视一眼，似乎就懂了，她回答：“您放心吧。”

Benson 不解：“你不去看看？”

盛远时没回答。

国际长途航班配备双机组，以便轮流换班飞行，直到另一位机长与副驾驶过来接班，盛远时才离开座位，走进客舱。

林如玉见到他，兴奋地拍了司徒南大腿一巴掌：“我就说做广播的是 Benson！”

司徒南被拍疼了，可她没有睁眼，只是有气无力地骂了一句：“滚开，别烦我。”

一只手探上她额头的同时，一道低沉的男声问：“跟我说话呢？”

司徒南倏地睁眼，就看见身穿机长制服，帅得浓墨重彩的她家盛机长，俯身在自己面前，眼神微凉地注视着她。晕机的症状好像顿时就缓解了，更忘了还在和他闹别扭，她兴奋地问：“你从哪里飞出来的啊？”

盛远时给她掖了掖毯子：“东经 8.32，北纬 47.23。”

司徒南哪里关注过苏黎世的经纬度是多少，她挫败地说：“看来我除了智商不够用，地理也没学好。”

面对她虚弱的样子，盛远时的脸色稍稍缓和了些，见林如玉没有让座的意思，他指了指客舱的某一处，对乘务长交代：“给这位小姐换一下座位。”

人家是飞机上的最高指挥，林如玉虽不情愿，也不得不换。

司徒南明白盛远时是为了自己，但还是说：“不是有配载平衡规定吗？还是不要换了吧。”

盛远时瞥她一眼：“我就是根据配载平衡的标准给她指定的座位。”

司徒南惊讶：“随便看两眼就配载好了？不是应该用电脑计算的吗？”

盛远时半真半假地说：“我抱一抱也能算出来，要我试试吗？”

司徒南一把拉住他：“不可以！”

盛远时忍笑让她挪到靠窗口的位置，自己则坐在她外边，递上药和水：

“只剩半条命了还不肯吃药，这是任性的时候？”

司徒南这才知道，先前乘务长殷勤地送药、送温暖来，是盛远时交代的。心里瞬间就原谅了他擅作主张的道歉，一句废话都没有地乖乖吃了药，只是，晕着机的司徒小姐还是不忘邀功求表扬：“我最怕苦了，从小到大，吃药都要我爸又哄又骗的。”

盛远时不解风情地说：“惯的。”

“你心里是不是在想，司徒老爸真是慈父多败女？”司徒南笑得懒懒的，“没办法，我爸是正经人，除了我妈，只敢对我这个上辈子的小情人好。”

“谬论。”盛远时给她按手上的穴位，帮她缓解不适。

司徒南看着他修长的手指，感受着他轻一下重一下的按压，开始心猿意马：“感觉就这么被你摸个手都会怀孕。”

盛远时明显顿了一下：“我看你晕机的症状缓解了不少，要不我去向区调重新申请个高度，让颠簸来得更猛烈些？”

司徒南才不怕他，看着他迅速红起来的脸，笑得坏坏的：“没有人这么说过，还是那么多追你的人，都没机会摸你的手？她们怎么追你的？暗送秋波，还是送巧克力？”言语间，她用自己素白纤细的手回握住他的手，“那你在有了我之后，不是没对比了？”

对比的话，哪个不比她温柔乖巧、成熟干练、努力上进？

却都入不了眼。

盛远时几乎是咬牙切齿地说：“再多说一个字，看我下机怎么治你。”

“能怎么治？”司徒南靠过来挽住他的胳膊，头枕在他颈窝处蹭了蹭，“吻我吧，最行之有效的办法了，就怕你不敢。”

这个臭不要脸的女人，不仅挑战他身为机长的威严，还要把他撩死。盛远时故意加大了手劲。

司徒南皱眉哼了一声：“疼。”

他一颗心就软了下来，手劲也不自觉小下来。

司徒南还提要求：“再用力一点啊。”

“有完没完？”他语气虽然不好，身体却稍稍朝她的方向侧了侧，让她靠得更舒服些，手上继续着按压的动作，眼睛则注视着舷窗外天空的景色，一副目不斜视、坐怀不乱的君子相，没有看见怀里的姑娘……上翘的嘴角。

飞机准时降落在A市机场，司徒南险些吐到盛远时怀里，她喘着粗气说：“这个破机长，飞得真差。”

盛远时给她递水漱口：“你晕机，锅还得我们飞行员背，什么道理？”

司徒南深呼吸：“谁让你们对乘客有责任呢。”

盛远时笑：“闭上眼睛休息一会儿。”

等机上的乘客都下得差不多了，司徒南推推他：“你去忙吧，我没事了。”

盛远时确实还有工作要做：“有人来接机吗？”

司徒南看着他：“如果没有的话，你送我吗？”

盛远时实话实说：“我一时还走不了。”

司徒南也不失望：“独立的我可以搞定自己。”

盛远时笑着用手指给她理了理乱蓬蓬的头发：“那就自己先回去。”

结果等他完成全部的航后工作，准备坐机组车去酒店放行李时，就看见司徒南在大厅外的停车场朝他按喇叭。

她竟然打发来接机的司徒家的司机，叫了辆车送林如玉回家，自己则留下车等盛远时下班。

那时外面正下着雪，整个停车场都被覆盖在一片白茫茫里，像是一个晶莹剔透的童话世界，而发上和肩头落满了雪花的她，成了这个凋敝季节里最温暖的生机。

对于十六岁离家，漂洋过海到国外学飞，独自在纽约生活了八年的盛远时而言，那时的心情无法用言语来描述，尤其听她说“在苏黎世都是你送我，今天我送你啊。不用谢，我在追你嘛，讨好你是应该的”，那些所谓的原则和标准，都被推翻了。

原以为自己所欣赏的，是像程潇那样有梦想和坚持的独立女性，直到遇见司徒南，直到看见她不顾风雪地等他，盛远时忽然觉得，自己是能抗拒一切的，除了她爱的诱惑。也是从那一刻起，司徒南所有的任性，在他面前都变得不值一提。

甚至还没来得及和机组同事打招呼，盛远时就直奔司徒南去了，一边替她拍掉头发上的雪，一边训斥道："怎么不在车里等？智商本来就不高，还舍不得拿出来用。"

她却自有一番道理："车里视线不好，万一错过了你，我不是白表现了吗？"

盛远时把她塞进车里："现在我也未必领情。"

"那你太没良心了。"她双手抱胸，一副气成河豚的样子。

盛远时也不急于哄她，直到把车开出停车场才说："想想吃什么，我对 A 市不熟，你做导航。"

她立即忘了自己正在假装生气，马上捏着嗓子娇嗔地说："欢迎您使用司徒独家导航，祝您一路好心情哦。"

盛远时眼里弥漫着笑意："角色转换真快。"

司徒南俏皮地挑眉："其实我是个演员。"

盛远时微微嗔道："戏精。"

北京时间的晚上十点，当很多人都洗洗睡了时，司徒南的夜生活才刚刚开始。摇曳的灯光，迷离的音乐，以及娇媚的少女，都让酒吧笼罩在暧昧的气息里。即便是在角落，也躲不开那些灯红酒绿的诱惑。

盛远时对此并不陌生，只是，以往他都是悠然地坐在吧台前，看着那些人群中舞动的人，看着他们眼中迷离的彷徨，独自享受着聒噪背后的安静与寂寞。此时此刻，他不再是看客，而是被司徒南带进了舞池，跟着音乐的鼓点，跟着她的舞步摆动自己的身体。

口哨与尖叫混杂在一起，盛远时分不清这样的骚动是每晚的常态，还是司徒南的妖娆性感引起的。占有欲终于被刺激得爆发了，他把外套披在她身上，几乎是以绑架的姿态把她带离。

司徒南顺从地跟他走，嘴角挂着得逞的笑。

到了车上，他不悦地命令："安全带系上。"

她突然倾身凑近，坏坏地揭穿他："你吃醋了。"

下一秒，腰身被一只有力的手臂搂住，当司徒南贴上盛远时沟壑分明的身体，她的第一反应是，身材果然和想象的一样，看着瘦，实则由于常年健身，肌肉结实。这么想着，就有点心猿意马，可就在她准备借机"非礼"一下盛远时，他已经没有任何过渡地直接给了她一个缠绵的深吻。

那是他们的初吻，司徒南的生涩和予取予求让盛远时意识到，自己上当了，她虽然言语大胆，动起真格来却绝对是个生手。偏偏他情难自控的深吻让司徒南醋意大发，推开他时，她气愤地问："你到底吻过多少人？"

这是一个令盛远时感到尴尬的问题，毕竟在谈情说爱方面，他是个货真价实的雏儿。不是没有主动献身的人，只是，既然心不动，又怎么付诸行动？

在努力让自己成为更好的人时，也在等待那个更好的她。

盛远时平复了一下情绪，敷衍地说："谁会刻意去记这些？"

"是多到记不清吧！"这个认知让司徒南瞬间爆发，她劈头盖脸地打盛远时，"道貌岸然的伪君子！流氓、禽兽、人渣！"最后更是气得跳下车走了，完全忘了自己才是车主。

盛远时好笑地开着车跟在她身后："上来，我好好和你说。"

她径自快走："你有真话吗？我不理你。"

盛远时故意逗她："你也知道有很多人追我，作为一个成年男人，谈场恋爱，交个女朋友不是什么罪不可恕的事吧？我可是单身！"

司徒南停下来，用力砸了下车门，大声地骂："卑鄙龌龊、无耻下流、臭不要脸。"

盛远时发现她词汇量特别丰富，他一脚踩刹车停住，手伸出车窗外扣住她手腕，语带笑意地纠正："臭不要脸不是成语。"

"不知羞耻、恬不知耻、不以为耻、荒淫无耻！"她骂着骂着竟然就哭了，还是那种撕心裂肺式的哭泣，像是受了天大的委屈。

对于这种急剧的情绪变化，盛远时有些手足无措："哎哎哎，"他立马下车，不顾她的挣扎，把人牢牢控在怀里，以无可奈何的口吻妥协，"这么不识逗呢，听不出来我开玩笑的？"见她不听，他大声地发毒誓，"如果我真的吻过那么多人，让我上航线就摔飞机行吗？"

司徒南抬起眼泪汪汪的小脸朝他喊："你骗人，死就死了，干吗拉上无辜的旅客？"

盛远时用力掐了她脸蛋一下："见好就收得了。"

司徒南嫌弃似的打开他的手："就算没糟蹋过太多人，也绝对是有经验的，第一次谁会那么驾轻就熟？你不纯洁了，配不上我真诚的追求，我不要你了。"

还没开始，就要结束了？盛远时只好对自己的吻技加以解释："难道你不知道，男人在这种事情上，都是无师自通的吗？"

"宁可相信这世界上有鬼，也别相信男人这张破嘴。"司徒南说着推开他，上车打火。

盛远时不放心地问："自己行吗？"

司徒南理都不理他，开车走人。

生平第一次，盛远时被一个追求他的女孩子扔在了深夜寂静的大街上。哭笑不得，又担心她的安全，幸好没过多久，司徒南打来电话，她说："你来救我一下。"

以为她出交通意外了，盛远时立即让出租车司机掉头，结果却是，她被查酒驾的交警扣住了。

盛远时赶到现场时，恰好听见她说："警察叔叔，我真的没喝酒，就是新手上道，不会走直线。"

警察放人时还在说："要不是酒精检测一点反应都没有，我是真以为她喝了一斤二锅头。”

盛远时看着冲上马路牙子上的车，也是心有余悸。

在送她回家的路上，他说：“有时间我陪你练车。”

司徒南负气地说：“愿意陪我练车的男人多得是，我可不是非你不可。”

盛远时没有和她一般见识，只是沉默着提速，把车开得像飞机。

天不怕地不怕的司徒南默默地检查了一下安全带。

根据司徒独家导航，盛远时把车开到城南的一个别墅区，临别时她还在强调：“我还没原谅你。”

不知自己何错之有的盛远时只有苦笑的份儿，他打车回到酒店，洗完澡上网做过飞行准备后，上床休息。

上航线前，保证一定小时数的休息时间，是对飞行员的一项严格要求，而盛远时在经历了一次长途飞行后，又陪司徒南直到晚上，算下来已经连轴转了二十几个小时，确实该休息了。却翻来覆去睡不着，只要闭上眼睛，脑海中就不受控制地回放和司徒南在一起的画面，她甜美的笑容，任性的小脾气，身上特有的味道，以及柔软的唇。

就这样直到天际微明，才疲惫睡去，再醒过来时，盛远时第一时间看手机，没有司徒南的任何信息和电话。午餐后，他赶往机场，准备执行航班。

司徒南的电话终于打来，接通后她急切地说：“先别进去啊，我马上到。”

细微的笑意挂上唇角，盛远时自己都没察觉：“我在国际出发厅。”接着又不放心地问，“没开车吧？”

“我倒是想开，就怕一不小心开到交警队去，赶不及来见你。”她跑来时气喘吁吁的，“不是明天才走吗？怎么一言不合，说飞就飞呢？”

盛远时没急于解释什么，只逗她说：“不是不和我好了吗，还来干吗？”

“得意什么啊？”司徒南抬手打他一下，“我向 Benson 求证过了，在我之前，你的感情世界一片空白，所以我决定相信你一次。”

所以也是Benson通知她，他们的飞行计划有所调整？盛远时笑得纵容：“宁可相信一个外人，也不信我，这是什么逻辑？”

“你现在也是外人。”司徒南才不要浪费时间和他说这些有的没的，她拉住他的手，“下次再有人送你巧克力，你拒绝不了的话，就带来给我吃，虽然我怕胖，但为了你，我可以牺牲的，谁让我的目标是成为你的内人呢。”

盛远时回头看看不远处等他的机组成员，笑了：“知道了。”

司徒南委屈兮兮的：“干吗要调班送人家回国啊？莫名其妙多了一次分离，不开心。”

是啊，干吗要调班呢？盛远时几不可察地叹了口气：“还不确定下次飞A市是什么时候，拿到排班再告诉你。”

“这样最好了。”司徒南像个孩子拿到糖一样，瞬间开心起来，“要不我总打电话到你们公司查你的排班，也很尴尬的。”

盛远时临走前不忘交代：“不许再去酒吧，KTV也不行。”

“要不要这么严格啊？行行行，知道了，那种地方，都是给男人占便宜的。”司徒南附在他耳边悄悄地说，“要不是为了诱惑你，我才不稀罕去呢。”然后自言自语地嘟囔，“还没怎么样呢，就开始管我了，霸道。”

盛远时被她娇嗔的语气取悦了，他宠爱地抚了抚她的头发：“落地给你消息。”

然后，司徒南目送年轻英俊的他与一位四十岁左右，同样穿着机长制服的男人并排走在最前面，后面依次是副驾驶和乘务组，一步步走出视线。

她用力地挥手，大声地喊：“我等你。”

不知道另一位机长说了什么，盛远时看向她，温柔地笑。

缘分或许就是始于那一天，接下来的半年里，身为YG航空明星机长的盛远时，执行了八次纽约直飞A市的航班。这对于在国外生活了八年，回家不足十次的盛远时而言，是一种莫名的牵挂，而每一次重逢的喜悦，都免不了以司徒南来送机收场，一次又一次。

司徒南从来没有抱怨过他难得回来一次，停留时间短暂，永远都是笑脸迎送，甚至到了后来，盛远时都有了“还没离开，已开始想念”的情绪，她也从未提过一次让他留下来，似乎他只是一位远道而来的朋友，她虽欣喜于他的到来，也无所谓他的离开。直到有一天，盛远时落地后开机，看到司徒南发的朋友圈：

“我站在地平线的尽头，仰望他的飞机昂头冲入云霄，也会想：是不是我们今生的缘分就是不断目送他的背影消失在转弯处，而他其实是在用背影告诉我，不用追？”点开全文还有最后一句：“我又不是他妈！”配图是九张他的背影照片。

原来，每一次他离开，她都会用手机拍下他的背影留念。

外面风雨如注，盛远时坐在驾驶舱里，给司徒南打去电话，温柔地问：“干什么呢？”

不是预期中的“想你”，而是：“在想你有没有看到我发的朋友圈。”

她是个聪明的姑娘，那条朋友圈，既是对他爱的表达，也是对他爱的试探，而她的这些小心机，她不懂遮掩，更无意遮掩。

盛远时如实回答：“看到了。”

本以为她会问：“盛机长做何感想？”结果她却说：“我们认识六个月，186 天，包括在苏黎世，才见过九面，在一起的时间甚至不及你一个月的飞行小时数，这样下去，别说长发及腰，恐怕我牙齿掉光，也追不上你，所以我决定，为了培养感情，暑假随你执飞。”

司徒南说到做到，当天晚上就订好了一周后，也就是暑假开始的第一天，从 A 市出发，经 G 市转机飞巴黎的机票。

之所以把目的地选在了那里，是因为盛远时那天正好要执飞纽约到巴黎的航班。盛远时阻止不及，只能在接她机时警告：“以后还敢不听话试试！”除此之外，根本舍不得多骂她两句。

初次享受接机待遇的司徒南哪里听得进去，她仰头注视盛远时：“这里是法国哦。”

面对一个为自己漂洋过海而来的女孩子，面对一份一意孤行的心意，盛远时怎么可能无动于衷？他再也压抑不住那份心动，在司徒南期待的目光中俯身，一只手搂上她纤细的腰，另一只手则托住她的后脑。

司徒南伸出胳膊，准备配合他完成那个约定的贴面礼，盛远时却低下头，在夕阳落在她发顶时，吻上她的唇。当他撬开她的牙关，钩住她的舌尖，司徒南这才反应过来盛远时选择了接吻这种亲吻类型迎接自己的到来。

那一刻她爱上了巴黎，在那里，和她所爱的男人接吻，是那么坦荡甜蜜。

她嘴角噙着笑，闭上眼睛轻轻回吻。

如愿以偿般的雀跃与羞涩。

盛远时以为凭她的聪明，会明白，自己是在用行动表示，接受了她的追求，确定了恋爱关系。司徒南却因盛远时坚持单独给她开一个房间而认定，她的盛机长还在抵死不从。

是个微妙的误会。

盛远时无意解释，不是不负责任，而是在确定了自己对司徒南的心意后开始思考，依现阶段两人这种跨国的状态，这个恋爱，要怎么谈？尤其想到每次分离时，她目送自己背影的情景，已经开始心疼她所承受的思念与等待的煎熬。

而司徒南在两人闲聊时表示过，不考虑到国外生活。于是，盛远时不得不为了她重新规划自己的未来。还有就是，盛远时也会考虑，一旦确定了恋爱关系，欲望的闸门就开了口，凭司徒南的热情，他无法保证，不会吃了她。可她尚不满二十岁，他……下不了手。所以在盛远时看来，最好的状态，就是当时恋人未满的状态。

无意暧昧，只因对两人的未来有了规划和期待。

因为在乎她，而有了更多的顾虑和考虑。

却没想到，错误就从那一刻起。

司徒南乐在其中地随他飞来飞去，连 Benson 都用不太标准的中文唱：“为你我用了半年的积蓄漂洋过海地来看你……”以调侃她的追爱之旅，她也不会不好意思，只是笑着还回去：“你赚得太少啦。”

盛远时除了飞行，有做不完的航前航后工作，开不完的会，无法分给司徒南太多时间，司徒南也不抱怨，自娱自乐地打发时间，了解民航业，以及学习英文，比在校上课时用心一百倍。偶然一次碰见她在向 Benson 请教问题，盛远时调侃道：“什么时候变得这么好学了？”

司徒南随口答：“从决定追你的时候。”像是怕盛远时不信，她抬头看着他，很认真地说，“别以为我不知道你喜欢女强人型，虽然那对我来说比上天还难，但试试又不要命。”

盛远时的优秀和努力她都看在眼中，她自己的不学无术她也心知肚明。这样一个与众不同的女孩子，盛远时怎么舍得去要求她？随她怎么样都好。

“虽然汉语才是我的母语，但我的英文不比 Benson 差。”盛远时坐到她旁边，收起她的手机，像教幼儿园的小朋友似的说：“跟着我读，apple……”

他当然是逗她的，司徒南却抢过手机纠正道：“这是 iPhone。”

盛远时憋不住乐了，从那天开始，他除了工作，又多了一件事，就是陪司徒南练习英文口语对话。本以为她坚持不了多久就会放弃，毕竟学习是这世上最枯燥的事情，尤其视吃喝玩乐为梦想的司徒大小姐向来都是一副极度厌学的状态，认为有司徒老爸的照拂，未来不需要自己努力，结果她竟然乐此不疲地坚持了整个假期，还丝毫没有厌烦和退缩的意思。

盛远时于是给她推荐了一些相关的书籍，无意改造她，那个时候的司徒南，连不学无术，在他眼里都是世间仅有的可爱，盛远时只是觉得在她愿意的前提下，多学习没有坏处，总比把时间都浪费在刷朋友圈、泡夜店上有意义吧？

却没想到自己的这一举动会给她带去那么大的影响。

临近假期结束，恰好是盛远时的生日，司徒南虽然没得到他的独家简历，可对于这些最基本的信息也是了如指掌。那天晚上，她订好了位置，约盛远时共进晚餐，并当众为他弹奏钢琴庆祝。

她就读于音乐学院，声乐、钢琴和舞蹈是必修课，可盛远时以为，她这个含着金汤匙长大的音乐系的学生是个差等生，直到那晚看着她修长的手指在琴键上跳跃，他才改变了想法，认为司徒南天生就该是位钢琴家。

她却难得谦虚地说：“能完整弹奏下来的曲子只有这一首，委屈盛机长喽。”然后递上事先准备好的礼物，“我的愿望是，有生之年都陪你过生日。”

相比礼物，盛远时更喜欢她弹琴的惊喜：“怎么我生日，你还有愿望？”

司徒南赖皮地说：“你的愿望我也帮你许好了，就是明年的这个时候，答应做我男朋友。”

一年，足够把她纳入人生的计划之中。

盛远时收敛了笑意，注视她说：“好。”没有任何的迟疑，干脆果决，如同承诺。

司徒南没料到幸福来得这么突然和顺利，就在盛远时准备迎接她反应过来后的兴奋尖叫，以及其他更夸张出格的行为时，她挫败地把脑门儿直磕在桌面上：“用一块假表骗了自己最爱的人，我是不是有点不要脸？”

盛远时拆开礼物包装，里面确实是一块表，他笑问：“假的？”

司徒南抬头，一脸萎靡地坦白：“不是你说的吗，我该感谢司徒老爸为我提供了优渥的生活，但这不能成为我心安理得享受的理由，更没资格随意挥霍，你还没收了我的银行卡，只留了那么一点现金给我，我就没钱买礼物了啊。”她抬起自己的手腕给他看，“我又很想和你戴情侣款，就弄了块高仿表送你，想以假乱真一下。”

她的人已经不远万里而来，盛远时不能再任由她花着家里的钱跟着他满世界地飞，所以，他确实在司徒南到达巴黎那天，没收了她的银行卡，而那期间所有的机票和酒店费用，都是盛远时承担。

但为了扮情侣，送高仿表的理由，也太司徒南了。

盛远时忍不住笑了：“幸好我有先见之明断了你的财路，否则你又要败家了。”说着摘下腕上那块母亲送的价值不菲的名表，戴上了司徒南送的这块高仿表。

天差地别，却是同样的心意，一老一小，两个女人爱他的心意。盛远时隔着桌子握住她的手，认真地说：“谢谢。”

司徒南看着他腕上的表，替他委屈：“等我以后赚钱了，一定补送你一块真的表，我保证。”

盛远时笑得温柔：“这种事，还是我来。”

赚钱这种事，还是我来，你只要负责像现在这样天真赤诚就好。

司徒南眼睛红红的：“你这样，人家会更喜欢你怎么办？”

明明自己什么都没为她做过，却得到了她最珍贵的爱情。盛远时心里有个声音说：“荣幸之至。”嘴上却逗她说：“我可是又老了一岁。”

司徒南注视着他的眼睛，那么笃定地说：“你越老越帅，我看出来了。”

盛远时眼眸中的笑意直蔓延进心里。

就这样愉快地共度了那个盛夏，司徒南随盛远时飞了十二个国家，二十一座城市，陪他累积了三十六个航段，近两百个航时的飞行经历。

满满的都是不可复制的独家记忆。然而，时光再美好，假期终究有结束的一天。距离音乐学院开学不到一周时，盛远时恰好飞A市，于是做主给她订好了机票，亲自送她回国。

此前基本都是一个月见一次面的频率，往往都是终于把他等来，甚至来不及欣喜，就要送他离开，这一次差不多朝夕相处了近两个月，司徒南对盛远时的依恋可想而知，所以从得知回程时间，她就闷闷不乐。

又不得不走，为了争取和盛远时相处的时间，司徒南提出：“我能不能进驾驶舱坐啊？我保证不打扰你。”

机长作为飞机上的最高指挥，只要他同意，别人自然不会说什么，而各家航空公司对外人进入驾驶舱的规定也不一样，但盛远时还是说：“这不合规矩。”见她失望地低下头，他哄道，“你负责乖乖听话，我负责送你回家，好吗？”

司徒南垂着小脑袋揉了揉眼睛，点头。

盛远时摸摸她发顶，眸底的宠爱纤毫毕现：“乖。”

旅途一切顺利，前半段盛远时陪司徒南坐在头等舱，后半段他进入驾驶舱，接替另一个机组驾驶飞机。临近目的地，飞机下降期间，盛远时在机长广播中说：“女士们，先生们，我们飞机下方是A市西山一座千年古刹，据说里面住着一位隐居多年的高僧。偏左侧的同志能看得比较清楚，坐在右侧的同志不要急着挤到左边去看，我给你们歪一下飞机就能看到了。”

司徒南正好坐在左侧，她居高临下地往下看，心里还在想：这个人真会现学现卖，明明是她告诉他，A市有那么一座古刹，他倒好，用在广播中了。

落地后，司徒南特别乖地等着盛远时完成航后工作，然后陪他候机。由于家中有事，盛远时不得不赶回G市一趟，对此，他有些抱歉：“答应陪你练车的，我食言了。”

“反正我对开车也不感兴趣，而且，”司徒南促狭地朝他眨眼，“我再不懂事，也不会和我未来公婆争你的，安心回去，不用觉得抱歉啊。”然后又补充了一句，“下次你回来，我们一起去古刹。”

盛远时不解：“去干什么？”

司徒南笑眯眯地挽住他胳膊：“求姻缘。”

盛远时已经把她视为女朋友，当然不会介意她的“厚脸皮”，他无声地笑了笑：“好。”看时间差不多了，他先送她到停车场，免得她一次次地目送他的背影，末了给了她一个袋子。

“给我的？”司徒南不解地翻了翻，惊喜地发现都是她在飞抵各国时看中却没钱买的围巾、包、鞋子什么的。见盛远时点头，她有些意外地说：“你不是说这些奢侈品，不适合年少如花的我吗？”

盛远时看着她：“谁让你喜欢呢。”

“相比这些俗物，我更喜欢你！”司徒南兴奋地跳到盛远时身上，“盛机长你这么体贴入微、无微不至、怜香惜玉，你妈妈知道吗？”

盛远时瞥了司徒家的司机一眼，边抱稳她边笑言：“如果你想知道的话，等我回去问问她。”

司徒南闻言立即从他身上下来，紧张地说：“千万别让她知道，否则她误会我拜金就麻烦了，我明明在你的监督下改邪归正了，你不许破坏我形象。”

盛远时笑：“会给你树立一个良好形象的。”

到底还是太过年轻，司徒南没有听出话外之音，她只是在犹豫：“可我好像不应该接受你的礼物，尤其还这么多，毕竟，拿人手短嘛。”

盛远时宠爱地捏捏她尖尖的小下巴：“我送的，可以收。”然后嘱咐她，“最近没事别往外跑了，趁还没开学，多在家陪陪你爸妈。”

“我可陪不了我妈。”司徒南说完似是有些后悔，但说出口的话是收不回去的，她沉默了一瞬才说，“她去世了，我没和你说，是怕你觉得单亲家庭的孩子有心理问题，我知道我有很多坏毛病，但我……”

但她善良豁达、乐观直率、热情坦荡，这样一个女孩子，可遇而不可求。盛远时打断了她的自我诋毁，展手把她搂进怀里。

一个温暖有力的拥抱，胜过所有言语。

司徒南瘪了瘪嘴，最终把眼泪咽了回去，伸出手回抱他。

那天晚上，盛远时对父亲盛叙良说：“我决定回国发展。”

而那次回到纽约 YG 航空总部后，他便着手安排工作事宜，为尽快回国做准备。YG 却不愿放人，如果只是撕破脸，无非就是毁约赔偿，反倒容易处理，偏偏 YG 的总飞行师是盛远时的师父，面对师父并不过分的，飞完秋冬季的请求，他无从拒绝。

就这样延迟了回国的时间。

……

时隔五年之久，盛远时再次想起与司徒南有关的，那不算长的一年时光，依然觉得很温暖、很美好，可回忆也只能到此为止……盛远时推开房门，走到那架钢琴前，掀开键盘盖，修长的手指在琴键上缓慢抚过。

乐音浮动，仿佛外面刮起的夜风，以及他难以抑制的心跳。

第三章

我不会在老地方等你

不是多么特别的故事，在这世界上，诸如这样的变故和别离，可能每一天都在发生，就看谁有勇气原谅少不更事的自己，对过去既往不咎。

齐妙醒过来时临近八点，房间里静悄悄的，客厅的窗户关着，窗帘拉着，如果不是睡不着在卧室门口轻轻用爪子扒着门，表示主人在家，她都以为南庭上班去了。

齐妙走到睡不着旁边蹲下，小声地说："你不要吵到南庭小妹妹睡觉。"

睡不着转了转小眼睛，婴儿般哼哼了两声，有点委屈的模样。

齐妙可不像南庭那么懂它的心思，看了看收拾得井井有条的客厅，又摸摸睡不着的头："我先回去啦，等南庭小妹妹醒了，你告诉她一声啊。"说完拿着自己的包，蹑手蹑脚地离开。

进门闻到饭香，齐妙惊喜地朝厨房喊："是你吗，盛机长？"

盛远时不疾不缓地尝了口汤，确定咸淡适中才调小了火，擦干手走出来："酒醒了？"

齐妙看一眼身穿衬衫长裤，系着围裙，一身烟火气息的男人："你怎么知道我喝酒了？"

盛远时无意解释昨晚那通电话，他径自走到沙发前坐下，拿起茶几上随意扔着的遥控器，回答她："一身酒味。"

齐妙抬起胳膊闻了闻："哪有？"但还是进卧室洗澡换衣服去了。

盛远时打开了电视，声音调得很小，似乎是在看新闻，又像是在思考人生。

齐妙出来时听见手机铃声一直响："干吗不接电话？"

盛远时这才意识到自己走神了："不是你的手机在响吗？"

"我的？"齐妙仔细听了听，发现铃声来源确实是自己包里，等翻出那部陌生的手机，边叨咕"谁的啊？"边因为来电显示是"没原则"而接通，"乔敬则？大早上的你不睡觉，打电话干吗？"

随后，乔敬则的声音传进盛远时耳里："几点了还睡觉？以为我是你啊，黑白颠倒，我问你齐妙，你昨晚为什么关机？"

"关机？"齐妙没反应过来，也没想那么多，"你管天管地还管着我关机了？"挂断后她也不知道是自言自语，还是对盛远时说，"没礼貌，连姐都不会叫。"

盛远时显然习惯了他们的相处模式，没有对此加以评论。

齐妙摆弄着那部分明不是自己的手机："不会是我喝多了，拿错了南庭小妹妹的手机吧？"

听到南庭的名字，盛远时几不可察地皱了下眉，似乎还不习惯随处都有她的痕迹。程潇有意把身为新朋友的她，介绍给自己，齐妙也动过同样的心思，甚至齐正扬也和他说："小叔，姑姑的房客是个很有趣的小姐姐，哪天你假装来串门认识一下啊。"结果，他们说的都是同一个人。盛远时阻止自己再想下去，他若无其事地问："怎么一晚上没回来？"

齐妙随口答："在对门房客家喝酒，睡过去了。你什么时候来的？"

盛远时轻描淡写地说："三点。"

"三点……凌晨啊？"齐妙像发现新大陆似的，一个纵身扑到他身边，"失恋啦，大晚上的不睡觉跑我这儿来寻求安慰？不对啊，你什么时候恋爱的？"

盛远时沉了沉眸："如果你房客不是单身女性，我肯定会把你夜不归宿的事情告诉舅舅。"

齐妙"切"一声："你舅舅巴不得我快点找个男人同居呢，好像我不结婚碍着他了似的。”

盛远时一针见血：“他是见不得你和乔敬则折腾。”

“我和他折腾什么了？”齐妙推搡他一下，“我是他姐！”

盛远时瞥她一眼：“他是我朋友，随我叫的你，还真拿自己当姐了。”

齐妙狡辩：“他比你都小，叫我姐亏着他啦？”

盛远时懒得和她废话，刀刀见血地问：“姐弟恋有那么难以接受吗？”

齐妙瞬间爹毛，骂他：“滚出去！”

盛远时没回应，起身往厨房走。

看在汤的分儿上，齐妙没再赶他：“我去问问南庭小妹妹手机的事。”

盛远时顿了一下，在她开门时说：“叫她来喝汤。”

齐妙应了声“好”，随后又反应过来什么似的回头：“你什么时候变得这么热情好客了？”

盛远时理所当然地答：“你烦了人家一晚上，不该请人家吃个早饭？”见齐妙站在门口不动，他又说，“不是你说的，要把她留给我吗？”

“是说过啊，但总觉得哪里不对呢？”齐妙敞着自家的门，带着疑问去敲对面的门。

盛远时站在厨房里，听见对面的门开了，听见两个女孩子的对话声，以及狗叫……他双手撑在橱柜的大理石台面上，深呼吸。

齐妙没说盛远时在，只是热烈地邀请南庭一起吃早餐。发现她和盛远时是姐弟关系，南庭莫名有些抗拒和齐妙走太近，像是怕盛远时误会她有所企图一样，所以有意拒绝这个早餐邀请。齐妙却异常热情，非拉她过去不可。

盛远时端着汤出来时，南庭正好被齐妙拽进门，见到他，明显一怔。

幸好有昨晚那个电话的铺垫，否则怕是有人又要失态了。

盛远时没急着说话，像是在等她先开口。

齐妙全然不知两人的微妙，为他们介绍：“我弟弟盛远时，我房客南庭。”

南庭拿捏不清盛远时的态度，见他不说话，只好说：“……你好。”

盛远时把汤碗放在餐桌上，才抬眼看她：“你怎么知道我好？”

齐妙恨不得给他一下子：“这么年轻就不好了？”

南庭就没说话。

盛远时无意继续这个好与不好的话题，看似随意地说：“吃饭。”

切成小块的手抓饼，一人一份虾仁鸡蛋羹，以及砂锅里的金针菇海带汤，再配上两个小菜，齐妙盯着桌子上丰盛的早餐：“你没开玩笑啊，真是凌晨过来做的这些？”

盛远时的视线落在南庭脸上，发现她轻轻地皱了下眉，他边状似否认地说“那金针菇和海带早化了”，边转手把一碗汤放在南庭手边。

齐妙的目光在盛远时和南庭之间转了转，像是发现了什么端倪，当盛远时把第二碗汤递给她时，她笑着说：“就我们姐弟俩，你做三份鸡蛋羹，嗯？”

盛远时喝了一勺汤才淡淡地说：“昨晚我打你手机，她接的。”语气熟稔。

齐妙就明白南庭是接完盛远时的那个电话后把手机掉地上摔碎了屏的，然后因为开不了机，担心公司有事找她，才把她的卡换到了自己的手机上。齐妙似笑非笑地看着贴心的南庭小妹妹：“他说什么了，把你吓得手机都拿不稳？”

南庭舀汤的手一顿。

不知是有心还是无意，盛远时忽然问：“怎么样？”

南庭抬头看他：“什么？”

盛远时瞥了下她的碗：“味道怎么样？”

南庭还没来得及喝，闻言舀起一勺送到嘴里尝了尝，由衷地赞叹：“好喝。和你相比，我熬的那个就是砒霜毒药。”

这是对他厨艺的褒奖，盛远时却蹙起了眉心：“你会做饭？”

南庭轻轻地点头：“会做些简单的。”

盛远时直视着她，阳光把男人的眉眼映射得清楚分明，那眸底涌动的情绪像是瞬间能把人吞没。他偏过头，嘴角露出一丝清冷的笑意，似乎是不可置信，又似心疼。

齐妙越看越糊涂，她灵机一动，边要把卡取出来，边对南庭说："你把手机给我，你用什么？没有手机，男朋友不是找不到你了？"

盛远时闻言转过脸注视着她。

南庭也正好抬头看他。

齐妙还在火上浇油："桑医生那么黏你，打不通你手机，估计会直接杀过来找人的。"

盛远时的神色不自觉地流露出几分冷漠和犀利，像是下一秒就会爆发。

敲门声在这时响起，紧接着外面有人喊："齐妙，你给我开门！"

"浑蛋！还敢来！"齐妙顾不上试探下去了，她把筷子拍在桌子上，气势汹汹地杀过去。

沉默的盛远时突然发声："是他？"

南庭有点反应不过来："谁？"

盛远时用近乎冷冽的视线逼视她："你的桑医生。"

南庭意识到他似乎误会了什么，她有心解释，但来不及说什么，身高腿长的乔敬则已登堂入室："我干了什么见不得人的事不敢来？倒是你，做贼心虚就不要说太多。"

"我做什么了就心虚？"齐妙没能阻止他进门，气得有点失去理智，"乔敬则，你给我站住，你信不信我告你私闯民宅，给你发律师函？"

"你怎么不说我强抢民女呢？"见到盛远时在，餐桌上还有现成的早餐，乔敬则拉了把椅子坐过去，"在下边看见你的车就知道有口福了。"言语间已经端起了南庭手边的那碗一口没动的鸡蛋羹。

盛远时没有阻止。

乔敬则毫不客气，边吃边朝他竖大拇指。

齐妙拿起一个抱枕砸在他背上："这是我家，你倒是不拿自己当外人！”

盛远时从她手上接过抱枕：“行了，噎着他，你送他去医院？”语气不像是弟弟在和姐姐说话，反而是哥哥训斥妹妹的口吻。

齐妙也不和他计较，只是咬牙切齿地说：“我噎死他！”

乔敬则像没事人似的看向陌生的南庭：“妹妹别怕，哥哥不是坏人。”

齐妙骂他不要脸，盛远时则站起来走到南庭身边：“是要去修手机吧，我顺路捎上你。”

南庭沉默着起身。

当房门把盛远时和南庭与他们分割在两个界面时，齐妙挪坐到乔敬则身边：“南庭小妹妹自始至终没说一句要去修手机，他怎么顺的路？”说着还杵了杵乔敬则的胳膊，“你看出来没有，他俩有事。”与前一秒的针锋相对相比，此刻完全是化敌为友的状态。

乔敬则的心思却不在那两人身上，他给齐妙又盛了碗汤，拍拍她的手：“趁热再喝点。”

“我都让你气饱了，哪还喝得下？”齐妙嘴上虽然这么说，身体却很自然地靠向乔敬则，“他凌晨跑到我这儿来的，还主动让我请人家过来吃早饭，你说是不是有问题？”

“那是你房客？”乔敬则自然而然地把自己的大手覆在齐妙的手背上，轻轻抚摩，“没准儿一见钟情，看老七的样子，好像有那么点意思。”

“什么一见钟情？我看他们根本就是早有一腿，两人站在一起，就不清白。”齐妙似乎要抬手拍桌子表达激动的情绪，然后发现乔敬则正在摸自己的手，她一巴掌拍过去，“能不能规矩点？怎么看见女的就控制不住呢？”

乔敬则的俊脸上有未得逞的小遗憾，他不说控制不住自己，反而倒打一耙：“还不怪你长得不像良家妇女！”

“你耍流氓，还怪我撩闲？”齐妙拿起筷子就要往他脑门儿上敲，“这是什么弟弟？”

乔敬则跳开，隔着桌子犟嘴：“当姐有瘾啊？没事就姐长姐短的，你是不是长了假脑？”

“你给我滚出去！”齐妙追着他打，“下次再敢没大没小，看我不打得你妈都认不出你。”

“打得着算你厉害。”乔敬则满屋乱跳，同时问她，“说好昨晚一起吃饭，你跑哪儿鬼混去了？”

“和野男人约会。”齐妙拿抱枕砸他，“免得耽误你撩妹。”

“说这种话你良心不会痛吗？”乔敬则气急，“我最想撩谁，你别给我假装不知道。”

齐妙闻言就抄掩把了：“你这是把天儿往死里聊啊。”

乔敬则上蹿下跳的：“来啊，互相伤害啊。”

于是，隔壁的睡不着都听见了这边的摔盆打碗的声音。

扰民的节奏啊这是，睡不着在家里大声地叫：“汪汪汪，汪汪汪……”

和齐妙、乔敬则那边的“激战”相比，盛远时和南庭之间的气氛显然更紧张。

明知道他意不在手机，却不能，也不想拒绝与他同往，但南庭还是回去拿了钱包才跟着他上了车，没有问去哪个手机店，任由他把车开出了小区。

盛远时沉默着，目视前方的样子像是专注于路况，又像与她无话可说。

南庭的视线不知怎么就滑到了盛远时搭在方向盘的手上，手腕处空空如也，像是在她要回那块高仿表之后，他再没戴过表一样，一不小心就走了神，直到路虎停下等红灯，她才意识到盛远时在看她。

他眼睛黑漆漆的，淡淡道：“你养了一条狗？”

南庭意外于他会以睡不着为开场白，她如实回答：“一条柴犬。”

之前没听她说过喜欢宠物，确切地说，盛远时对南庭的了解仅限于性格，至于她的家庭情况和朋友圈子，几乎一无所知。他闻言把目光从她脸上移开，没说自己对狗毛过敏。

南庭的视线落在他肩背上：“你背上的伤有没有处理一下？”

盛远时“嗯”了一声，直到绿灯亮起，他启动车子时，才音色极低地说：“最近发生了很多事，你应该知道，我是有备而来。”

所以早餐和狗都是铺垫。

南庭注视着他的侧脸，目光静深：“我的准备只多不少。”

从模拟机训练那天的重逢到此时此刻的面对面，尚不足一个月，他再有准备，也不会有她用五年才做好的心理建设充分，可想到即将和他摊牌，南庭还是有点打怵。这种情绪，从前的她绝不会有，那个时候的司徒南甚至能把黑说成白，撒谎、狡辩都不带脸红的。

“或许我应该先搞清楚，是称呼你司徒小姐恰当，还是南小姐？”盛远时语气很平淡，但那声“小姐”背后透出的疏离，似乎表明了要和她划清壁垒界限的意思。

这是她最不想要的。

路虎一路向前，南庭迎着炽烈的阳光，给了他一个柔软而谦卑的说辞：“我也很希望自己只是一个和司徒南长得很像的，名为南庭的管制员，但我没胆量扯一个弥天大谎，否认我是司徒南的事实。”

阳光下，她的每一分轮廓都显得很精致，可是，盛远时注视着眼前身穿牛仔裤、T 恤，长头发用皮筋松松垮垮绑着的南庭，无法和记忆中那个短发飞扬，阳光前卫，无论说什么、做什么都底气十足的司徒南重合起来。

可她确实是司徒南，只是她长大了，大到他需要重新认识。

时间果然慷慨无情，不分好坏，全部带走了。

心仿佛被某种滚烫的情绪填满，盛远时不自觉握紧了方向盘。

两个人都沉默了。

到了店里，工作人员检查过后确认，手机的线路也摔出了问题，修的话性价比不高。不等南庭说话，盛远时已经做主把齐妙的旧手机作价，再买一部新的。

南庭有意询问齐妙喜欢什么款式，于是说："手机能不能借我用下？"

盛远时却说："不用问她了。"然后直接选了一部新款。

南庭站在收银台前准备结账。

身后伸过来一只手，取走了她手里的单子："给她买手机，什么时候轮到你花钱？"说话的同时把卡递给了收银员，"没有密码。"

更不该轮到他花钱。

南庭从收银员手中取回他的卡，递上自己的："管制员的工资是不高，但一部手机还买得起。"说着把卡递还给他。

盛远时不接，不动声色地看着她："这是买得起买不起的问题吗？"

南庭把卡硬塞到他手上，忽略碰触他指尖时加快的心跳，稳住声音问："那是什么问题？"

盛远时留下一句："你自己想。"率先一步走出了手机店。

南庭以为他生气走了，结果出来时，他正坐在车里打电话，见到她说："上来，我送你回去。"然后不等她回答，边打火边对电话那边说："你继续。"

这通电话持续了很久，南庭安静地坐在车里，隐约听见对方在向他汇报支线网络的事情。盛远时偶尔说一两句话，大多数时候都是沉默地听。当他挂了电话，路虎正好停在民航小区大门口，南庭这才解开安全带侧了下身，咔嗒一声，车门落锁。

本意也不想这样一走了之，南庭转过身来面对他。

盛远时的手随意地搭在方向盘上，侧头看着她："你应该有话忘了和我说。"

逆光的他恰好压住光线，让南庭能够看清他那双平静的眼，如同五年前最后一次见面时，他整个人被笼罩在一片薄光里，面部轮廓清晰硬朗，让她真实地感觉到来自他视线的侵略性。

"我应该说句'对不起'，但我猜你不想听这三个字。"

"是你说，那是这世上最廉价的语言。"

“是啊，凭什么做错了事，轻飘飘地丢一句‘对不起’出来，就要被原谅，否则就成了小气？我不理解。直到自己做错事才明白，说‘对不起’的人未必是想让对方释然，也可能只是为了寻求自己的安心。所以你放心，”南庭迎视他的目光，“我不会为难你，请你原谅我。”

这话到了别人耳里可能会变成另一番解读，比如，她并不认为自己有错，但盛远时知道，从前的司徒南任性妄为，即便错了也不肯低头，不会认错，现在的南庭却很清楚，一句“对不起”不足以抵消这五年来因分离而造成的隔阂。

盛远时用那双静黑得看不出情绪的眼注视着她：“为什么是管制职业？别告诉我，是因为梦想。”

一个曾经视吃喝玩乐为终身梦想的人，怎么会有那么高尚的管制梦？南庭想了想说：“可能是因为你，否则我连管制员是干什么的都不知道。”

盛远时本意是想要她一个肯定的回答，结果竟是这样模棱两可的答案。他负气似的说：“看来你还欠了我一句感谢。”

南庭尽量忽略他的不悦：“我也觉得说声‘谢谢你’，要比说句‘对不起’，更能让你接受。”

盛远时目光灼灼地落在她身上：“谢我什么？”

南庭回答：“谢你当初没有拒绝我相识的请求。”

感谢那一场年少相识，感谢岁月颠簸后的重逢。

这个答案坦荡赤诚，盛远时几乎强势不下去，他执拗地追问：“就没有什么要解释的？”

如果是从前惹他生气了，她分分钟撒个娇就能搞定，什么解释，你那么凶，才需要解释呢。可现下，五年的光阴横在两人之间，南庭不能像过去那样胡搅蛮缠。

“还有什么可解释？那些我极力隐瞒的，你都已经知道了不是吗？我多说一个字，都是辩解。”南庭把视线从他脸上移开，“没错，那些我不再缠着你的日子里，我在忙着一点点接受我家就要破产的事实。”

在听见“破产”两个字时，盛远时的负面情绪铺天盖地而来，他不得不用力地握紧方向盘，才能稳住情绪：“就为了那要命的骄傲和自尊！”然后冷笑了一声，“呵。”

起初确实是那样的，认为失去了与他比肩的倚仗和资本，尤其是听见林如玉讽刺地说：“就算你家破产了也没什么，死死抱住盛远时那棵摇钱树，还不是照样过逍遥日子？你命好，有男人接力养你。不过，你还是节制点，机长年薪不过百万元，一不小心就会被败光的。”

不堪入耳，却是赤裸的真实。

仿佛一夜之间长大。

司徒南难得地没有给林如玉脸色，反而和颜悦色地说了句：“谢谢你。”

谢谢你让我知道自己一无是处。

司徒老爸还在四处奔走，试图挽救公司。她如常去学校上课，比以往任何时候都用心，面对同学的窃窃私语、指指点点，她听见了也当没听见，看见了也当没看见，甚至还能若无其事地对他们微笑。周末休息，她不再出去吃喝玩乐，而是静下心来在家练琴、练口语。

终于，从高处跌落谷底，才懂得珍惜自己。

却依然没能等来好消息。

司徒老爸卖掉了座驾，可惜一百多万元也只是杯水车薪，解决不了任何问题。银行断了贷款，与其他公司合作的项目纷纷进入主体建设期，需要按合同追加投资，导致司徒家首尾难顾，雪上加霜。司徒老爸这才意识到，自己被人算计了。

却木已成舟，无力回天。

曼哈顿音乐学院的录取通知书在这个时候寄到了。那是一所优秀的国际性音乐学院，司徒南通过了相关的笔试和视频面试等入学考试，只要她愿意，就可以办理签证飞去纽约，盛远时工作的城市。

在认识盛远时之前，司徒南是抗拒出国的，纽约那么遥远，那么陌生，连最起码的沟通都成问题，她才不愿意去，可为了和他在一起，她改变了主意。然而，所有的默默准备，所谓的新年惊喜，就这样成了泡影。

窗外灰蒙蒙的，纷纷扬扬的雪掩盖了周围所有的声音，包括她的哭泣。

确实萎靡了一段时间，害怕面对贫穷，害怕未知的苦难，却在想到盛远时时，忍不住鼓励自己：活下去而已，能有多难？

因为盛远时，司徒南有了面对困境的决心，尤其回国的他似乎还那么舍不得自己，她动摇了，想对他坦白，告诉他："除了你，我什么都没有了。"她想，如果盛远时说："你还有我。"她就像普通人家的女孩一样，努力学习，然后找一份可以谋生的工作，自食其力。反正，大多数女孩子不都这样吗？别人可以，她也不会有问题。

本以为不到二十岁的年纪，从头开始，来得及。却没想到，除了自己，没人相信她可以过回平凡的日子。

南庭深呼吸，努力把眼泪憋回去："我不知道哪里来的信心，我就是相信，一旦让你知道司徒家的困境，你会倾尽你所能，帮助我们。"

盛远时注视着她，目光沉敛："但你还是做了一个既犯蠢又自私的决定。"

"你有能力像司徒老爸一样给我最好的，但你又是我的谁，凭什么替我扛下所有？"南庭抬眸与他对视，"盛远时，司徒南长那么大，第一次想通过自己的努力，得到最好的，哪怕头破血流，也比从前的唾手可得踏实。"

她的这些想法和心态，在得知司徒家破产后，盛远时多多少少也猜到一些，甚至自己对她的影响，他也想到了。

那个时候的盛远时，他现在回忆起来，都觉得很讨厌，明明没有立场，却总是对司徒南说教，告诉她，人要有梦想，要自己拼搏，不能无所事事，不能只想着倚仗父母和家世。结果，她从小就失去了母亲……那是盛远时万万没想到的，因为她虽然任性、嚣张、跋扈，却也开朗、热情、善良，完全不像缺失母爱的孩子。结果，她最大的倚仗司徒老爸破产了，她引以为傲的优渥家世在一夕之间倾覆。

盛远时也会想，如果自己不曾和她说那些，是不是当司徒家面临破产困境时，她会第一时间向自己寻求帮助，哪怕是倾诉？如果是那样，他们就不会分开。

明明负担得起她的一切，却鬼迷了心窍似的，偏偏要去和她说那些！可是，所有人都看得出他对她的心意，甚至Benson已经在他的默许下称呼小小的她为师母，她却说："你是我的谁？"

盛远时的嘴角勾起一抹清冷的笑意，他嗓音沉凉地说："是啊，我是你的谁啊？"

在她心里，他始终是个外人。

这才是盛远时最在意的。

另外，他有时也会控制不住地想，是不是在她看来，他一个小小的机长，没有能力帮他们父女俩渡过难关？这份小看，尤其伤人。

南庭听出来他言语中的不悦，却无从辩解。对她而言，当年的盛远时确实是她触不可及的天之骄子，她追求他，追随他，尽管也能感觉到，盛远时是喜欢她的，可到底没有确定恋爱关系，那就只是朋友，一个她爱慕的异性朋友。这样一种关系，让她在他面前，最不想失去自尊和骄傲。

明知道他不爱听，明知道可能会惹恼他，南庭还是坦白所想："我特别想和你在一起，但我不希望和你站在一起时，除了身高，心也是矮的。"

换位思考，能理解她的。

却无法原谅她改名换姓的远离。

盛远时的嗓音听起来很平静："再说说那些我不知道的。"

南庭料到他会刨根问底，可那些他不知道的，她永远不想让他知道。于是，她避重就轻地说："从有到无确实是一个痛苦的过程，尤其还有人上门追债，找我们父女俩的麻烦。为了躲避这些，小姨让我改随母姓，到她那边暂居，并希望我能顺利读完大学，可音乐学院显然是待不下去了，在不知道该学什么的情况下，我选择了空管学院。"

如果注定无法和喜欢的他在一起，做一个守望蓝天，守护他翅膀的人也好。于是，那个从司徒南改名为南庭，那个从天堂跌落到地狱的女孩子，选择了一个完全和音乐沾不上边的学校和专业。

这些都是事实，南庭没有说谎，只不过，她把那段痛苦的经历，说得过于轻描淡写了，甚至那个至关重要的人生转折，她终是选择避而不谈。不是还要故意隐瞒，只是，南庭还是了解盛远时的，一旦被他知道所有，他不会比现在好过！既然已经过去，既然自己好好的，她不想把那一段说得过于沉重，惹人同情。

可即便如此，盛远时依然能够想象，一个曾经衣食无忧、任性妄为的女孩子，在过去的五年里，过得多不容易。是心疼她的，可再想到她的那位自己全然不知的小姨，又控制不住生气，气自己对她了解太少。

盛远时带着情绪说："既然已经证明了自己，何苦要来面对我的冷脸？"隔了几秒，又像是在说明什么似的补充了一句，"尤其是，我已经快忘了你。"

南庭仿佛没听见他的后半句，在温暖的阳光下，那么谦卑地说："我二十四岁了。"

"我的愿望是六年后嫁给你。"

"趁我芳华正好，趁你还不太老。"

如今，六年之期已到。

尽管她自知，一切已不是恰好，还是控制不住地想，自己还有没有机会？

像是打翻了一瓶苦水，涩意无声地在胸间蔓延，把那个原本甜蜜的六年之约浸泡得酸楚悲戚，让人不敢碰触。隔了很久，盛远时才问："你凭什么以为，我会在老地方等你？"

周围很静，让他微哑的声音有种不太真切的感觉。当车窗外的街景在眼前变得模糊不清时，司徒南柔弱又坚定地说："我没有让你等的筹码，我也明白彼此错过了就该放弃，但我还是珍惜自己，只为再相遇时，不至于高攀不起。"

她不再是司徒南了，或许这辈子，再也做不回无忧无虑、胆大妄为的司徒南，但骨子里的勇敢和坚韧依然还在。哪怕生活让她遍体鳞伤，她依然懂得了成长。

她终于变成了自己喜欢的样子，坚强且独立。

他却没了从前的期待与欣喜。

所有的准备都在此刻功亏一溃，盛远时心口一疼，转脸望向别处。

不是多么特别的故事，在这世界上，诸如这样的变故和别离，可能每一天都在发生，就看谁有勇气原谅少不更事的自己，对过去既往不咎。

晚上齐妙回来，南庭把新手机给她送过来。

齐妙坚持不要："我那手机就算屏不碎，也就值五十块，换你一部五千多块的手机，我这不是碰瓷，而是讹人了。"

南庭径自把自己的旧手机换回来："只要没耽误你的事，我就安心了。"

这是非要不可的节奏了。齐妙也不废话，敞亮地表态："手机钱我给你抵房租。"

提到房租，南庭沉默了片刻，才说："妙姐，我可能要提前退租。"

"退租？这才搬来几天啊？"齐妙说着忽然想到什么，她琢磨了一下，话锋一转，"那倒没问题，只是根据合同，房租我可是有权不退的。"

南庭一句反驳的话都没有，她轻声说："好。"

"好什么好？"齐妙整个人都不好了，盯着她问，"你和老七是怎么回事？是不是他说什么了，你才要搬走的？我告诉你，他在我这儿不好使！"

"和他无关，是我的问题。"南庭平静地解释道，"只是，我最近会有点忙，可能不会马上搬走，你容我一段时间。"

齐妙这回反应倒快，她忽地一笑，那种发现惊天秘密的笑："你知道我口中的老七是谁？"

这个时候再说不知道就是掩耳盗铃了。南庭看着她："和他同批的六名飞行学员都比他大，他却是第一个晋升责任机长的，所以依照约定，他们要喊最小的他一声：七哥。这是我知道的版本。"这是 Benson 告诉她的，从前每次她喊"七哥"，盛远时都笑得很矜持又骄傲。

"确实如此。"齐妙盯着南庭，"所以，你是冲他，才租了我的房子？"

连房东都这么以为，难保他不会多想。

南庭苦笑："如果我知道你是七哥的姐姐，我肯定连价都不会还。"

齐妙的智商就有点不够用了："那你还要搬走？"

南庭的手机在这时响了，她借此回避了齐妙的问题，转身回家了。

外面的齐妙把手机卡装进新手机里，就要给盛远时打电话，都通了，她又给挂了，转而打给乔敬则："你干吗呢？"本意是想让乔敬则和盛远时聊聊，毕竟男人之间，会比和她这个姐姐好聊。

乔敬则那边闹哄哄的，他大声地说："还能干吗？和好基友约会。"

结果齐妙自以为聪明地把"好基友"理解成了女性，闻言直接把电话挂了，连个反应的时间都没给他。

乔敬则"扑哧"一声乐了："这个嘴硬的女人，还说不在乎我。"追着打过去。

持续无人接听。

乔敬则就笑不出来了，气得把手机拍在吧台上："你这什么姐啊，咋一点不识逗呢。"

盛远时仰头干了一杯酒，赏了他两个字："活该。"

乔敬则骂："你们姐弟俩就是一对喂不熟的白眼狼。"

盛远时把杯子推给调酒师，淡淡地看他一眼："知道我们是姐弟俩，还当着我的面说她，是在考验我对亲情的态度吗？"

乔敬则急于为自己正名："我可是要做你姐夫的人！"

"现在还不是。"盛远时往椅子里一靠，神色略慵懒，语气很淡，"就算是，姐夫、小舅子也不分大小，你在我这儿占不到便宜。"

乔敬则照着他的椅子就是一脚。

盛远时无所谓地笑笑，又干了一杯。

乔敬则看他一眼："这是要把自己放倒的节奏吗？事先说好，我不负责善后，自己怎么来的，怎么回去。"

盛远时微微抬眉："哪次劳驾你了？"

"得，我操心过了。"乔敬则有一口没一口地抿着杯中的酒，坏笑着问，"兴致这么好找我喝酒，是为了南庭小妹妹？"

DJ 在这时换了首舒缓的曲子，光线朦胧间，舞池静下来，一如他的心，静得一点声音也没有，半晌，盛远时才找回自己的声音："除了她，还能为谁？"

这个答案，耿直得让乔敬则倍感意外，他大胆地猜测："她不会是五年前甩了你的那女的吧？"

盛远时垂眸盯着杯中酒，没说话。

"真是啊？"乔敬则一脸感慨，"我还一直琢磨，能甩了你的女人……"他兴奋地一拍大腿，"是个角儿啊，看上去柔柔弱弱的，眼力挺好，竟然能看出你的人面兽心！"

盛远时此刻没有心情附和乔敬则的不着调，他点了支烟，唇间的明灭，映出他棱角分明的脸和深不见底的眼。

头顶光线朦胧，洒下一片暖色，可他一米八六的身高坐在那儿，没有了在天上飞时的倨傲和自信，竟有种落寞、孤单的感觉。乔敬则也闹不起来了，难得正经地说："都等回来了，还垂头丧气的干吗？"

盛远时偏头看他："我什么时候说过是在等她？"

乔敬则透过手中的水晶杯看他，慢条斯理地揭底："你没等，你就是明明都回国了，却又满世界飞了三年，找遍了所有的音乐学院；你没等，你就是随手买了一架能亮瞎我眼的名贵钢琴放在家里接灰；你没等，谁说你等，我跟谁急行了吧？"

关于司徒南，除了 Benson 这个见证人，盛远时没和旁人提起，本意是等回国后带她见父母、见朋友，结果没等到那一天，两个人就散了，一次酒后失言，被乔敬则知道了。

乔敬则看似玩世不恭，却在第二天他酒醒后说："要是觉得值就等，反正男人比女人扛老，还怕耗吗？"

相比女人，男人对于老的威胁，确实要更坦然。可爱情怎么能与之相提并论？当热情耗光，当爱意耗尽，剩下的恐怕只有回忆了。盛远时不想下半辈子只活在回忆里，可那个时候恨极了司徒南的隐瞒和离去，他负气地说："我走的每一步都是为了向前，而不是在原地徘徊。我不会等她，不会。"

乔敬则只是一笑："等不等在你，不用对我发誓。"

然后，在过去的几年里，关于司徒南，他甚至都没有对齐妙提起，唯有这一次。可就算他在等，又怎么样？在她最难的时候，他在哪儿？等她以一个全新的姿态出现，盛远时忽然不确定，这个对自己而言，全然陌生的南庭，是他一直在找的司徒南吗？

他端起酒杯，仰头干了。

乔敬则也跟着干了半杯："老爷们儿别那么小心眼儿，女人天生就矫情，就作，你都给她攒着，等她老了，再给她好看。"

他看似没个正经，心里却有自己的一番道理。

这是盛远时最欣赏乔敬则的地方："抛开姐弟关系，齐妙在我眼里，也没什么特别，怎么你就非她不可？"

"我要是齐妙，分分钟剁了你喂狗。"乔敬则瞪他一眼，"哪个弟弟会这么说自己姐姐？"

盛远时笑了笑："你不是一直都希望我客观看待和评价你们的关系吗？"

说到齐妙，乔敬则也不是全无挫败感："我也无数次自问，除了脸好看，胸有料，她齐妙哪儿好？可就这么莫名其妙，我只中意她。"

盛远时有点好奇："准备和她死磕到底了？"

乔敬则咬牙切齿地说："等我把她耗老，看她怎么求我娶她！"

这种言论，盛远时还是第一次听闻。

乔敬则和他碰杯："年轻就是小爷的优势。"

盛远时眉都不皱一下地干了。

乔敬则贼兮兮地凑过来，语出惊人地问："睡过吗？"

盛远时几乎是瞬间翻脸，抬手就是一拳。

乔敬则肩膀上硬挨了一下，差点没从椅子上摔下去："翻脸猴子啊，说激恼就激恼呀？"

盛远时偏沉的目光似是在警告他不要口无遮拦。

乔敬则回瞪了一眼："不就男女那点破事吗？还怕说啊？别说兄弟没提醒你，再好的女人，吃了才是自己的。"

盛远时没说话，又干了整杯，直到把自己喝倒，乔敬则扶他时，听他断断续续地说着什么，耳朵贴近才听清他在说："我记得你爱我，看来是我记反了。"

"就知道你放不下身段。"乔敬则说着用力打了他一巴掌，"惯的！"随后让调酒师拿他的手机给齐妙打了个电话。

小表姐风驰电掣地赶过来，她停好车，跑过来扶盛远时，可他看着瘦，却重得分分钟就能把她压倒，齐妙喘着粗气看着一边悠闲看热闹的乔某人，没好气地道："不能过来搭把手啊？"

乔敬则不动，只盯着她："你过来，来。"

齐妙拿眼睛瞪他。

乔敬则嘴角仍挂着笑，特别好脾气地说："现在过来都好说。"

齐妙看着他泛红的脸，猜他也喝了不少，走到他面前，居高临下地说："乔敬则，你要是敢耍酒疯，信不信我一巴掌扇死你？"

乔敬则单手扣住她两只手，笑道："我看看你怎么扇死我的。"

齐妙挣扎着要抽回手，可吃奶的劲都使出来了，也没摆脱他的钳制。

乔敬则抢在她用脚招呼自己前说："你不拉我起来，我怎么帮你？"

齐妙到底踢了他一脚，才用了点力气拉他。

乔敬则借她手劲站起来时，飞快地在她脸上亲了一下。

起初齐妙以为是自己的错觉，见乔敬则一脸得逞的笑，她才反应过来，一巴掌扇过去。

乔敬则竟然要赖不承认：“干什么呀？不就是碰了你一下？又不是故意的。”

齐妙耳朵都红了，人更是气得直跺脚。

乔敬则笑着扶起盛远时：“傻站着干吗？开车门去。”

等他把盛远时扶上后座，齐妙狠狠地在他后腰上掐了一把。

乔敬则鬼叫：“谋杀亲夫啊！”

齐妙骂他：“那也是你自取其‘祸’！”

在回去的路上，乔敬则唯恐天下不乱地建议道：“要不把人送到你房客家去？”

齐妙正有此意，只是：“万一南庭小妹妹不收留他呢？”

乔敬则居然笑言：“那我就好好寒碜寒碜他。”

齐妙腾出右手给了他一下子：“你有病吧？他是抢了你前女友吗？”

乔敬则笑嘻嘻的：“对呀，南庭小妹妹是我前女友，有几分姿色吧？”

这种疯言疯语，齐妙才不信，她稳稳地开着车，不再理他。

等两人把盛远时从电梯里扶出来，齐妙先蹑手蹑脚地用钥匙开了自己的家门，乔敬则默契地找出盛远时的钥匙，明知道打不开南庭的门锁，还是硬往锁眼里插，还故意弄出很大动静。

门内瞬间传来狗叫声。

南庭听到声响从卧室出来，边问谁，边试图从猫眼往外看。

却听外面哗啦一声，像是钥匙掉在地上的声音，然后一个人影弯下身去。

有睡不着在，南庭倒不害怕，她慢慢地打开了门，随着她开门的动作，那个人影倒退了几步，后背抵在对面的门上，挡住了里面齐妙和乔敬则拥挤的偷窥视线。

走廊的感应灯在睡不着的叫声下持续亮着，让南庭能够看清面前的盛远时，他穿着白衬衣和西裤，领口的扣子有两颗解着，露出里面麦色的肌肤，轮廓分明，眉目清俊，那双漆黑的眼不复之前的犀利冷漠，此刻有种懵懂和疑惑的情绪流露出来。

南庭闻到他身上浓浓的酒气，见他抬手伸向自己，听着他唤："蛮蛮。"她本能地疾步上前，用自己纤瘦的身躯架住了整个人往下滑的他，把人扶回家里。

恍惚中，盛远时回到了那个他始终回避的午后。

那天格外冷，明明已是初春，却一丝春意都没有，还在清晨时下起了雪。盛远时飞了十几个小时，时差、疲惫，再加上天气原因，当打通司徒南电话时，他感觉自己发烧了。

可想到司徒南得知自己从此将在她所在的城市工作时的喜悦，什么身体不适、长途奔波，通通被抛在脑后。

电话里，盛远时语气轻松地说："在家等着吧，我过去接你，或者我直接上门拜访一下司徒老爸？"

换作以往，司徒南肯定求之不得，毕竟，对于她暑假跟飞的行为，司徒老爸认定自己的心肝宝贝被拐走了。对此，司徒南还向盛远时告状："他竟然说你是坏男人，我真是忍不了。"那时，她还向盛远时提出："等你答应做我男朋友时，先去趟我家，让司徒老爸见识一下你的风采，要不然他总以为除了他，没人稀罕我。"

盛远时当时还问她："和你爸提起我了？"

司徒南气呼呼地说："提了啊！结果他一听你是业界最年轻的机长，居然劝我算了，说，你真那么牛，不可能看上我。哪有人这么诋毁自己女儿的？我都怀疑，他不是我亲爸。"

盛远时就笑了："没准儿我的证照真是假的，什么机长，什么外航，都是骗人的。”

司徒南抱着他胳膊不放：“那你怎么不把我骗到床上去啊？”

盛远时轻咳一声，胡乱找了个借口：“我要上航线了。”

司徒南坏坏地拆穿他：“你以为我不知道你下午五点才飞？”见盛远时脸上有点可疑的红晕，她笑得越发明艳动人，“哦，我知道了，盛机长有特权，可以提前飞。”

那傲娇的小模样，盛远时差点控制不住让她提前履行一下女朋友义务。

司徒南却在电话那端冷冷淡淡地说：“你告诉我地方，我自己过去。”

她一向乐于取悦自己，盛远时担心她又只顾漂亮不要温度穿得太少出门，执意过去接她。

司徒南比他更坚持，最后更是直接搬出了司机做挡箭牌。

盛远时拗不过她，就选了一家飞行者俱乐部。

那是一家以“飞行”为主题的咖啡厅，店内地面上画着滑行跑道，墙上粘贴着一张张的飞行员照片，壁顶的蓝天和云层，以及那架波音737的模拟飞行器，不禁让人对飞行产生无限遐想。

盛远时不记得自己等了多久，总之他无聊地喝了三杯咖啡，又去二楼的飞行体验区转了两圈，还好心情地帮一位小朋友讲解了一下飞机的构造，才透过窗子看见一抹熟悉的身影由远及近走来。

他的小姑娘，纤细俏丽，哪怕是一身朴素地走在茫茫人海之中，也是娇艳如花，无人可及。重逢的喜悦让盛远时忽略了先前司徒南在电话中的冷淡，以及她在咖啡厅门口驻足的那几秒所为何意，他下楼迎上去，自然而然地握住她的手，轻责道：“又穿这么少。”

司徒南像是瘦了，米色的羊绒大衣显得空空的，她注视几个月没见的他，哑声道：“不冷。”

盛远时听出了异样，但当时的他以为司徒南和自己一样，是因为激动和开心。他在她冻得有点红的下巴上捏了一下，回身交代服务生：“香草拿铁可以做了。”

一向精明的男人，竟然没有发现，如果司徒南是被司机送过来的，怎么会冻得小脸通红？他只记得，他的小姑娘像孩子似的，喝不惯太苦的咖啡，最喜欢带有奶味的、热的香草拿铁。她却说："给我一杯美式咖啡。"与此同时，轻轻地抽回了手。

盛远时低头看着自己落空的手，胸口滋生出一种莫名的情绪，但他也没多想，只朝服务生点了下头："美式咖啡。"就又伸手，要去握她的手。

司徒南恰好在这时抬起手，搭在了楼梯扶手上，姿态自然。

一时间，盛远时倒也分辨不出她是不是故意在躲自己，直到两人在二楼卡座的高背椅中坐下，盛远时这才发现司徒南异于平常的沉默。他伸手过去，轻轻摸了一下她的头发："太久没见，需要重新熟悉一下吗？"

司徒南的视线从地面上的滑行跑道移开，抬头看他，没有任何铺垫地说："告诉你个消息。"

盛远时眉宇间浮起笑意："我也有个好消息要告诉你。"

她对他的好消息并不关心，抢先说："我被曼哈顿音乐学院录取了。"

"曼哈顿音乐学院？"盛远时伸进大衣兜里的手倏地顿住，"怎么突然决定出国了？"

她的语气和神情一样，都是淡淡的："我不是一直这样吗？想干什么就干什么。"

司徒南确实是这样的行事风格，可是，盛远时收回手："签证下来了？"那她至少准备了三个月，要是那样，他只能陪她折腾一回。

谁让这是她为他准备的惊喜呢！那时的盛远时，对于司徒南对他的感情，就是那么笃定。然而，司徒南露出了见面后的第一个笑容，略显牵强和敷衍的那种："怕我缠着你啊？放心吧，我去纽约不是为了你。"

盛远时眼里的笑容迅速退去，他一针见血地问："那为谁？"

"你没发现我很久没打电话、发微信骚扰你了吗？"司徒南一改先前的沉默，话突然多了起来，"我发现，自己没办法变成你喜欢的样子，与其为难自己取悦你，不如换个人喜欢，谈个恋爱而已，干吗把自己搞得那么累呢？你说是吧？”

追得风风火火，还没到手就腻了？那他生日的约定，又算什么？

盛远时的脸色就不好看了：“你的意思是，你放弃我了？”

始终拒绝和他对视的目光有一瞬的躲闪，随后，司徒南以漫不经心的语气说：“反正也追不上，不如趁早放弃。你人好，不好意思直接拒绝我，我也不能蹬鼻子上脸吧。况且，被人讨好的感觉，比讨好别人好多了。”

她在传达一个信息给他：有人在追求她，讨好她，她喜欢这种感觉。咖啡厅内灯光柔和，盛远时那双眼带着几分不悦地注视着她：“你难道感觉不到，我当你是女朋友对待？”

司徒南有那么几秒没说话，就在盛远时以为有回旋余地时，她说：“你什么都没说过，我怎么可能自作多情？”

盛远时意识到，自己犯了个致命的错误，他有心马上纠正：“我现在说，还来得及吗？”

司徒南侧头看着窗外，看着人来人往的街道被飘落的大雪覆盖上一层白色，再转过脸面对盛远时时，她笑了：“算了吧，我是觉得，我本来挺贵的，却为了追你掉价了。”

算了？什么算了？怎么算了？盛远时到底还是把中南航空的机长聘书从大衣兜里拿了出来：“如果我告诉你，我不走了，以后我们可以像其他人那样谈一场正常的恋爱呢，或者你希望我陪你出国留学，我都没问题，你还要算了吗？”

他明明看到司徒南眼角的水光，可她甚至没有细看他手里拿的是什么，就伸手推了回去：“别开玩笑了，这种牺牲，没有意义。”

那一刻她的冷静，不像十九岁。

服务生在这时来送咖啡。

她一口都没喝，站起来说：“我得走了，还约了朋友。”

那是自相识以来，她第一次提出要走，以往每次见面，都是盛远时认为时间太晚了，该送她回去了，她还依依不舍地磨蹭。这突如其来的转变，让盛远时非常不适应，确切地说，他心里已经是翻江倒海的不舒服。

可盛远时作为机长，自控力还是不错的，当他意识到自己当时的心情坏到了极点，他很担心，一旦司徒南再坚持说放弃他什么的，他会控制不住发火。

盛远时竭力克制着："我先送你回去。"心里则在想：来日方长，大不了角色对换，再把她追回来，没必要在气头上吵架，万一口不择言伤了感情，得不偿失。

司徒南再次拒绝道："不给你添麻烦了，我自己走就行。"然后就真的转身走了，没多一句言语，更没有丝毫留恋。

她倒是干脆利落，说算了就算了。

盛远时注视她纤瘦又决绝的背影，忍不住沉声叫她："司徒南！"

那是盛远时第一次连名带姓叫她，一直以来，他都叫她：蛮蛮。

司徒南转身，一步步折返回盛远时面前，盛远时尚来不及高兴，她已经拉起他的手，沉默着解他腕上那块她送的高仿表的表链。

盛远时就不允许了。

他反手扣住她的手，冷声质问："什么意思？"

司徒南几乎是一根一根掰开他的五指，硬是把表摘下来："像我这个人一样，它本来就和你不配。"

盛远时顿时觉得胸口有什么破了，冰冷的液体汩汩地往外流，他用那双沉湛犀利的眼紧紧地盯着她，一字一句道："司徒南，我最后问你一次，什么意思？"

司徒南抬头，漆黑的眸里有晶莹的东西在闪，她就那样含着眼泪笑了："以后再有人送你巧克力，就要你自行消化了。盛机长，再见。"然后一步一步退离他，越来越远。

什么狠心，什么负气，通通都顾不上，盛远时再也控制不住，追上去，伸手拽住司徒南，把她拉进怀里抱住。司徒南挣扎，却抵不过他的力气，终是伏在他怀里不动了。

盛远时的唇贴在她耳边，嗓音微哑地问：“是不是我太久没回来，生气了？”从来都高高在上的男人，那一刻，竟有俯身相求之意。

司徒南说不出话，双手抵在他胸前，像是在拒绝此刻的亲密。

盛远时不给她逃避的机会，紧紧地抱住她：“我生日那天就答应你了，所以作为女朋友，你是在和我说分手，你知道吗？”

司徒南不言语。

直到觉察到颈间温凉的湿濡，盛远时眼中竟也浮现一层淡淡的水光，他哑声：“行了，我当你没说过。”

司徒南的情绪或许就是在那个瞬间崩溃的，她放下抵在他胸前的手，改而搂住他劲瘦的腰，紧紧地，然后哭出了声。

盛远时一颗心顿时归位，他轻拍她的背：“怪我，要是我早点把话说清楚，你也不会胡思乱想。”听她哭得更大声，他拉开两人的距离，心疼地用指腹为她擦眼泪，然后，在她的眼泪不断落下来时，他做了一见面就想对她做的事——低下头，重重地吻上来。

或许是太想念了，也可能是压抑得太久了，这个吻一发不可收，盛远时有种要吞她入腹的热烈冲动，她的回吻也是热情不已，仿佛要通过这份亲密，宣泄对他的全部思念和爱。到了后来，盛远时更是扣着她的手，沿着她的脸一路吻到锁骨……手更是悄无声息地钻进她的衣服里，贴在她腰间的细肉上，辗转地摩挲。

当欲望越来越清晰，当两个人的呼吸越来越重，他的手不知不觉向上，感受到那从未有过的柔软触感，他不自觉地喟叹一声。

无意拒绝他，可这突如其来的亲密，让青涩的她控制不住地浑身一颤，南庭情难自控地在他耳边嘤咛：“……七哥。”

盛远时是被手机闹钟吵醒的，他揉着眉心坐起来，掀被下床的一瞬才发现不是在自己家里。他环顾四周，入目的是淡绿色的窗帘，白色的衣柜，被当成书桌的妆台，以及卧室门口坐着的那只眼神不太友善的……柴犬。

忽然想起昨夜的那个梦，那柔软的唇，那细滑的肌肤，每一个细节，每一帧画面，都分外真实。

盛远时低头看了看自己，衬衫扣子只剩两颗没有解开，下摆全被扯到了裤腰外，遮住了半解的皮带扣，除此之外，还有皱得不像话的床单——总之，所有的凌乱都像是在证明，昨夜的他，有多不安分。

酒真不是好东西，那些盛远时有意屏蔽在记忆之外的，司徒南骗他分手的段落，就这样毫无预警地跳出来。

事实却不是梦中那样顺利，当司徒南摘下那块表，气得半死的盛远时并没有用拥抱挽留，他就那样看着她走出去，看着她停下脚步，站在咖啡厅门口，像是在思忖要不要回头。

他当时甚至还在想：回来，我就原谅你。

最后忍不住的，等不及的，依然是他。

可当盛远时追出去，外面已没了司徒南的人影，好像那个纤细的身影，从来没有出现过，一切都是他的幻觉。

盛远时站在冰天雪地里喊："司徒南！"

声嘶力竭，狼狈失态。

司徒南攥着那块表，躲在距离他不远的角落里，静静地注视着那被她视为航标灯塔的男人，眼泪滚落而下。

事情发展到这一步，只要盛远时到司徒家，任司徒南伪装得再好，凭他的精明，发现异样并不是难事。偏偏盛家在这个节骨眼儿出了事，盛远时接到电话连夜赶回去时，不仅是盛家，整个空军大院都笼罩在阴霾之中。

一个月后，盛远时再也打不通司徒南的手机。当他再次回到 A 市，来到司徒家的别墅，房子竟被银行收了。盛远时又找到司徒南的学校，校方称她已退学，根据老师提供的信息，他才知道，司徒南的爸爸司徒胜已，破产了。

在找不到其他可问之人时，盛远时想到了林如玉。

林如玉却说："她为了追你都申请了曼哈顿音乐学院，你却不知道她家破产了？”她笑得轻蔑，“果然自作多情不是最丢脸，无情才最可怕。”

盛远时没有心情和她计较，他只关心：“你认识司徒家的其他人吗？”

“他们家没有什么人了吧。”林如玉一言激起千层浪，“她爸是孤儿，妈妈在她不到十岁时就死了，有人说是死于车祸，也有人说是死于自杀。”

盛远时怔在当场。

林如玉还在继续：“她妈妈姓南，听说南家当年反对她妈妈嫁给她爸，她妈妈是和她爸私奔到 A 市来的，她长这么大，不怎么和外婆家有来往。”

所以，司徒胜己格外疼惜自己的妻子，甚至在妻子去世后，终身未再续弦；所以，又当爹又当妈的司徒胜己格外溺爱司徒南，把她宠成了任性刁蛮的公主；所以，再没有任何人知道他们父女俩的消息，曼哈顿音乐学院成了最后的唯一线索。

盛远时还是在 A 市停留了一段时间，通过各种关系寻找与司徒胜己有过合作的人，试图打听司徒父女俩的下落。找到的人，不是还在埋怨被司徒胜己连累赔了钱，就是对父女俩的行踪全然不知。

以前觉得世界很小，随便飞几个小时，就能到达一个国家。直到那一天，盛远时站在街头，才意识到，原来一座城市那么大，想找一个人，比上天还难。那一刻，向来自信骄傲的男人，挫败到无助。他就那么形象全无地坐在马路牙子上给父亲打电话：“我明天回纽约。”

盛叙良在盛远时成年后并不怎么干涉他的生活，可家里出了那么大的事，老人家也不希望儿子再走那么远，于是问：“还有事情没处理完？多久回来？”

盛远时搓了搓脸：“不知道。”

然后，他撕了中南的机长聘书，返回纽约，重回 YG 航空，在之后的三年时间里，飞遍了全世界，只为探访各地的音乐学院。

却从未在留学生名单中发现司徒南的名字。

失望，一次又一次，直到觉得，是时候放弃了。

顾南亭是在那个时候找上他的：“在国外待了这么久，要不要回家看看？”

回家看看？盛远时如醍醐灌顶，他自问：就算司徒胜已为女儿留了后路，在司徒家遭逢那样的变故后，司徒南还能扔下她在这世上唯一的亲人不顾，去国外求学吗？怎么就慌不择路地始终在国外找她，忘了再回头去看看？万一，那个时候她是故意躲着他呢？

盛远时几乎是立刻答应了。

顾南亭半天才反应过来，他不太相信地确认：“你同意到中南帮我了？”

盛远时却说：“不是帮你，是帮我自己。”

那些为说服他而准备的说辞，顾南亭生生咽了回去：“有什么要求尽管提，只要不牵扯程潇，都可以。”

盛远时笑了，他不仅什么要求都没提，还把捂在手里的 YG 航空的股份拿了出来：“三个月内拿下 YG，我就是你的总飞行师。”

当时正值收购 YG 最艰难的时期，计划几乎无法推进，顾南亭两个生死之交的兄弟，都在筹措资金，试图助他一臂之力。而顾南亭之所以在那个时候向盛远时抛出橄榄枝，除了看重他精湛的飞行术，更是希望借挖走他的飞行团队，削弱 YG 的飞行力量，一举拿下 YG。

在那之前，顾南亭设想过很多盛远时拒绝的理由，毕竟，他曾经不顾程潇的挽留放弃过中南一次，顾南亭以为盛远时对 YG 有特殊的感情，他甚至还在担心，自己收购 YG 的举动，会造成盛远时的反弹，阻碍收购，结果轻而易举地得到了他的助力。

那是顾南亭第一次为盛远时飞到美国，不仅争取到了他个人和他的飞行团队，更获得了他的股份，这对当时处于困境的顾南亭来说，犹如天助。

程潇都吃了一惊，她问盛远时：“怎么回事，和 YG 有仇？”

盛远时笑了，没说有，也没说没有。

程潇不明白：“攥着这么大的筹码，不好好利用，就那么轻易给他了？”

盛远时皱眉：“你是他女人吗？”

程潇语出惊人：“睡过就算的话，那就是。”

盛远时一口水喷出来：“什么人？”

“好人！”程潇瞪他一眼，“我也是你朋友，不希望你吃亏。”

盛远时端着杯子，看向天空：“亏不着。”

程潇也懒得操心了，只提醒他：“公司不是他一个人的，你应得的，一分都别少拿。”

盛远时点头：“在这世上，没有什么是无偿的。”

两个月后，纽约肯尼迪国际机场，专程从 G 市飞来的顾南亭坐在 YG 航空的贵宾休息室里，边喝咖啡边等盛远时下航线。

一个小时后，盛远时执飞的航班落地。

两个男人相视一笑。

盛远时先伸手：“恭喜，顾总。”

顾南亭用力地握了握他的手：“同喜，盛总。”

当天晚上，顾南亭还要飞回国，盛远时抬腕看表：“不等程潇了？她一个小时后能落地。”

“不等了，明早还有个会。”然后一笑，“我们有的是时间。”

是啊，他们有余生，那么长。

而他，或许再也见不到司徒南了。

盛远时在那一夜，灌醉了自己。

很快就有了第三次见面，那次顾南亭是带着乔其诺一起飞到纽约的，盛远时没有客气，作为新公司最大的占股人，他只提了一个要求，以顾南亭的名义把新组建的航空公司命名为：南程。

南程航空——全世界都以为那是一段关于顾南亭与程潇的爱情传奇，连盛远时自己，都在首航的广播中这样告诉旅客。

事实却是：南程等于，司徒南和程潇。

是两个男人，对两个女人最崇高的爱与思念。

后来不久，盛远时就回国了，他万万没想到，司徒南改随母姓，以“南庭”这个新名字，从 A 市来到他的家乡 G 市，就读于空管学院，毕业后被分配到 G 市空管中心。

就像六年前一样，管制员南庭，再一次堂而皇之地闯进他的世界，无声无息。

盛远时重新躺回床上，用手盖在自己脸上。

睡不着似是对他的行为有所不满，颠颠地跑到床边，“汪汪”了两声。

盛远时控制不住地打了两个喷嚏，起身进入卫生间，看见洗手台上放着一套全新的牙具和一条深蓝色的男式毛巾，他简单地收拾了一下自己，回到客厅时看见茶几上放着一张字条：

“不确定你今天要不要飞，就给你设了七点的闹铃。厨房有早饭，走时带上门就行，不用管睡不着。”末了是一串数字，和程潇微信发给他的一样，是她的手机号码。

盛远时转而走向厨房。

睡不着一路跟着他。

黑色的大理石台面上，有一份三明治，额外还有两个煎蛋，以及一杯牛奶。他摸了摸杯壁，还有些余温，证明她才走不久。

盛远时就那么身高腿长地站在厨房里，安安静静地把三明治和煎蛋吃光，可当他喝光牛奶放下杯子时，眼睛却湿润了，他微微仰头，直到情绪平复下来，才动手洗杯盘，最后看着睡不着说：“味道还行。”

睡不着虽然没有咬他，却一改温和常态，凶悍地叫得特别大声。

盛远时边打喷嚏边走回卧室，目光在梳妆台上那个飞机模型上停留很久，才移到旁边摆放整齐的一摞业内丛书和外语工具书上，而最终引起他注意的是一边放着略有些旧的笔记本。他随手拿起一本翻开，看似潦草凌乱的手写记录，是有关航空器呼号、空域分类、飞行进程单、重要的交通情报等，属于空中交通管制管理基础范畴的。

再翻开一本，依然是手写的，有关空速表测速原理、起飞航迹、在湿跑道和污染跑道上起飞的主要特点等，飞行性能与飞行计划方面的。

逐一翻过来，竟然全部都是她的笔记。厚厚的，足有九本。而从她记录的内容来看，有些是身为管制员的她必须了解掌握的，也有不需要她看的，比如飞行性能和飞行计划。

想象着无数个寂静的深夜，她在月光铺陈的窗前，阅读和研究那些专业书的样子，盛远时胸间有种情绪喷薄而出。

一刻都不想再停留，他转身就走。

睡不着却挡在门前，和他形成了一副对峙的局面。

盛远时并不讨厌狗，可他对狗毛过敏，此刻睡不着一副不让他出门的架势，让他有些为难。

睡不着声音低低地哼，像是随时会扑上来咬人的样子。

盛远时不明白自己怎么得罪它了，他用手捂着嘴，试图向一条狗解释："我没带走任何属于你主人的东西。"

睡不着"汪汪汪"地一直叫。

盛远时准备给南庭打电话，问她要怎么驯服睡不着，门外传来熟悉的声音："南庭小妹妹，你在家吗？"

是被睡不着的叫声引来的齐妙。

盛远时还不确定自己是怎么跑到南庭家来的，所以并不想让小表姐看见他大清早在这里，可睡不着听见外面的声音，叫得更欢了。

齐妙开始敲门："南庭小妹妹？"

盛远时只得出声："她不在。"

外面瞬间就没了动静，只有睡不着单调的汪汪声。

盛远时揉了揉太阳穴："齐妙。"

片刻："……啊？"

里面问："你和她的狗熟吗？"

这个……齐妙迟疑了一下："还行吧。"

"等会儿我开门，你控制一下它。"盛远时说着，想要绕过睡不着去开门。

睡不着瞬间行动。

门打开的刹那间，它扑到了盛远时身上。

齐妙几乎是在同一秒扑向它。

等从睡不着爪下脱身，盛远时赶紧拍打着衬衫前襟，试图拍掉上面可能留下的狗毛：“这种狗，小区让养？”说完就打了个喷嚏。

“小区门口的宠物店都是物业经理开的，还有什么狗是不能养的？”齐妙其实后悔了一晚，尤其想到他对狗毛过敏时可能有的症状，就更担心了。

盛远时蹙眉：“你作为房东，也不管？”在他看来，欺负他的睡不着实属恶犬。

齐妙意识到他已经有了过敏的反应，有点心疼：“要是你不同意的话，回头我和南庭小妹妹说，她应该……”

盛远时打断了她：“别拿我说事。”

齐妙上下看了看他：“你怎么在这儿啊？没事吧？”

“什么事？”盛远时闻言脸色沉了沉，“我还想问你，我怎么会在这儿？”

齐妙故作镇定地说：“我哪知道？”

盛远时看见她眼底的心虚一闪而逝，有点明白了，他不疾不缓地解锁手机屏幕，打开通话记录：“我昨晚明明是和乔敬则在一起，最后一通电话也是打给你的，你却说不知道。齐妙，你觉得你能敷衍过去吗？”

平时盛远时挺惯着她这个小表姐的，在外人面前更是拿她当妹妹似的护着，可眼下他冷着脸质问她的样子，让齐妙有点怵，她挠了挠头：“什么敷衍啊？我昨晚睡得早，根本没接到你电话。”

盛远时好像相信了，“哦”了一声去搭电梯，直到电梯门打开，他走进去才说：“那我就看看乔敬则敢不敢当。”

“喂！”齐妙追过去时，电梯门已经关上了，于是，她忘了告诉盛远时南庭有意提前退租的事，只顾着给乔敬则通风报信，发微信告诉他：“老七生气了，要责问你。”

乔敬则秒回：“你不用管了，我扛。”

齐妙正暗自感慨还挺爷们儿，那位又发过来一条：“盛老七都在前女友家过夜了，我睡个客厅沙发都不行，齐妙，你够可以的！”

齐妙笑骂了一句：“精神病。”没回他。

乔敬则不依不饶：“又假装看不见了！我乔敬则水土不服只服你。”

齐妙日常装死。

南庭到塔台时，才七点二十，显然是来早了。

可相比等盛远时睡醒的尴尬，她更愿意早点出门。

结果有人比她还早，程潇看见南庭从通勤车上下来，扬声喊：“二老公。”跟着她从车上下来的男人，不用介绍，也知道是顾南亭无疑。

南庭迎上去，先对程潇说：“找我啊？怎么这么早？”

程潇随口说：“有人出差，我来送机，听说你被玻璃划伤了脸，顺便来看看你破没破相。”

南庭心里感激程潇的关心，嘴上却说：“谣言止于智者，程机长。”

程潇以开玩笑的口吻说：“看来能不能捍卫我的智商，完全在于你这张脸啊。”然后指着顾南亭：“我大老公，顾南亭。”

南庭礼貌地对一身正装的顾南亭说：“顾总好。”

顾南亭丝毫不介意未婚妻以“大老公”相称，用那双沉湛的眼打量着南庭：“你好，我是顾南亭，亭亭玉立的亭。”

南庭微微地笑：“南庭，庭院深深的庭。”

“我知道你。”顾南亭绅士地道，“上次的道歉风波发生后，为了有机会对你表示感谢，我向空管中心了解过你，希望南小姐不要介意。”

“道歉”事件之后，程潇在找视频女主角的事，顾南亭是知道的。起初他并未插手，相信凭他家程机长的机智一定可以找到人。结果，对于中南这位貌美如花的美女机长，空管中心那个爷们儿扎堆的地方竟然不买账！多少有些匪夷所思。

程潇气得拍桌子：“我问他们塔台管制室的女管制员叫什么名字，他们居然众口一词地告诉我叫如花！如花？真是个接地气的好名字！我都快相信了。”

顾南亭当时正在签署文件，闻言眉心微蹙：“在总裁办公室里，注意控制你的情绪。”

“摆什么大老板的架子！”程潇不想和他说话了，转身要走。

顾南亭抬头：“去哪儿？不是说好了等我一起吃午饭吗？”

程潇戳戳制服上的肩章：“程机长要上航线，很忙的！”说完甩门而去。

被放了鸽子的顾总失笑，他拿起电话拨到空管中心团委办公室：“林主任，我是中南顾南亭，有件事麻烦你……”

十分钟后，空管中心那边就把南庭的相关资料发了过来，林主任还特意打电话说：“顾总可不能因为小南同志和您撞名了就挖我们墙脚啊，管制室那边可说了，她很快就要出师了，是我们历时一年多培养出来的新一批年轻管制员，后续还要委以重任。”

竟然叫南庭，顾南亭颇有些意外：“林主任多虑了，为了感谢她帮我未婚妻的机组解围，我会交代下去，在你们进行航线实习时，让机组多关照她。”

林主任开心得快要飞起来了：“那真是太谢谢顾总了。”

随后顾南亭就把这件事交代给了助理。

程潇对照手里的旅客名单，才敢确认，和顾南亭撞名的南庭，确实是空管中心的管制员。就这样，她才能在南庭再次乘坐中南航班时认出她，进而有了“二老公”的佳话。

这件事在南庭销假回去上班时，林主任也经应子铭的口转告她了。此刻听顾南亭这么说，南庭表示：“我没什么介意的，请顾总放宽心。至于上次的事，您和程潇都不必谢我，我确实什么都没做，一切只是巧合。”

“难不成打一架才算做了什么？要不是你怼了那个老爷们儿，为顾全大局，我肯定要出面道歉。程机长虽然是小女子，但也不随便弯腰。”程潇说完，看了看表，“时间差不多了，你先走吧，我俩说会儿悄悄话。”

顾南亭也不废话，和南庭打过招呼，一个人开车去航站楼了。

见程潇朝准老公挥手，南庭开玩笑道：“是不是耽误你们吻别了？”

程潇一脸幸福的坦然：“该办的事昨晚都办了，不差这一个吻。”

南庭听得脸红：“好歹照顾一下未婚少女的情绪呗。”

程潇闻言凑过来，附在她耳边坏坏地说：“看来那位还没办了你啊。”

南庭不好意思地推她一下：“我不是你二老公吗？哪能随便给你戴绿帽子？”

程潇哈哈笑：“你可够坏的，他都多大了，也不给开开荤。”说着用胳膊杵了杵南庭，一副过来人的语气，“自己的男人，自己不喂饱，就别怪他吃外食。”

“越说越没边了！”南庭略显无奈，“明明我现在才是那个外食。”

生怕南庭误会盛远时身边有了别的女人似的，程潇立即为老朋友证明：“他身边除了我，没别的女人，但虎视眈眈的不在少数，你可盯紧点。”然后才把目光投向她额上，“怎么不休息两天？轻伤不下火线那套早过时了。”

南庭下意识摸了摸额上的纱布：“只破了块皮，还达不到请病假的标准。”

程潇说：“其实我是听说有人英雄救美，特来求证，那个英雄是不是那位？”

南庭大大方方地承认：“是他，要不我都破相了，哪能笑得出来？”

“我就说你今天春风满面的。”程潇调侃道，“怎么样，伤没白受吧？凭你的机智，不用我教，也知道怎么利用他的心疼和好如初吧？”

南庭带着几分落寞地说：“就我这不伤筋不动骨的一点皮外伤，谁会心疼？”

程潇替盛远时说话：“他不是心狠的人。”

这份了解，让南庭觉得和程潇更近了一步："所以我顶着伤，坦白了当年离开他的原因，他没发火，也没骂我。"她指指额头上的纱布，"是这伤的功劳。"

程潇却说："难道不是因为爱？之前我要介绍女朋友给他，他可是和我说，有喜欢的人。"

这个人，是自己吗？南庭隐隐有些期待。

见她不说话，程潇问："他怎么说？"

南庭垂眸："他什么都没说。"

程潇眼珠一转，计上心来："要不我给你介绍个男朋友吧？"

南庭瞬间明白她的意思："我的黑历史够多了，你别再添一笔了。"

程潇笑："我就是想气气他。"

南庭却说："你怎么不问我为什么离开他？"

这其实也是程潇一直好奇的："那你为什么甩了他？"

南庭纠正："我追都没追上，谈什么甩？"

程潇挑了下一侧的眉毛。

南庭没再避讳什么，直接说："我追了他差不多一年，在可能快成功的时候，我家破产了。"

"破产？"程潇脸上意外的神情纤毫毕现，她试探着说，"和那些狗血的电视剧一样，你选择对他隐瞒这件事？"

"我一度以为从公主变成灰姑娘，是像从天堂坠落地狱一样痛苦。"她说着微微笑了一下，"挺过来才发现，其实也就那么回事，照样吃五谷杂粮活着。"

她说得轻描淡写，可"由俭入奢易，由奢入俭难"的道理谁不懂？程潇想了想问："有想过自杀什么的吗？"

"我就那么没出息，连个破产都担不起！"南庭依然在笑，那笑容平静得像个沧桑的老人，是那种经历过时间的洗礼后，洞悉一切的淡然与从容。然而，在程潇的注视下，她终究还是说，"好吧，我承认，确实想过，什么跳楼、割腕的都琢磨过，但没勇气。那个时候意识到，相比活着，死更难。”

可她必然还是经历了什么铭心之痛。

程潇不忍问下去，她握住南庭的手，无声鼓励。

南庭回握了一下，用笑容告诉程潇，她没事。

“从一无是处的富家女，到一个自食其力的普通人，我觉得挺踏实的，虽然代价可能是再也不能和他在一起……我也不后悔，只是觉得，”想到昨晚盛远时酒醉时说过的话，她停顿了片刻，才说，“特别对不起他。”

程潇和她一起面朝机坪而立：“易地而处，我可能也会像你那么做。但你的隐瞒和离开，会让他觉得，你认为一名小小的机长，不具备帮你家走出困境的能力。你这样小看他，对他是不小的伤害。这当然是个误会，他却肯定背负了很久。你想过吗，你有几分踏实，他就有几分心疼和自责。毕竟，他所认识的你，是没吃过苦的。他有气也正常，你给他点时间。”

南庭点头：“我懂，都懂，可当时没考虑到这些，只想着，别让他知道，好像他知道了，帮了我，我就矮了他一头。”她说着，眼底竟有些红，“其实我昨天和他说时，特别希望他狠狠地骂我一顿，可他偏偏什么都不说，他那么冷静，我反而不知道该怎么办。”

程潇不想再惹她伤心，故意逗道：“凭你会不知道怎么办？”

“我和房东说要搬家。”南庭与她对视，“我一不小心租了他表姐的房子。”

“如果不是事先认识了你，我都会以为你是有预谋的。”程潇问她，“这种近水楼台的天赐良机不好好把握，舍得搬走？”

“舍不得，所以有欲擒故纵的意思，想试探一下他的反应，可又觉得像在逼他。”南庭把手搭在栏杆上，长舒一口气，“但怎么办呢？既不想放弃，又没了当年追他的勇气，好矛盾啊！”

大林见南庭来上班，调侃道：“被飞行员知道，指挥他们起落的管制员脑袋上有伤，不会集体罢飞吧？”

南庭安慰他：“没出现头晕眼花、失忆的症状，不用怕。”

大林笑望着她：“我们如花不仅是空管之花，更是塔台英雄呢。”然后看着围拢过来的众兄弟：“来来来，恭喜如花通过放单考试！”说着竟然鼓起掌来。

师兄们的祝贺声中，南庭腼腆地说：“还差最后一轮面试呢。”

“那不叫面试，只是正式放单前的一场谈话，告诉你从事的是一个光荣而艰巨的职业，从今以后，像个男人一样，不遗余力地奉献你全部的青春和生命。”然后，像排练过似的，和众管制兄弟一起做了一个加油的手势，大喊，“干巴爹！”

应子铭在这时走过来，把一个崭新的话筒递到她面前：“从今天起，你和这里的所有人一样，具有独立管制权。”

那双清澈的眼眸顿时蓄满了泪意，南庭朝应子铭深深鞠了一躬：“谢谢师父。”

应子铭看向她的目光充满了欣慰与鼓励：“要谢就谢你自己的努力。”

南庭接过专属于她的话筒，微微躬身向诸位帮助过她的师兄说：“以后，请指教。”

大林带头鼓掌。

然而，南庭却没能在这一天走上席位指挥，因为交班时，她险些晕倒，所以，程潇所看到的春风满面的南庭，并不是真的气色那么好，而是在沙发上躺了一晚的她，发着烧。

盛远时还什么都不知道，九点整，他出现在南程航空大会议室里，相比清晨时的狼狈，这个坐在右侧首位，手肘撑在椅子扶手上，低头沉思的总飞行师，此时穿着白衬衣和西裤，领带齐整，腕表金贵，整个人有种一丝不苟的气质。

主位的乔其诺正在听取各部门的工作汇报，这位给顾南亭做了多年特助的“内衣销售王”具备丰富的管理经验，除了没有执照不会开飞机外，也是个逆天型的人才，明明初掌大舵，却是一副运筹帷幄的沉稳姿态。

针对空中餐饮服务，他提出要求：“不仅是七个小时以上的远程航班我们要提供两餐以上服务，后续相继开通的支线网络，也要确保食材优质，烹饪制作工艺考究，除了给旅客多样化的餐食选择，更要充分发挥我们的配餐优势，让旅客享受像地面高级餐厅一样的服务。”

与会唯一女性高管，餐饮中心何子妍闻言表示：“马上进入秋冬季了，我们的配餐师会挑选新鲜的应季食材，制作新式的菜品，争取让乘客空着腹上机，扶着腰下机。”

乔其诺一笑：“可以举办一次会员试菜活动。公司既然设立自己的餐饮中心，就要发挥出我们的优势，否则不如和食品公司合作，还能降低成本。”

何子妍也正有此意：“我们已经在着手准备，届时还请乔总和盛总亲临指导。”

乔其诺拒绝道：“我就算了，我这个人对吃没什么研究，以我为标准会拉低公司的餐食质量。”他偏头看盛远时：“远时，你有时间的话，去看看？”

盛远时抬眸看过来，那双眼漆黑深邃：“意思是，我嘴比较刁？行，没问题。”

他心情这么好，惹得众人都笑了。

盛远时也笑，与何子妍视线一对，他说：“何经理提前把时间告诉我。”

身穿西装短裙的何子妍，用那双清澈透亮的眼睛注视着他：“好的，谢谢盛总。”

盛远时眼眸寂静地一点头。

会议继续，后面的飞行部分，由盛远时主持，他先就十一期间的航线安排进行说明：“史上最长国庆假期快到了，根据近几年的旅行大数据显示，95 后正成为出行新势力，这个年轻的群体不仅擅长使用 APP 服务，更追求个性化、小众化，在热门的一线城市外，探寻属于自己的一方天地，是他们的主要需求点，这会让二、三线城市的游客数量增幅突出。我们南程就根据他们这一出行偏好，把目标放在相对小众的城市上，至于那些热门城市的航线，就交给总部，以及那些行业大佬去满足吧，反正我们也不担心总部应付不了，何必还去分总部的一杯羹呢，好像我们恩将仇报、饥不择食似的。”

在大家的笑声中，他继续道：“我知道你们在担心什么。这样，如果这些飞往二、三线城市的航班不超售，剩余座位的机票，我个人全包。”

没错，高管们确实担心机票卖不出去，毕竟那么多条二、三线城市的航线，一下子全部开航，不是件小事。盛远时却用一句话，给了大家莫大的信心，他们相信，盛总虽然不差钱，也绝不会傻到用自己的钱贴补公司。

这位在外航安全飞行了七千个小时的男人，用那双暗沉、清敛的眼扫过众人：“在这个遍地开花的航企时代，如果只是倚仗集团的扶持，南程是无法在夹缝中生存下来的，要与三大航抗衡，抢占市场份额，必然要有补其短的优势，以低价机票为突破点闯入支线航空市场，是我们开的第一局。”

“低价机票？”市场部经理不免有些担心，“盛总，这个哏会不会有点老？毕竟，低成本运营通常是那些没有实力的小公司惯用的策略，我们这么做的话，万一让旅客误以为，我们的飞机不安全，不是得不偿失？”

盛远时笑望着他：“南程拥有波音787、767、737系列和空客330系列为主的年轻豪华机队，这对于一个刚刚开航运营的航空公司而言，是令业界咂舌的大手笔。而明年是国产大飞机适航取证的关键一年，当中国的民机事业进入产业化阶段，中南南程将是首家交付使用国产大飞机的航空公司，退役客机被替代，展现的是我们的企业实力，所以，低成本不是低安全。”

话题牵扯到国产大飞机，高管们的兴趣就来了，市场部经理兴奋地问：“听说根据项目计划，国产大飞机明年将投入6架试飞飞机进行试验试飞，盛总，每一架的试飞都由您负责吗？”

提到试飞，盛远时神色凝肃地纠正：“我不是负责，只是参与。大家都知道，为保证安全性，国产大飞机要全面了解自身性能的极限值，需要通过一次次的试验飞行来获取，而那 6 架飞机所承担的试验任务各有侧重，我参与的是性能、结构、操纵性等方面的试飞工作。”

飞行部经理认识试飞中心总工程师，获取了一些小道消息，他向盛远时确认：“失速、颤振和自然结冰等高风险的科目，是您试飞的吧？”

如果没有意外的话，确实是他试飞的，但在公司的会议上，盛远时无意谈及太多，他以激昂的语气鼓励众人：“未来 20 年，全球各座级喷气客机的交付量将达到 40000 余架，价值约 57000 亿美元。到 2035 年，中国机队规模将达到 8600 余架，占全球客机机队的 19% 左右。在航空需求持续增加，航空工业即将成为未来世界的重要产业之一的时期，我们能从事这一行业，且见证和参与国产大飞机从首飞到商业运营的全过程，是一件值得自豪的事情。”

众人回想首架国产大飞机在盛远时所带领的机组操纵下，在首都机场的天空画出的那道美丽的弧线，敬佩不已，自发鼓起掌来。

盛远时微笑，然后示意助理把资料分发到与会人员手上：“言归正传，以 G 市为中心，把那些三大航选择不做的，或者做得不好的市场捡起来，形成我们自己的支线网络，力争在三年时间内实现航空公交化，是我们南程的第一目标。”

接着，盛远时又针对影响飞行安全的几大因素，提出保障措施，把防止飞行事故列为南程航空的首要任务：“世界范围内的飞行事故大多跟人为因素有关，所以，在飞行方面我只有一个要求，不要犯错！哪怕是一个外人看起来细微的小错，也不行！至于飞行成本，那是乔总要考虑的问题，不劳诸位费心。”他起身，双手撑在会议桌上，嗓音低沉有力，“在座的各位都是有本事的，我们天空中见真章！”

逆光而立的男人，锋芒毕露，寸步不让。

这样斗志昂扬的盛远时，乔其诺还是第一次见。可回到自己的办公室，盛远时几乎是粗鲁地扯开了领带。乔其诺跟过来时，就看见前一秒还气场全开的盛总正在解衬衫扣子。

有种帅不过三秒的即视感。

顿时笑场："幸好进来的是我，否则你的形象就毁了。"

盛远时没空理会他的调侃："正好帮我看看后面是不是也红了？"

乔其诺拉开领口看一眼："后脖子上有点，怎么了这是？"

"过敏。"盛远时忍不住挠了一把，脖子上顿时红了一片。

乔其诺不解："你有过敏原？"

盛远时如实说："狗毛。"

乔其诺颇不厚道地"扑哧"一声乐了："不好意思，我应该憋住的。"

盛远时瞥他一眼："怪我这个过敏原太奇特了。"

乔其诺刚要让助理去给他买药，敲门声响起，是一道女声："盛总。"

盛远时听出来是何子妍，沉声："稍等。"然后转过身去系扣。

乔其诺把手上的资料放在办公桌上："电台的一档节目，邀请你参加。"

"我这么日理万机，哪有时间参加什么节目？或者他们愿意免费给南程打广告？"见他有要走的意思，盛远时说，"等一下，我还有事。"

乔其诺试探着问："要不一会儿你来我办公室说？"

盛远时系好扣转过来，脸色不善："或者稍后你和我去机场，我再说？"

如此这般的挽留，乔其诺盛情难却。于是，何子妍被获准进来时，乔总正坐在盛远时办公室里悠闲地喝着茶，她见状问："我就几句话，会不会打扰你们？"

乔其诺示意她坐下："你说你的。"

何子妍才对盛远时说："下周五盛总有时间吗？"

盛远时查了一下自己的排班："有。"

何子妍微微一笑："那试菜的时间我就定下周五了。"敲定此事后，她无意多做停留，只在临走前说，“我看你侧脸的红像是过敏，要不要去医院看看？我有朋友在中心医院工作。”

盛远时下意识摸了下脸颊：“没事，吃点药就能消。”

何子妍点点头，和乔其诺打过招呼后就出去了。

乔其诺一不小心就发现了何子妍在盛远时的事情上格外用心，他仔细想了想，就有点明白了：“我好像做错了什么。”

盛远时随手把一份资料甩给他：“你知道就好。”

乔其诺笑着起身：“为了赔罪，我送你去医院。”

“不用，我自己搞定。”回想晨起被睡不着扑的场景，盛远时笑得无奈，“真是一场无妄之灾。”

乔其诺于是嘱咐：“抓紧去医院，别拖。”

盛远时嘴上答应得好好的，却还是处理完手上的工作，直到下午实在痒得难受才往医院去。

老医生听闻他晨起接触了狗，再看看时间，很是不高兴，特别不客气地说：“这么晚才来，不怕喘不上来气憋死啊？”

医生素来嘴黑，尤其碰上不听话的患者，再加上是位长者，盛远时没计较什么：“早上先吃了一次药。”

“光吃药有个屁用。”老医生推了推眼镜，多看了他一眼，“女朋友养狗吧？”

这么八卦，又算得这么准的老头，盛远时还是第一次遇到，他没说话，如同默认。

老医生略显无奈地摇了摇头：“你们这些年轻人啊，就爱拿生命赌爱情，我告诉你啊，使不得，要么分手，要么弃狗，你俩商量商量。”

盛远时内心腹诽：什么鬼建议！嘴上却问：“有办法根治吗？”

老医生直接让护士给他静脉推注了葡萄糖酸钙和维 C 等药，还开了口服药和外用软膏，最后才有些不悦地回了一句：“药不能停。”

盛远时走时没对老头说谢谢，经过一楼大厅，迎面疾步而来一位身穿白大褂的男子，他迅速一侧身，才免于在感应门前被来人撞上，盛远时倒没在意，直到听见身后有人唤了一声：“桑医生。”

忽然就敏感了，他停步，转身。

那抹白色的身影已进入电梯，在电梯门关闭前，盛远时注意到他的神色，急切焦灼。

盛远时折返回来，确定电梯在十二楼停下。

他瞥一眼楼层提示：内科病房。

恰好另一部电梯来，他走进去，按下十二楼。

经过护士站，盛远时继续往走廊深处去，在最里面的单人病房里，看见一个单薄的身影躺在病床上，站在她面前的男人，正是刚刚坐电梯上来的……桑医生。

盛远时怎么都没想到，这么快就能见到那位很黏南庭的桑医生，他相信齐妙不会信口开河，桑医生应该不止一次出入过南庭家，更让他意外的是，晨起不见人影的南庭不是去塔台上班，而是来了医院。

因为额头上的伤？不应该的。叫她到齐妙家吃早饭时，他特意注意了她的额头，发现她的纱布是新换的，伤口边缘也没有任何红肿的迹象，这才没多问什么。

盛远时突然有些后悔，明明中午时想给她打个电话，有意去机场接她一起吃午饭，顺便告睡不着一状，结果号码都拨出去了，又给按了。这样踌躇不前的自己，盛远时非常不欣赏。思虑间，病房里的桑医生俯身，手探向南庭额头，五指并拢的姿态不像是检查伤口，更像是在确定她有没有发烧。

距离她受伤已过去三天，还有可能产生并发症吗？

盛远时站在病房外，手搭在门把手上。

片刻，他不请自来。

桑桎抬头，看见一位陌生的男子走进来，在以为对方是自己患者家属找过来的情况下，他说：“请在外面等我。”

盛远时视力敏锐，隔着不算近的距离，视线已在他线条简洁的面孔上扫过，更在行进间把他胸牌上的名字和科室看了个清清楚楚。

桑桎，精神科。

盛远时走近，视线坦荡地落在南庭身上，直言来意："我找她。"

桑桎眼眸一暗。

南庭挣扎着要坐起来。

桑桎按住她肩膀："小心滚针。"又不得不在她的坚持下，摇高了床，让她坐得舒服些。

盛远时站在床尾，眼眸寂静地看着他们的一举一动，一言不发。

南庭的视线没有离开他："你去塔台了？"否则怎么会知道她请了病假？

盛远时注视她微红的脸，没有承认，也没有否认，只反问她："发烧了？"

桑桎打量着盛远时，轮廓分明，五官清晰立体，略高的眉峰，挺拔的鼻梁，怎么看都有种硬朗和桀骜的味道。他问南庭："这位是……"

南庭一时不知道该怎么介绍才合适，她把目光投向了盛远时，像是询问，又似求助。

盛远时接收到了她的信息，嗓音低沉地自报家门："盛远时。"

这样简明扼要的自我介绍，和没说又有什么差别？但桑桎还是记住了"盛远时"这个名字。不过，在不清楚他和南庭是什么关系的情况下，盛远时和张三、李四一样，对他而言，都是陌生人。桑桎低头看看自己的胸牌："称呼桑医生就可以。"甚至都懒得做自我介绍，更没有多一个字的说明。

认识多年，南庭从来没见桑桎这么拽过。

他的不悦，她瞬间感知。

盛远时则在桑桎眼眸中读到了坦然，以及不必对他言明的，与南庭的亲近。他们，不仅仅是医患关系，可也绝非恋人。这一点，盛远时看南庭的表现就能判断出来。

这就够了。

盛远时没有寒暄，桑桎也一样，只是提醒：“她烧还没退，探视的时间最好不要太长，确保她能好好休息。”末了看了下输液架上的药，告诉南庭：“二十分钟后我让护士来换。”言外之意，给她二十分钟的会客时间，然后离开了病房，看似并不介意盛远时与南庭独处。

这份自信，让盛远时嘴角露出一点清冷的笑意。

南庭的脸因发烧微微泛红，如果不是眉眼间隐有疲惫之色，这红让她比昨天见面时显得更有生气，她看了眼床边的椅子：“你坐啊。”

“二十分钟而已，不会累到哪儿去。”盛远时嘴上虽然这样说，身体却坐到她床边。

南庭的指尖恰好触到他西裤上，盛远时没有躲，握住她手腕准备放进被子里，却在感觉到她的手的温度时，把她的手握在掌心：“是药水太凉，还是冷了？”姿态自然，毫无避讳。

南庭当然不会躲，她原本沉静的眼神里，因此刻的小亲密渐渐浮现出几分勇气：“药水有点凉，不过没事。”然后用老朋友闲聊的语气说，“今天不飞吗？”

此时窗外阳光柔和，微风轻拂，病房内温度适中，一切都是那么舒服。尤其是近在咫尺的她，安静又温暖。盛远时心头无声升腾起一股暖意，脸色也随着这暖意缓和很多，他“嗯”了一声：“昨晚……”

还没说完就被南庭打断了，她略有些急切地否认：“什么都没发生。”

盛远时抬眸的姿态，带着几分强势和犀利：“这么急于解释，是怕我不负责，还是不想对我负责？”

南庭一时无语。

触及她眼尾一闪的情绪，盛远时又说：“或者是没有机会谈负责的问题，你有什么遗憾？”

南庭抬眸，看着他：“我说是的话，你是准备今晚再醉一次吗？”

从前的司徒南最会这样撩了。盛远时才觉得面前的女孩子，是他的司徒南，而不是无从靠近的冷淡、安静的管制员南庭。也不回应她的话，他自顾自地继续先前关于昨晚的话题："昨晚就不舒服了？"

原来他要说的是这个！南庭有些懊恼，她老实说："喝了点酒，又忘关窗吹了风，早上感觉有点头晕，也没在意，后来体温就升高了。"

盛远时皱眉："伤口还没好，就跑出去喝酒？你的桑医生没给你下医嘱吗？"

换成从前的司徒南，肯定会反驳："我的桑医生，就管得了我吗？"南庭听出他言语中除了不悦，还有隐约的醋意……是醋意吧？一口一个"我的桑医生"，好像你什么都知道似的。她靠在床头，云淡风轻地说："我的桑医生又不和我住在一起，哪能看得住我？"

盛远时无言以对。

两个人现在的关系不明朗，甚至摊牌后，双方关系还僵着，就算昨晚抱也抱过，吻也吻过，可他当时毕竟是不清醒的，南庭不敢过多地说什么，见他不说话，她如实说："前晚妙姐剩的酒，就一杯，我嘴馋给喝了。"

后来他就来了。

盛远时的酒量，南庭是清楚的，那年暑假她跟飞，就发现了他喝烈酒倒时差的习惯。她劝他适量，怕酒大伤身，他却教她品酒，说女孩子要有一点量，免得日后在外面吃亏。

那个时候的她乐此不疲地撩他："我不喝醉，你哪有机会？"

他闻言屈指弹她额头："这话好像该是我对你说。"

她就戏精上身，表演醉倒在他怀里，撒娇说："要抱抱。"

盛远时也不伸手，只忍着笑说："自己动手，丰衣足食。"

她如同得到特赦令一样，伸手搂住他脖子，刚要开口，盛远时像发现了她的小秘密似的说："不能再有别的非分之想了。"与此同时，手扶在她腰上，轻且稳地搂住她。

她于是老老实实地依偎在他怀里，乖巧、满足。

在重逢后的这一晚，盛远时却把自己喝醉了。是因为她吗？如果是，是否代表他们还有机会？在照顾醉酒的盛远时时，南庭的大脑没有停止地思考着他们未来的可能性，然后听见他含混不清地说：“是不是我太久没回来，生气了？”

又在抱住她时，唇贴在她耳边说：“我生日那天就答应你了，所以作为女朋友，你是在和我说分手，你知道吗？”以及后面那句，“我当你没说过。”

南庭这才意识到，五年前，她错过了自己最想要的——她的爱情。几乎是在瞬间泣不成声，她就那样哭着回应盛远时的吻，恨不得，一吻到白头。

盛远时搂着她说：“以后不这样了。”似乎是觉得自己的急切吓哭了她。

等他睡着，南庭躺在客厅的沙发上，一夜没合眼。

盛远时意外于她也喝酒了，但他想的却是：一对喝了酒的孤男寡女……什么都没发生？不知道说出去，会不会有人相信。他喉结滚动，过了数秒，把南庭的手放进被子里，又往上给她拉了拉被子，“第几瓶了？”问药。

“第二瓶。”

“还有几瓶？”

“两瓶。”

“需要住院吗？”

“还不知道。”

“喝不喝水？”

“想喝热的水。”

病房很静，阳光柔和，只有他俩的声音，一问一答，空空寂寂，有种不太真切，又无比真切踏实的感觉。

片刻，南庭被他脖子上的一片红吸引了目光：“脖子上怎么了？”看着他随手放在床头柜上的小袋子，“开的药吗？”

盛远时如实答：“过敏。”

南庭理所当然地以为：“你什么时候酒精过敏了？”

盛远时没有解释是因为睡不着的毛，随口胡说道：“过量的时候。”

这个答案……南庭接受了：“医生怎么说？”

盛远时不怎么在意地说：“没什么事，打过针了。”

南庭皱着秀眉，低声嗔道：“你喝了多少啊？”

像是怕她担心似的，他骗她：“没多少，就是年纪大了，不担酒。”

年纪大？南庭注视他比从前更俊朗的面孔，想笑，但忍住了：“你回去休息吧，不用在这儿陪我，我只是输个液，借老桑的光才有病床躺一躺，完事应该就能走了。”

盛远时没接话，只把她手中的杯子接过来放好。

南庭就没再说让他走的话。

很快，护士过来换药，适时提醒：“病人该休息了。”

盛远时听而不闻。

护士看他一眼，对南庭说：“今晚要留院观察。”

南庭看向盛远时，他则抬头看护士：“不是应该等药液滴完，量过体温再说吗？”

护士有点不高兴：“如果你说了算的话，医生都下岗了。”

盛远时语气很冷：“输了四五瓶药都不能退烧，确实该下岗。”

“你！”护士气鼓鼓留下一句，“那你和医生说去。”扭着小蛮腰走了。

南庭安抚：“无非就是换个地方睡一觉，最晚明天上午也就能回家了。”

盛远时不冷不热地说：“我都不知道，你在哪儿都能茁壮生长。”

南庭笑了笑，闭上了眼睛，就在盛远时以为她睡着的时候，她又睁开眼睛，一瞬不离地看着他。

触及她的目光，盛远时鼓励道：“想说什么？”

南庭嗓音低低地问：“你生日那天，真的算是答应我了吗？”

盛远时意识到是昨晚自己说了什么，他看着窗外，任由阳光落在脸上，沉默了许久，久到南庭以为他不会回答了，才听见他说：“就算是，你也已经甩了我。”

原来，那些支撑她坚持下来的，他也喜欢自己的念头，不是自欺欺人。南庭偏过头去，眼泪一下子掉下来。

司徒南给盛远时最多的就是笑。记忆里，应该只是他们第一次接吻，在误会他经验丰富的情况下她才哭过一次，除此之外，哪怕经历过多次的相聚分离，哪怕是告诉他，母亲的早逝，哪怕此前摊牌，他违心说快忘了她，她都没有掉眼泪。此刻无声地哭泣，像是受了天大的委屈，抑或是后悔不已。

可再后悔，五年也都已经过去了。

盛远时胸口涩意翻涌，他不忍心多看她一眼。

手机在这时响起来，他站起来，走了出去，等他再回到病房时，南庭正拿着药袋在看：“给你擦点软膏吧，脖子上红得厉害。”

盛远时求之不得，可是：“你手上还插着针。”

“没事。”南庭拿出外用软膏递给他，“给我拧开。”

盛远时照办。

南庭就着他的手把软膏挤在自己指腹，抹在他脖子泛红的位置，同时指挥他：“低点头，我看不到后面。”姿态自然。

盛远时配合地低了低头：“这样呢？”

南庭微微倾身向他：“可以了。”

他们坐在一张病床上，彼此之间隔着，稍稍一探头，就能吻到对方脸颊的距离。她身上特有的女孩的馨香，掩盖了病房里消毒水的味道，而她温热的呼吸喷在颈间的感觉，和记忆中一模一样。

心痒难耐的同时，盛远时意识到，她再变也依然是司徒南，不会成为第二个人，因为即便有了时间的阻隔，面前的女孩子还是能够轻而易举地引起他情绪的波动，至于那些被时间磨平的棱角和小脾气，或许还能养回来。

人真是奇怪的动物，曾视为缺点和毛病的个性，竟然会有怀念的一天。

思及此，盛远时悬着的心就有了着落。

南庭全然不知他瞬间的百转千回，一直以来，相比盛远时的思虑太多、太远，南庭则显得简单很多。一如现在，只专注于他的过敏。她指尖微凉，动作很轻地把软膏揉开，还问他："这里痒吗？"

何止是那里，心都是痒的。盛远时情难自控地把手看似随意地环在她腰间，实则是在借此回忆前一晚的触感，嘴上则说："红的地方都痒。"

"你忍着点，千万可别挠。"南庭像对待小孩子似的，在抹了软膏的位置轻轻地吹了吹，"下次别喝那么多酒了。"说完又意识到什么，低喃道，"我管得太多了。"

盛远时抬眸注视她："能管。"

简单的两个字，竟戳中了南庭的泪点。

她不喜欢这样动不动就想哭的自己，所以，她努力地笑了。

盛远时也就笑了，然后问她："只是着了凉，没有其他原因？"

到底是五年没在一起了，他担心还有其他自己不知道的诱因，毕竟，不是每个人都是着凉就发烧的体质，尤其从前她身体很好。据盛远时所知，在那一年跨国的相处中，司徒南就得过一次小感冒。他清清楚楚地记得，那个时候的她还在视频聊天时向他抱怨："感觉到感冒了，我坚持没吃药，就希望严重点让你心疼，结果昨晚睡一觉，出点汗竟然好了，好讨厌啊。"然后还不忘向他撒娇，"七哥，想生病怎么治？"

生病不吃药，只为让他心疼。那个时候的盛远时，真是拿司徒南一点办法都没有，他哄她："听话，别让我担心。"万里之隔，不是特别严重的事情，不是说回去就能回去。

她就真的很听话，把自己照顾得很好，没让他操一点的心，直至分离。

面对盛远时的关心，南庭并没有敷衍地说没事，而是告诉他："一个月前才做过体检，身体挺好的，只是工作以后运动量明显少了，免疫力有点低，不过现在有睡不着，每天早晨都要带它散步，反而养成了晨练的习惯。"

让一个爱睡懒觉的人每天早起晨练，不是一件容易的事。盛远时有点明白为什么早上自己睡醒的时候她不在了。换作从前，盛远时一定会有“吾家有女初长成”的欣慰，并鼓励她早睡早起身体好，此刻他却觉得心里不是滋味，可就在他控制不住想要把南庭搂入怀里时，手机特别不识趣地又响了。

指挥中心有事，盛远时要赶去机场一趟，可南庭还在输液，他放心不下，有心找齐妙过来，又不放心他那个好奇心强烈、自理能力差的小表姐。女性朋友，又和南庭聊得来的……好像只有程潇了。南庭却洞悉一切地说：“我一个人可以。”

她是可以，但他不允许：“不是陪你，是防别人。”

别人……桑桎吗？用他来防，早就出事了。

南庭看着他：“等你有时间，我讲给你听，当然，如果你感兴趣的话。”

盛远时当然感兴趣，她怎么认识的这位桑医生，又为什么和他保持着超越普通朋友关系的联系，等等，他通通要知道：“那就趁输液的时候好好想想从哪里开始。”

从哪里开始，都在你之前。

南庭抿嘴笑了。

“还是智商不太高的样子。”盛远时和她确认，“一个人真的可以？”

南庭点头：“正好我睡一会儿。”

既然这样，盛远时就没再坚持，临走前他说：“等你好了，我有话和你说。”

说什么呢？会是她想听的话吗，或者是……南庭没有接话。

盛远时又交代：“有事给我打电话，我号码没变，还记得吗？”

那十一位数字，南庭倒背如流，在过去一千八百多天里，她记不清自己有过多少次冲动想要拨通它，却都压抑住了。

南庭垂眸：“记得。”

却从未打过一次！盛远时注视她发顶几秒，转身。

桑桎站在办公室窗前，看着盛远时离开了医院，他并没有马上去病房，直到临近傍晚，才带着晚饭过来，边吃边对南庭说："其实不用住院，是我要留你的。"

南庭并不意外："是有话要和我说吗？"

桑桎直言："没有，就是想亲眼看看，你失眠到什么程度。"

南庭不解："既然失眠对我的身体健康没有造成任何影响，你又何必担心呢？"

桑桎却认为："那份体检报告只能代表以前，谁知道以后会不会有影响？"

南庭笑了笑："不用睡觉也挺好，那些偏得的时间，可以做很多事。"

桑桎几乎是立刻反问道："所以你现在是整晚睡不着了吗？"

他总那么精明，能一语中的。

南庭沉默了片刻，才轻声问："你害怕吗？"

桑桎没有正面回答，而是追问："多久了？"

南庭皱眉："好像是……"

从那个梦开始——五年前那场意外过后，南庭的睡眠质量直线下降，从以往的沾枕头就着，到需要很长时间才能入睡，每晚还要醒那么几次，然后又需要很久才能睡着，早上醒不过来，但又在半睡半醒的状态下做梦，完全清醒过来时，整个人都觉得异常疲惫，不如不睡。

那些梦境似乎都不相关，又隐隐相连，南庭闭着眼睛回想了很久："似乎很多的梦里都有航空器，我是说飞机，还有指挥塔，有飞行员，有……管制员。"

桑桎恍然大悟："你是因为那些梦才选择了管制职业？"

"是吧。"南庭其实一直分不清，到底是梦的指引，还是盛远时的关系，才在慌不择路的状态下，选择了空管学院。所以，当盛远时问她为什么选择管制职业时，她明明知道，他是想要一个肯定的答复，她却不敢承认。

此刻桑桎问她同样的问题，她的回答也是不确定的。

“还记得那些梦吗？”

“和我睡不着有关吗？”

“或许。”

南庭按了按太阳穴：“想不起来，太散乱无序。催眠有用吗？”

桑桎神色凝重：“你这种症状，在我这里，是首例。”意思他也不确定催眠是否有用。

隔了几秒，南庭竟然说：“那就试试。”

桑桎用那双深邃的眼注视她：“不担心被我窥探到心事了？”

南庭与他对视：“我的心事你不是都遇见了？还有什么可担心的？”

桑桎明显沉默了一下：“是他？”

南庭轻且坚定地回答：“是的。”

“司徒叔叔说的那个，你不远万里追随的男人？”

“是的。但我爸爸没有告诉你他是民航飞行员对吗？”

桑桎拿在手上的病历掉在地上：“他是……”难以置信地问，“你选择管制职业，是因为他？”

“也有可能是因为那些梦，”南庭坦白说，“我分不清楚。”

桑桎背过身去，看着外面渐渐黑下来的天幕，消化着这些他或许早该知道的消息。

南庭看着他瘦高的背影：“还愿意帮我吗？”

桑桎微微仰头：“之前还一直瞒着我失眠的事，怎么现在突然主动要求治疗了？”

“之前想利用这些偏得的时间，把从前荒废的时间追回来，现在……”

面对她的欲言又止，桑桎说：“担心他害怕了是吗？”

“确实有这样的担心。”之前是一个人，从起初的烦躁害怕，到后来的接受现状，并合理利用晚上的时间学习，南庭其实一直享受着不眠的好处，可就在前一晚，盛远时睡在距离她咫尺的地方，她忽然意识到，万一以后两个人在一起了，盛远时发现她竟然是不需要睡觉的，会怎么样？

不需要睡觉！听上去感觉特别好，但亲身经历，南庭其实是恐惧的，黑夜远比想象的漫长，寂静、孤单。

桑桎转过身来，灯光把他的背影映在玻璃上，僵直紧绷：“我可以接你这个诊。”

南庭显然松了口气：“老规矩，我正常付费。”

桑桎一笑：“我也不想做慈善家。”其实是，他们必须有一个明确的关系，否则会影响治疗进程。这算是行规。

南庭略显急切：“从今晚开始吗？”

“等你外伤痊愈。”桑桎征求她的意见，“为了帮助你的身体尽快恢复，今晚用催眠法入睡？”

“会做梦吗？”

“试试看？”

见她点头，桑桎又想到什么似的说：“他晚上还来吗？”

盛远时走时没说，她也没问：“不知道。”

桑桎没再说什么，等内科主任帮南庭做过相应的检查，确认她烧已经退了，随时可以回家，他才掐着时间，给南庭催眠。

桑桎是催眠的高手，很快就让南庭进入了深度睡眠。然后，他并没有急着走，而是关了灯，静静地坐在病房里，不知道是在观察南庭，还是在思考什么。

盛远时过来时，病房里漆黑一片，有个人影站在窗前，他轻轻推开了病房的门，桑桎应声转过身来，借着走廊的灯光认出他，抬步走了出来。

盛远时跟着桑桎退出病房：“她烧退了？”

桑桎注视着他：“你不是她的家属，我作为她的主治医生，没有义务对你说明她的病情。”

盛远时“呵”一声：“什么时候内科划归于精神科了？”

桑桎毫不放松地盯着他：“不想知道她为什么会成为精神科的患者？”

“想。”盛远时与他对视，“但不想问你。”

桑桎用言语直戳他胸口：“她应该不会告诉你，自己得过抑郁症。”

白天知道桑桎是精神科主任时，盛远时首先想到的就是抑郁症，可他不愿意相信像司徒南那么开朗的女孩子会得那样的病，现在听桑桎说出来，他胸口一窒。

桑桎是故意说这些的，他判断，南庭一定没有把过去五年都经历过什么，一五一十地告诉面前这个男人；他也相信，面前这个男人不会去问南庭，他一点都不担心，南庭知道自己会把她的病情透露给盛远时。

“痊愈了，虽然不像从前那么爱笑爱闹，但心理比一般人健康。”桑桎注视着他，“如果你足够了解她，应该能发现，她的内心比从前更强大了。”

盛远时感觉到了，才因此不确定，自己于她而言，是不是还像从前那样重要。

心里更难受了，他哑声：“这五年，是你在照顾她？”

桑桎反问：“这五年，你在哪儿？”掷地有声。

第四章

你不知情的喜欢

你只问我，这五年想没想你，我想告诉你的是：“我还是很喜欢你，像大自然的四季更替，周而复始，年年不离。”

我找遍了世界上的每一个角落，我飞去了每一座我们曾一起到过的城市，我以为，我的爱，经得起这世间任何考验；我以为，我的付出足以让我问心无愧；我以为，我才是被辜负的那个人，可此刻面对一个外人的质问，我竟哑口无言。

是啊，盛远时，这五年，你在哪儿？

你在自以为是的笃定里。

曾经，你笃定她会一直在，只要你回来，她就笑脸相迎；只要你离开，她就心怀思念。她是你的司徒南，无论你飞多高多远，都是你归来时着陆的岛。你唯独忘了，她只是个女孩子，一个爱你如生命的女孩子，需要你的肩膀和爱的回应。

你怨她的不告而别，你恨她在你爱上她时甩了你，你觉得那是比不爱还令人难堪的事。甚至重逢后，你都没有问一句：这些年，你过得好不好？

盛远时，你说你爱她，可你到底是怎么爱的她？终于惊觉，在那一段自以为刻骨铭心的关系里，竟然没有一个立足点。

心中大恸。

盛远时没有回答桑桎，他就那样坐在走廊的长椅上，像在冥想，又似发呆，凌晨的时候才出去了一趟，再回来时手上多了一包烟。看得出来，他平时并不怎么吸烟，因为他的手指，没有丝毫泛黄之色。

医院是禁止吸烟的，值班的护士很尽职，循着烟味找过来了，桑桎却没让她上前，凭借主任医师的身份管了这桩闲事。

天快亮时，盛远时这才进了病房，在他看来，南庭睡得沉稳安静，于是想起自己第一次主动抱她时，她瞬间的安静，以及那眼眸中的纯净信任，那个时候他曾在心底发誓，一辈子对她好，结果……差点连再见的机会都没有。

桑桎站在病房外，看着盛远时握着南庭的手抵在额头，许久，久到他看不下去，转过身去。桑桎看了出来，盛远时心里藏着爱，这爱，几乎让他忍不住想要去戳破，破到让盛远时无力去面对五年前那场变故。那个时候的司徒南破碎不堪，是自己一点一点把她缝补起来的，是自己陪着她走到了今时今日。他盛远时什么都没做，却拥有着司徒南最真挚的爱。凭什么？这不公平！太不公平！

可这世间，公平的事情又有几桩？

桑桎一遍遍地提醒自己：你答应过司徒南，答应过司徒胜己，要为他们父女俩保守那个秘密，那个只有你和司徒南的小姨，你们四个人共同知晓的秘密。桑桎甚至用职业操守来告诫自己，那是你患者的隐私，除非她涉案，公安机关来问询，否则，你绝不能说。

桑桎努力平复自己，等他转过身来，看见病房里的盛远时在南庭掌心落下一吻，然后起身走出来，与他擦肩而过的瞬间，听见他用低沉微哑的声音说：“谢谢。”

桑桎清楚，这声谢不是为小护士禁烟的事，他有点不客气地说：“不需要。”

无所谓他是否接受，盛远时抬眸注视着他，一字一句道：“这五年，怪我。但同样的错误，我不会犯第二次。”

桑桎的眼眸陡然犀利起来。

那犀利代表了不甘。

盛远时毫不放松地与桑桎对视：“我不介意有个对手。”自信到嚣张，才是他真正的姿态。

桑桎把南庭从深度睡眠中唤醒时，她下意识环顾病房，触及他的目光，笑了：“没做梦。”

桑桎的神情也是愉悦的：“知道了。”

南庭伸着懒腰坐起来：“你一晚上没睡？”

桑桎状似随意地说：“总要切身体会一下不睡的滋味。”

南庭纠正他：“我是睡不着，不是不睡。”

桑桎像兄长似的微微嗔道：“只会和我较真儿。”

南庭并不和他争辩，下床活动了一下：“好像确实神清气爽了很多。”

“效果这么明显吗？脸色可撒不了谎。”桑桎偏头看她，“还不错。”

南庭得意地一挑眉。

桑桎把毛巾递给她：“先洗漱，然后吃早饭。”之后，针对她的不眠，他说，“我要想一想怎么开始，你也想一想，要不要继续。”

南庭喝完最后一口粥，笃定地回答：“我想好了，治。”

她变了很多，唯独这股一旦认定就会勇往直前的劲头还在，但桑桎觉得有必要提醒她：“过程不会像昨晚那么舒服。”

南庭有心理准备：“我知道。”

“可能很痛苦。”

“在睡眠中治疗，总不会比开刀更疼。”

对于她的乐观，桑桎不得不说：“从精神层面来讲，或许比开刀更疼。”

南庭不说话了。

“我确实对不眠这个案例很感兴趣，这是个世界性的课题，到目前为止还没有科学的解释。但我不愿意看到，你为了帮我而受苦。”

“不是帮你，是帮我自己。”

她这样直言不讳，桑桎不免多考虑了些：“打算瞒着他？”

这一次和抑郁不同，身为心理学的权威，桑桎也没有办法确定治疗周期会有多长，至于治愈，更是全无把握，他认为有必要提前和南庭沟通一下盛远时的问题：“一旦治疗开始，你是需要定期到我那儿去的。”

南庭垂眸：“我们走得不近，他应该不会留意。”

不近吗？凭盛远时的势在必得，怕是很快就要近了：“不用考虑善后问题吗？”

南庭自嘲地笑了笑：“什么都瞒不过你。”

未必，关于盛远时，你就瞒得很好。

桑桎说：“一旦被他知道，你要怎么解释？”

南庭考虑了一下：“要看他知道多少了。”

桑桎习惯性地留意她的每一个细微的神情变化：“在他的事情上，你似乎在抱有侥幸心理。”

他洞察力惊人，南庭被说中了心事，一时无语。

桑桎不再多言，点到为止，看她差不多吃饱了，他看了下时间：“先给你换药，然后送你去上班，我再去上课，时间刚好。”

南庭知道他每周都有几堂心理学的课要上，而她如果不想上班迟到，就不能推辞。

桑桎一路平稳地把车开到机场，南庭下车时，他才说：“他昨晚一直都在，早上才走。”

就知道自己醒过来时下意识寻找的目光，被桑桎看见了，南庭保持推车门的姿势没动：“我以为你会问。”

“问什么？他？”桑桎一笑，把目光投向远处的机坪，“心理学家是这个世界上最好奇的人，同样，观察力也最强。”

南庭自知满足不了他的求知欲，她下车，关上车门前说：“开车慢点。”

桑桎目送她走进塔台，掉转车头走了。

应子铭见到南庭，略有不满地说：“都说了给你几天假把身体养好，怎么才一天又让我看见你？”

南庭笑得心无城府：“才放单就请病假，我对自己也太放松了，再说就是着凉发了个小烧，哪需要休息几天那么严重？”

应子铭无奈地摇头：“你这孩子。”

南庭在师父面前，确实是个孩子，而这一年来，年长她近二十岁的应子铭更是像父亲一样关怀着她，南庭也对这位师父尊重有加。听他这么说，她笑得更暖了，调皮地说：“宝宝要去上班啦。”说着，挽上应子铭一起往管制室去了。

管制室里，花香阵阵。

见应子铭笑望着自己，南庭一头雾水。

进来的大林则说：“我说什么来着，让各航空公司飞行员配合训练会曝光如花吧，这台风才过，就有所行动了，昨天一天，收了三束花，全是给你的。”

“给我的？”南庭上前看了看，每束花上面都有卡片，全写着她的名字，她回头看应子铭：“师父您看，我这长相还挺有欺骗性的。”

被她的好心情感染，应子铭笑起来。

大林也憋不住笑：“中南和南程各一束，海航一束。”说着还用胳膊杵了杵她，“南程那束最抢眼，是盛总的？”

南庭自知那天她拉盛远时的举动，让这位师兄看破了什么，但她实话实说：“他才不会送我花呢。”

大林朝应子铭挤眉弄眼：“听听这语气，好奇怪耶。”

应子铭拿手指点他：“就你话多。”末了鼓励南庭：“咱们不着急，好好挑一个。”

南庭笑而不语。

晨会过后，南庭上塔台交班。同样是顶层指挥室，身边站着的也依然是相熟的师兄们，每一处，每一个人都无比熟悉，可这一次走上席位，心境却是截然不同。生平第一次，她感觉到肩膀上更多了几分责任，而当她抬头，看向机坪上一架架航空器，与天相接的一条条跑道，她只想，守护那一双双能带人类翱翔于天际的翅膀，指引它们平安起降。

无论是那些毫无头绪的梦，还是盛远时促使她选择了管制职业，南庭在这一刻都觉得，这是自己这辈子做过最正确的选择。

日出东方，日落西山，只愿像此刻这样，日复一日，起落守望。南庭怀揣着这样的美好期待把专属于自己的话筒插进雷达设备，下一秒，像是有所寻找似的，下意识看向身后。

应子铭恰好也正看过来："怎么，还想让师父站在身后啊？"

南庭腼腆地笑起来："习惯了您在身后，您突然不管我了，有点怯。"

大林开玩笑道："最快放单的如花也会怯，超扯的。"

师兄们闻言都笑了，纷纷说："如花加油！"

应子铭更是鼓励地点头。

南庭连续地深呼吸了两次，投入到放单第一天的工作中：

"CSN6412，能立即起飞吗？"

"UAL7610，同意推出开车。"

"JAL020，静风，跑道 18，可以起飞。"

遇到外航，她切换成英文："THY021,hold position,cancel take-off,I say again,cancel take-off,vehicle crossing the runway.（THY021，原地等待，取消起飞，重复一遍，取消起飞，有车辆穿越跑道。）"

不远处的应子铭听着她用流利的英文发出指令，脸上渐渐露出了欣慰的笑容。大林等一众师兄听到南庭从容淡定的指挥，也不禁赞赏地竖起了大拇指。

整个上午，一切顺利，没有发生任何特情，这对于管制员来说，是最愉快的事。所以，当南庭接到通知，下午要去面见师父的师父时，心情也是格外好。

确实不是南庭所想的面试，而是气氛融洽的岗前谈话。

众所周知，作为飞行安全的三大因素之一，管制员的工作压力很大，工资却无法与飞行员相提并论，在这种收入悬殊的大环境下，还有人愿意投身于管制职业，虽然不能张口闭口谈奉献牺牲，确实要有一些情怀和热爱。尤其现下管制人员缺口严重，老管制主任说话的语气都不自觉充满了对新人的鼓励与关切："现在愿意当管制员的女生越来越少，工资不高，熬夜也是常态，不仅衰老得快，连谈恋爱的时间都没有。"

南庭对师父的师父说："大家只是没有机会站上塔台，在高处俯看机场，没有体会过指挥飞机的乐趣，否则她们也会像我们一样，为选择这个职业而骄傲。"

"除了乐趣就没有别的了？"

"还有压力。"

"我们的空管之花也会有压力？"

"当然有，上午师父没站在身后，我手心都冒汗了，生怕发错指令。"

她这样坦白，老管制主任忍不住问："你也会怕？"

"会。"

"怕什么？"

"怕事故。"

"那怎么办呢？"

南庭想了想："学习和合作吧……"

老管制主任认真倾听小姑娘的话，看向应子铭的目光有了对徒弟，确切地说是，对徒弟的徒弟的赞赏。最后，老主任站起来走到南庭身边，拍了拍她的肩膀："好孩子，好好干。"然后转头嘱咐应子铭："看住了，别让哪家航空公司给抢去。"

应子铭就笑了："这点信心我们塔台管制室还是有的。"

"别太自信。"老主任一脸诚恳地对南庭说，"航空公司的签派员，工作比管制员轻松，工资还比管制员高，有适合的机会，也可以考虑。"

南庭略显意外："您别试探我，我这个人意志不坚定的。"

老主任哈哈笑："小姑娘有点意思。"末了交代应子铭："电台的那个节目，你领她去。”

南庭不知道是怎么回事，看向应子铭。

应子铭则应下：“知道了。”

谈话结束后回到塔台管制室，南庭刚接过那份写着某某电台的文件，就听应子铭说：“这是电台的一档特别节目《展翅高飞》，除了咱们管制员，还邀请了南程总飞行师盛远时。”

南庭翻资料的手一顿。

应子铭观察着她的反应：“有问题吗？”

“没有。”离开管制室时，南庭对应子铭说，“谢谢师父。”

应子铭笑着挥挥手。

下班时，南庭从自己的柜子里拿出手机，首先看到一个未接来电，像是不相信似的，她特意查看了一下通讯录，确认那个号码是盛远时的无疑，才敢相信这个显示为“七哥”的未接电话，确实是盛远时打过来的。来不及平复心情，又看到微信有个好友申请，对方没有留下任何验证信息，但仅仅是“盛远时”这个名字，就足以让她眼眶发热。

南庭小心翼翼地点了“添加”，通勤车上，她盯着两人的微信对话框，反复考虑是直接回个电话，还是先发一条信息。在她犹豫不决之际，一条信息弹出来，盛远时问：“下班了？”

南庭稳了稳情绪，敲下一小行字：“在回家的路上。”

他追着问：“今天有不舒服吗？体温有没有反复？”

南庭回答：“都挺好的，没事了。”

隔了两分钟，那位才又说：“飞S市，在外场过夜，明天回。”然后不等她回应，又追着发来一条，“走的时候还以为能在波道中遇见你。”

结果是个男管制员，于是，整个飞行过程都不愉快。

南庭的眼睛在那一刻有些潮湿，她把头转向车窗外，不想让坐在旁边的师兄看见，隔了一会儿，她才问：“过敏好点了吗？药有没有随身带着？”

盛远时的回复很简单："带了，没事。"

南庭想了想，决定告诉他："电台有一档节目，师父会带我去。"意思是提前和他打招呼，免得在节目录制时遇见彼此，再像上次模拟机训练时那样，措手不及。

随后又有一条消息弹出来，这次不是文字，而是语音，南庭迟疑了一下才点开，盛远时用他低沉磁性的嗓音说："是我让塔台安排你去的。"

……

直到到家了，向来会聊天的南庭也不知道该怎么接她七哥的话。

没有等到她的回复，盛远时索性把电话打过来了，问她："怎么不说话？"

南庭抱了抱扑过来的睡不着："我们塔台的事，你也能管吗？"

她倒是懂得迂回。

那端的男人笑了："我只是给了他们一个中肯的建议。"然后像担心她听不懂似的，反问道，"或者你以为，作为 G 市机场塔台第一位女管制员，自己不是典型？"

南庭谦虚地说："我虽然放单快，但也不代表比别人聪明，不过是笨鸟先飞而已。"

从前的她虽然不骄傲，但也不会如此谦虚。盛远时心里感叹她的改变，嘴上则换了个话题："晚饭怎么解决？"

南庭心血来潮地说："煮个金针菇海带汤。"

盛远时低沉的笑声透过话筒传过来："家里有食材吗？"

南庭站起来往外走："马上下楼买。"顺便招呼睡不着："走，带你去散步。"

盛远时听出来她是和睡不着说话，想到自己的过敏，苦笑了一下："一会儿我教你做。"

南庭锁门时随口说："我都不知道你厨艺那么好。"

你不知道的，何止这些？盛远时半真半假地说："在国外生活了那么多年，不自己学做点吃的，还不长歪了？”

南庭听得笑了，好心情地和他开起了玩笑：“原来你长那么帅是因为厨艺好啊。”隐约听见那边有人说话，她赶紧说，“你在忙吧？那不说了，我去楼下超市买菜。”

很好，自己在她眼里依然是可以靠脸吃饭的，这个认知，让盛远时的心情分外愉悦。但他手头上确实有事，只好说：“好，买回来告诉我。”

南庭心里暖暖的：“不会影响你工作吗？”

这份体贴懂事让盛远时心里并不好受：“如果有影响的话，我会告诉你。”

南庭乖巧地说：“知道了。”

于是，电梯门打开时，齐妙就看见等电梯的南庭笑得傻乎乎的：“干吗，中了五百万啊？”

南庭用脚示意睡不着进电梯：“中五百万都没这么开心。”

“因为老七？”见她不答，齐妙又试探着问，“昨晚夜班？”

南庭不想说自己是在医院，就敷衍地“嗯”了一声。

齐妙半信半疑地看着她：“老七说他在医院，是他病了，还是你？”

真是不能说半句假话啊，马上就被拆穿了。

南庭只好承认：“是我。”

“怎么了？因为头上的伤吗？”齐妙说着，人已经凑过来要查看她额头的伤。

“没有，是前晚睡觉着凉了，有点发烧。”南庭说完又像担心齐妙误会似的，急急地解释了一句，“七哥在，我睡的沙发。”

齐妙倒也不认为两人真的会发生什么，毕竟盛远时喝了那么多的酒，不清不楚地把人家小姑娘怎么着了，总是不好的。作为姐姐，一个思想传统的姐姐，齐妙是真心希望两个人能够循序渐进，但她还是“扑哧”一声乐了：“我又没问你们是怎么睡的，干吗和我解释？”然后像是南庭亲姐姐似的说，“他一个大老爷们儿，怎么不让他睡沙发，喝醉还有功了？”

“他身高腿长的，睡沙发不舒服。”南庭笑得腼腆，“谢谢你把七哥送过来。”

齐妙本就挺喜欢南庭的，现在因为盛远时的关系，更是拿她当自家人了：“谢我干吗？我是懒得照顾醉鬼，才把他扔给你的。以后管着点他，再喝就成酗酒了。”

突然想到盛远时在病房里说的那句“能管”，南庭笑得更憨了。

齐妙微微嗔道：“傻丫头。”末了不忘逗她，“那还搬家吗？”

答案当然是“不”，她却模棱两可地说：“再说呗。”然后像怕齐妙追问似的说，“我等会儿煲汤，好了叫你来喝。”

齐妙也不拆穿她的口是心非，而是一脸惋惜：“我回来拿点东西，等会儿还走，加班。”之后凶巴巴地命令，“改天做顿好的孝敬我。”

南庭有点不好意思地说：“我只会做简单的家常菜。”然后跑进电梯里。

齐妙见她脸红的样子，忍不住给盛远时打电话，问：“和好了？”

身在S市的盛远时莫名其妙：“什么？”

“你和南庭小妹妹啊。”齐妙打开门进屋，“我看她开心得快要飞起来了。”

盛远时眼底也浮现起笑意，他说得笃定：“快了。”

“那就是还没和好了？”齐妙翻着书桌，抽出一份资料放进包里，嘲笑他，“连续两晚都在一起还没拿下人家，老七，你不行啊！”

盛远时毫不客气地回敬道：“我再不济也比乔敬则强。”

齐妙气得挂他电话。

睡不着到外面就撒欢了，南庭几乎喊不住它，以至在外面多耽误了些时间。

盛远时等久了，直接发了个视频聊天过来。

南庭却把镜头对准了疯跑的睡不着，还和他说：“你看它精力多充沛。”

从前也是这样，每次视频聊天，很少老老实实地给他看她的脸。五年了，还是这样。盛远时微笑而不自知："下次出门还是给它戴个项圈，别吓着人。"

"刚才出来得急忘了。"南庭的镜头追随着睡不着，嘴上则问，"你昨天把煎蛋分它一个了吗？"

所以，两个煎蛋有一个是给狗的？

盛远时说："没有，我都吃了。"

南庭倒也没说什么，改而问："它是不是挺可爱的？"

盛远时眉心微蹙："谁？狗吗？"

南庭强调："睡不着。"

回想那家伙扑到自己身上的一幕，盛远时实在没办法说假话："它似乎不太喜欢我。"

"怎么会？"在南庭看来，她喜欢的人，睡不着一定会喜欢，"妙姐、齐小弟，它都很喜欢，你们是一家人，它没理由不喜欢你，估计是你没分煎蛋给它，它有点生气了。"

盛远时很有自知之明，认为不仅仅是"有点"，而是"非常"："你平时工作那么忙，有时间照顾它吗？"如果不知道南庭得过抑郁症，他其实最想问的是：为什么会养一条狗？现在他隐隐觉得，睡不着或许和她的抑郁有关。盛远时就不打算告睡不着的状了，至于过敏，他决定先吃药，以后再说。

"老桑怕我闷，建议我养的。我选了很久，觉得它最萌。"南庭答得理所当然，"而且它也不太需要被照顾，只要家里有狗粮，适时带它出来活动一下就可以了。"

果然和姓桑的有关。至于萌，行吧，她长得好看，说什么都对。盛远时看了看时间，催促："上楼我教你做汤。"

南庭听话地喊上睡不着回家。

视频通话始终持续着，盛远时在那端听见她带着睡不着进电梯，回到家后，她处理食材，时而和睡不着说两句，时而和他确认步骤，有点小唠叨，却也有条不紊。

仿佛回到了五年多前，盛远时还在纽约YG工作时的状态，在国内是晚上，抑或他那边是深夜时，他们边忙自己的事，边通着话，除非遇上停电、网络出现问题无法继续，否则就算对方突然去忙了，只要没说再见，谁都不会单方面结束通话。

习惯是一件可怕又可喜的事。时隔五年，在重新建立联系的这一天，他们依然相处融洽，就算不说话，也不觉尴尬。唯独有所不同的是，另一端的盛远时，相比从前，更多了几分期待，期待她别只顾睡不着，能和自己多说几句话；期待她别只是留给他背影，让他能看见她的脸；期待她能在某个不经意间，喊一声："七哥。"

看着自己寻找了多年的女孩子，在自家的厨房里忙碌的身影，盛远时心里温暖又踏实，他忍不住轻声唤她："南庭。"

第一次听见他喊自己的新名字，南庭怔了几秒，才回头看着手机："什么？"

视频中的盛远时淡淡地笑了："没什么。"

在煲汤的过程中，南庭问他："你吃晚饭了吗？"

盛远时于是举起手机给她看了看周围，南庭这才发现他正在和机组的同事围坐在一桌吃饭。她几乎是立刻就切断了视频，像是担心别人看见她似的。

盛远时以为是网络问题，重新发了视频通话过来。

南庭挂断。

盛远时于是发语音问她："怎么了？"

南庭用文字回复他："你在和别人吃饭怎么没告诉我？"

盛远时笑问她："这是怪我没有及时汇报行踪，还是不允许我和女同事一起吃饭？"除此之外，南庭隐约听见他那边有人说了什么，而他竟然还语带笑意地答，"嗯，查我岗呢。"

她靠在橱柜上，想了半天才敲出两个字："不是。"

他还追问她："不是什么？"

南庭不答，只觉得脸火辣辣的。

等了会儿没有回复，盛远时才把手机放下，那顿饭，他多吃了一碗。

晚上临睡前，盛远时把第二天自己返航的航班号发过来："预计下午三点二十到。"

南庭隐隐觉得他是希望自己指引他着陆，她笑着答："知道了。"

那边的盛远时也笑了："早点睡。"

南庭握着手机的手一顿，隔了片刻，她回复："你也是。"

这一晚，南庭比以往任何一天上床都要早，可她翻来覆去很久，依然睡不着，她开了灯，看着床边趴着的睡不着："你说，我这病会好吗？"

睡不着竖着小耳朵，瞪着小眼睛看着她，一副认真倾听的模样。

南庭用手托着下巴："老桑肯定有办法的对不对？"

像是回应主人一样，睡不着歪了下脑袋。

"要是因为睡不着不能和七哥在一起……"南庭趴在枕头上，"好不甘心。"

睡不着伸出前爪，轻轻地扒了扒床单，有点安慰南庭的架势。

南庭伸手摸摸它的脑袋："我其实也没想好，万一治不好要怎么办。你说七哥会害怕吗？他是机长呢，心理应该很强大吧……他要和我说什么呢？他会不会忘了？我要找个机会提醒他一下吗？"絮絮叨叨地自言自语了好久。

睡不着都快睡着了，直到主人不说了，它才撒娇似的用脸蹭主人的手。

南庭淘气地揉揉它肉肉的脸，就像往常一样起来看书去了，睡不着似乎习惯了主人的作息，在玩了一会儿后，自动自觉地跳到大床上，睡得萌萌哒。

次日清晨，南庭准时带睡不着下楼散步，然后自己做了早餐，再坐通勤车去机场。

又是忙碌但充实的一天。

下午三点，南庭悄悄来到大林身后，用手指戳戳师兄，小声说："我替你一会儿。”

大林看她神秘兮兮的小样就知道有事，附在她耳边说：“记得用好吃的堵住我的嘴。”

南庭俏皮地朝他作揖：“成交。”然后站在席位前，如常指挥。

三点十五分，盛远时低沉的嗓音出现在波道中：“G市塔台，南程1266，A320，机场以北10公里，900米保持，请求加入起落航线落地。”

南庭微笑而不自知，她给出指令：“南程1266，G市塔台雷达看到，下修正海压650米保持，直飞23号程序转弯点。”

盛远时眼里就有了笑意，连复诵指令的语气都格外愉悦：“下修正海压650米保持，直飞23号程序转弯点，南程1266。”

南庭接着给出新的指令：“南程1266，跟在四边上的B747后面，第二个落地。”

盛远时复诵。

南庭边看雷达，边注视外面的跑道：“南程1266，继续进近。”

盛远时无条件照办，片刻，报告：“G市塔台，南程1266，四边。”

右座的丛林觉察到他的好心情，忍不住偏头看了一眼。

盛远时用眼角余光瞥到徒弟在看自己，他敛笑：“我来。”同时接过操纵权。

此时机场上空微有薄雾，视线不是非常好，在这种情况下，副驾驶不能负责降落，丛林服从，配合他做着陆。

盛远时指示：“襟翼30。”

丛林复诵并执行：“襟翼30设定。”

盛远时继续：“落地检查各项。”

丛林报：“落地检查各项准备完毕。”

与此同时，南庭在波道中指示：“南程1266，跑道16，可以落地。”

盛远时复诵：“跑道16，可以落地，南程1266。”

南庭给他提供天气信息：“风向132，风速17节。”

“收到。”然后对丛林说，“着陆指令有。”

丛林回应：“证实。”

南庭看着盛远时那架A320在16号跑道上平稳接地：“南程1266，沿E滑行道脱离跑道。”稍后，听见盛远时报告：“南程1266，已脱离跑道。”

南庭指示：“南程1266，联系地面121.7。”

在切换频道前，盛远时突然问：“几点下班？”

南庭以为自己听错了，或者是他没听清，原话重复了一遍：“联系地面121.7。”

飞机上的盛远时沉声：“我问你几点下班。”

南庭整个人都不好了，如同被点穴似的，瞬间僵住。

站在她旁边的大林见她没反应，轻轻推了她一下，小声提醒：“问你呢。”

从来没在波道里说过一句与指令无关的话的南庭，尴尬得不知所措。在盛远时要忍不住再问一遍时，协调位的应子铭不知何时来到南庭身后，插上话筒回答：“她今天六点下班。”

下一秒，所有管制员的目光齐齐投向应子铭。

整个指挥塔鸦雀无声，只听见一道低沉磁性的男声在波道中说：“谢谢应主任，南程盛远时。”

南庭哪还好意思在顶层指挥大厅里停留？众目睽睽之下，她几乎是落荒而逃，连自己专属的话筒都忘了拿。

大林帮小师妹收好话筒，没事人似的继续指挥，好像一直站在席位前的就是他，如花的出现是众人的幻觉。

应子铭重新坐回协调席位，继续接听电话和监督指挥，表情自始至终都是淡淡的，唯有眼底的笑意，越来越浓。

他们师徒如此冷静淡定，大家面面相觑了几秒钟，也只能假装什么都没发生过，只是，从此以后，如花不再是他们的如花，要成为南程盛远时的专属如花了吗？这个爆炸性的消息令塔台上的一众男同胞的心里，颇不是滋味。

明明如花原本也不属于这塔台上的任何男人，但当盛远时公然在波道中约如花时，他们顿时有种不能忍的感觉是怎么回事？于是，这个时段的工作完成后，不止一位管制员私下里问大林：

“上次台风时救如花的男人是盛远时？”

“我们如花就这么以身相许了？都不需要考验一下吗？”

“南程这个总飞行师是不是有点嚣张了啊？欺负我们塔台没男人吗？”

大林听得笑了：“谁不服就出手啊，这近水楼台的，优势占尽啊，亲。”

他这包邮的语气，让小胖假哭起来：“哥，我失恋了。”

大林拍着他背表示安慰：“今天失恋的不止你一个，没事没事，我们都陪着你呢。”

在众人的笑声中，年长的管制员刘哥安慰他们：“作为如花的娘家人，南程盛远时会善待大家的，喜事啊喜事。”

小胖一听顿时来精神了：“那是不是可以向主任申请航线实习啊？”他越说越开心了，“让如花和咱妹夫说一声，带我飞个好航线。哎呀，我还没有出过国，能申请国际航线吗？”

“我发现你是个挺天真的人啊。”大林一巴掌拍过去，“咋想得那么美呢？真能飞国际航线，也得是我这个大师兄吧，好歹盛总还和我有一面之缘。”

应子铭站在休息室外，听着这群年轻人的对话，脸上浮现起欣慰的笑容。见南庭慢吞吞地走过来，他迎上去，把手上的资料递给她：“帮师父跑个腿。”

南庭明白应子铭是为了缓解自己的尴尬，拿着资料就往航站楼去了。

从到塔台工作，南庭就爱上了机场，机坪的广阔，仿佛能包容她所有的心事，庞大的飞鸟，则能承载她对盛远时全部的思念，而每次她来到航站楼，都觉得自己踏上了一个无与伦比的舞台，在这舞台上，有来自四面八方的、肤色不同的旅人，她看着他们，不停地上演着相聚与别离，如同当年的自己和盛远时。

刚到塔台见习时，南庭特别喜欢趁休息的时间到航站楼来，熟悉每一处角落，记住每一个指示牌，直到大脑里形成一幅完整的机场平面图，她开始主动和陌生的旅客交谈，在对方有需要时，帮助他们做地面引导，像是只有那样不得闲地忙碌，才能把心底的那份思念藏得妥帖。

有一次，南庭为一位阿姨做完引导后，看见一个外国女孩子因为和男朋友吻别误了航班，她站在不远处，听着女孩子向值机抱怨男朋友多么黏人，笑着笑着就哭了，那一刻，格外想念盛远时，可手机明明就在手里，却没有勇气拨通他的电话。

此刻，再一次走进航站楼，走在这人来人往之中，心境有所变化的南庭忽然就想听听盛远时的声音，哪怕刚刚才在波道中听见他问："几点下班？"

等不到下班了。南庭没有犹豫，直接拨出那个烂熟于心的号码。

只响了两声那边就接了，盛远时语带笑意地说："正要打给你。"

低沉的嗓音入耳，南庭忽然就哽咽了，那声"七哥"怎么都叫不出口，只问他："你在哪儿呢？"

盛远时恰好走到指挥中心楼下，听出她声音的不对劲，他停步，不答反问："你希望我在哪儿？"等了片刻，见她不说话，他问，"出什么事了？"

"没事，就是，"南庭吸了吸鼻子，"想问问你在干吗。"

盛远时语气温柔得像哄未成年的小妹妹："我刚从航线上下来，不是你指引我着陆的吗？"说话的同时，人已经转身往停车场走去，"现在我准备去一趟塔台。"

南庭急急地说："我出来了，没在塔台。"

盛远时好心情地逗她："我只说去塔台，又没说找你。"

南庭脱口而出："那你找谁啊？"

盛远时笑了："是啊，我去塔台，不找你还能找谁？"

南庭弯唇笑起来："我在航站楼，师父让我往你们服务台送一份资料，也不知道是真资料还是假资料。"

她抱怨的语气像个孩子，坐上车的盛远时失笑："应该是真资料。之前我建议你们空管中心搞一次活动，让我们的飞行员上塔台参观学习，林主任说他做了个计划，让我看看。"

原来是这样。南庭一手拿着资料，一手举着手机："你刚才干吗那样啊？"

"什么刚才？"盛远时明知故问，"我哪样了？"

她微微嗔道："我在工作呢。"虽然不是繁忙时段，并不影响什么，但也不太好吧。

盛远时可管不了那么多，他说："这两天有不少人往你们塔台送花吧？"

南庭都怀疑他是不是在塔台安插了眼线："你怎么知道？"

盛远时也不答她，只以命令的口吻说："去南程贵宾休息室等我，见面说。"

通话结束，南庭还在琢磨：他是故意在波道中那样，让同一频道的飞行员都听见？想着想着就笑了，她脚步轻快地往南程贵宾休息室走去。穿过 T2 一层的出港大厅，经过南程值机柜台时，南庭习惯性地驻足，在 15 号柜台前，看见一对外国中年夫妇，正在用俄语说着什么。

女值机用英语询问那位先生是否可以讲英文，俄罗斯老先生苦恼地摊了摊手，旁边的妻子先是无奈地耸了耸肩，然后拉着丈夫的手，似乎是在安慰。

南庭想到自己做地面引导时也曾遇到这样的情况，很多值机员英文说得很好，但偶尔遇见不会讲英文的外国人，就会很头疼，尤其后面还排着长队，很多旅客在等待办理登机手续，就更急了。

自学过俄语的南庭于是上前，询问了老先生两句。老先生见她会讲俄话，满脸惊喜地告诉她，他的妻子晕机最严重的一次险些窒息，希望值机给他们尽量安排靠前的座位，以缓解妻子晕机的症状。

经南庭转达，值机这才明白了两位俄罗斯旅客的要求，她查询了一下座位，对南庭说："最靠前的座位就是第二排了，靠窗。"

南庭翻译给老先生，老先生连声说着感谢的话。

等值机把登机牌打印出来，俄罗斯夫妇再次感谢南庭，她看了看对方的登机牌，提醒他们登记口是几号，并示意他们安检的方向。

女值机很感谢南庭，看着她的胸牌说："你是塔台的管制员啊？"

南庭不着痕迹地把工作牌翻了个面，无意让女值机看见自己的名字，转身要走。女值机还要再说什么，一名踩着高跟鞋的女子把证件拍在柜台上："纽约，我要坐第一排。"

熟悉的声音让南庭下意识停步，可她在原地站了两秒，终是没有转身，然而，在她又走出一步时，身后那道声音说："见到老同学也不打个招呼，司徒南，你什么时候变得连最基本的礼貌都不懂了？"

南庭才不得不转身面对华服在身的老同学林如玉。

林如玉本就是个美人，现在又比在校时更会打扮了，精致的妆容，时下最流行的锁骨发，香奈儿套装，同品牌的挎包，再配一双细跟鞋，一副光彩照人的样子。

南庭看着她，淡淡地说了句："好久不见。"

林如玉把南庭帮助那对俄罗斯夫妇的过程看了个清清楚楚，此刻，她倚着值机柜台，上下打量着她："穿得这么朴素，我都快认不出来了。怎么，在航空公司上班呢？"

"在机场工作。"除此之外，南庭无意解释其他。

林如玉看一眼她的廉价工装，神情和语气一样，有高高在上的优越感："一个读过音乐学院的人，跑到机场做服务人员，真是可惜了。不过，我挺佩服你的，特别想得开，这一点，我不如你。"

换成从前，司徒南听见这样的话，一定会说："你不如我的地方多了。”现在的南庭，明明听出来林如玉是在贬损自己，也无意争辩什么，只是语气平和地说：“我现在是工作时间，就不和你聊了，旅途愉快。”

自司徒家破产，林如玉总是见缝插针地打击司徒南，后来司徒南在她的生活中消失了，她还遗憾了很久，时隔五年再次见面，见到的还是大不如前的司徒南，林如玉哪肯放过机会，她继续说：“我真没办法想象千金大小姐司徒南为旅客服务的样子。”说着，她自己还笑了，“还记得那年一起去苏黎世吗？航班延误，你对人家地服大呼小叫的样子，真是过瘾。”

或许这样羞辱她，让林如玉觉得很过瘾吧。

南庭无所谓地一笑。

这份平静终于让林如玉伪装不下去了，她讽刺道：“盛远时不是很有能力吗，怎么就把你安排到航空公司上班？你能干什么啊？帮旅客拎包吗？不过也是，人家最起码没见死不救，好歹帮你安排了工作，你就别蹬鼻子上脸硬要嫁给人家了，你说是吧？”

听到盛远时的名字，女值机皱了下眉，在南庭说话前，她适时问：“这位女士，第一排座位锁定中，您看第二排可以吗？”

林如玉对女值机插话的行为很不满，她以盛气凌人的语气说：“我看不可以，我只坐第一排。”

这样的旅客很常见，女值机保持着微笑：“女士，是这样的，第一排座位我无法解锁……”

林如玉却只盯着南庭：“看你的样子大忙也帮不上，这样吧老同学，给我选个座位怎么样？”

南庭直言拒绝：“抱歉，我没这个权力。”

林如玉理所当然地认为南庭是故意的，她的脸色彻底沉下来：“刚刚不是还帮老外搞定了座位，怎么到了老同学这儿就不行了呢？或者，请你家盛远时出面啊，也让我见识一下他的厉害。”然后盯着值机：“我不接受第一排左靠窗之外的位置，你明白吗？”

这个座位，六年前从苏黎世回 A 市时，是盛远时告诉司徒南在什么时间段去换登机牌，能够向值机申请到。当时司徒南并不知道，她之所以能申请到那个座位，是因为盛远时提前给值机柜台打过电话。而她们登机后，司徒南把这个除头等舱外，最靠前的座位给了林如玉。后来司徒南晕机，盛远时来到客舱后，让乘务长给林如玉换了座位。

所以，她这是记仇的意思了？可如果林如玉不提及盛远时，南庭也不准备说什么，毕竟，和一个无关紧要的人逞口舌之争毫无意义，但现下：“如玉，我建议你接受值机的意见，坐第二排。至于盛远时，你没有资格要求他出面帮你，他也没这个义务。”南庭偏头，看见身穿飞行制服的盛远时由远及近走过来，为了避免他和林如玉发生正面冲突，她说，“我现在是工作时间，先走一步。”

林如玉却一把抓住南庭的胳膊，语气冰冷地质问道：“多年不见，你还是那么目中无人。司徒南，我就想问问你，除了盛远时，你眼里还能装下谁？”

盛远时已行至近前，抬手扣住林如玉的手腕，毫不客气地甩开，然后把南庭揽至怀里：“什么时候她眼里装着谁，还得经你同意了？林如玉，你管得太多了！”

林如玉万万没想到，盛远时和司徒南还在一起，在她看来，一无是处的司徒南就算追上盛远时，也早该被甩了。而她故意搬出盛远时，为的是打击司徒南。结果，盛远时竟然出现了，还一副替司徒南出头的架势。她笑了，笑得讽刺：“没想到，盛机长还是个长情的人。”

“我盛远时是怎样的人，不需要你来评价。”盛远时的视线低沉犀利，感觉到南庭用力地按他的手，他难得宽宏大量地说，“林如玉，你诚恳点向她道个歉，我可以考虑不追究，否则，今天这趟航班，你怕是登不了机。”

林如玉像是听到一个天大的笑话：“盛远时，你还真拿自己当个角儿了是吧？让我向她道歉？她凭什么？你又凭什么？”她扬手指指航站楼，“以为这里姓盛吗？”

女值机这时机灵地唤了一声：“盛总！”像是在提醒林如玉，别闹了，见好就收。

林如玉却拎不清，她冷哼一声：“现在这世道，天上飘下一朵云，砸了十个人，九个都是总。”

盛远时不以为意地笑了笑，朝闻声赶来的南程的一位经理微扬了一下下巴：“再开个柜台。”

那位经理立即领会领导意图，恭敬地应下：“好的，盛总。”然后引导排在林如玉后面，窃窃私语的旅客说：“请各位随我到隔壁柜台办理登机手续，以免耽误你们的行程。”

林如玉面对旅客的指指点点，火气更大了，她一副趾高气扬的样子：“看来盛机长也是今非昔比了，只不过，再怎么厉害，也就是个司——机。”

不难听出她刻意把“司机”两个字咬得很重，南庭忍不住出声喝道：“林如玉！”

盛远时安抚地搂了搂她的肩膀，让她消气，然后看向值机：“这位旅客有什么需要？”

女值机站得笔直：“这位女士要飞往纽约，她不接受除第一排外的任何座位，但座位还在锁定中，我没有权限解锁的，盛总。”

“这个权限……”盛远时皱了皱眉，像是也有点犯难。

林如玉不屑地冷哼：“盛总怕是也没有这个权限吧。”

盛远时抬眸，目光冷冽：“我的权限范围，林小姐也知道了？”

林如玉挑衅地说：“只怕你没有这个能力。”说着拿出手机，边拨号边说，“没有金刚钻就别揽瓷器活，免得当众打脸。”言语间，那端有人接电话了，她立即换了副语气，嗲嗲地说：“我是如玉，李总，是这样，我去纽约出差，人在机场，是啊，您给我安排个座位吧，老位置就行，15号值机柜台。”从她满面笑容挂电话的样子来看，那边应该是爽快地答应了。

老位置？只怕这个“李总”也要跟着倒霉。

南庭揉眉心。

盛远时则一副等着看热闹的姿态。

片刻，值机柜台的电话就响了，女值机看向盛远时。

盛远时点头，示意她接。

林如玉也看着盛远时，双手抱胸的样子像是在说：等着看我怎么打你的脸，盛总！

“您好，南程航空 15 号值机柜台，我是工号 1106……”那边确实是为座位解锁的事打过来，指示值机解锁第一排座位，给林如玉左侧靠窗口的位置。值机不敢应，神色略显为难地看向盛远时：“盛总？”

盛远时也不为难下属，他左手握着南庭的手，伸出右手把电话接过来：“盛远时。”

那边闻言明显怔了一下，然后毕恭毕敬地叫了声：“盛总。”

盛远时直切主题：“座位解锁的事？”得到对方肯定的回答后，他笑了下，“什么关系啊，要李总亲自打到值机柜台来？”

那边赔着小心说：“老朋友家的孩子，身体不是太好，晕机，就求我这么一件事，您说……”

“晕机啊，”盛远时就想到了那一年司徒南晕机时，林如玉的态度，心里更不舒服了，他语气冷下来，“有比这个更人命关天的理由吗？”

“这……”那边顿时被噎得不知如何回答。

盛远时淡淡道：“刚刚是我拒绝林小姐的座位申请的，现在，需要我告诉值机，按你的要求解锁座位吗，李正远？”意思是说：我不让值机办，你却打电话要求值机给办，什么意思，和我叫板？

李正远一听盛远时连名带姓叫他，冷汗都下来了，迭声说：“不用不用，给您添麻烦了盛总。”

盛远时又问他：“李总还有别的指示吗？”

指示？借他个胆，李正远也不敢啊，他抖着声音说：“没有没有，盛总，您忙您忙。”

盛远时挂了电话，看向林如玉：“还有别的关系吗？动用起来吧？”

林如玉没有想到李正远这个从中南集团调到南程航空的高管，在盛远时面前竟然不好使！她胸口剧烈起伏着：“就算南程航空归你管，也没什么了不起，说到底，你们航空公司端的还是我们这些旅客的碗。”

盛远时原本因为和南庭约好了见面，心情很好，林如玉的出现明显很倒他的胃口。“本来看在那年你还给我提供了一些信息的情况下，我可以分分钟解决了这个座位问题，反正，给谁都一样，尤其这么小一件事，我也懒得管。但冲你刚刚对她的态度，不好意思，这个忙我不仅不会帮，”他敲敲值机柜台，交代值机，“从此刻起，这位林小姐列入中南以及南程的永久黑名单！你知道该怎么办了？”

女值机点头：“明白了盛总。”然后把林如玉的证件推过去：“稍后会有工作人员与您联系退票事宜。”

林如玉要气疯了，她嗓门儿顿时高了起来：“盛远时！”

盛远时看着她：“如果心有不甘的话可以请律师和我打官司。”

林如玉气急败坏：“比你们南程有实力的航空公司多得是，我不是非你们不可。”

盛远时竟然点头附和道：“你说得非常有道理，我确实还没牛逼到垄断整个民航业的地步，不过我得提醒你一句，七十二个小时之内直飞纽约的航班，只有我南程这一班，如果你不赶时间的话，可以等。”说完不再理她，拉着南庭走人。

“司徒南！”林如玉意识到自己不是盛远时的对手，又把矛头指向了南庭，她朝南庭的背影口不择言，“别以为攀上个高富帅就了不起！就凭你，家里破产，穷得连学都上不起，这辈子也只能在机场帮别人拎拎行李！”

南庭脚步一顿。

盛远时已经松开她的手，冷着脸折返回去。

如果让他走过去，林如玉势必要更难堪了。

南庭反应过来，一把抱住他：“七哥！”

盛远时语气有点冷：“就这点事，你七哥善得起后。”

“你的能力，我从没质疑过。”南庭理智地提醒，“但这是航站楼，你站在这儿，代表的不仅仅是自己，还有中南和南程，为了这样一个人，有失身份。”

盛远时注视着她：“我是为她吗？”

南庭仰头迎视他的目光：“如果为我的话，就别动气。”

盛远时怎么能不动气？可怀里的女孩子却不愿给他添丝毫的麻烦，哪怕他并不认为有什么麻烦。他勉强压下脾气，伸手搂了搂她，才看向林如玉，冷冷地撂下话：“这趟纽约之行，你肯定是去不成了。林如玉，再有下次，记住，这辈子都别想再坐飞机！不信就试试。”

林如玉又泼妇骂街似的闹了片刻，然后在人来人往的航站楼里，气得哇哇大哭。机场以及各航空公司的工作人员议论纷纷的同时，没有一个人上前处理这件事。至于经过的旅客，有的以为她失恋了，有的以为她精神有问题。

南程的贵宾休息室，南庭说：“其实没必要闹成这样。”

在盛远时提到黑名单时，她就有心阻止，一方面她自己并没有多恨林如玉，另一方面也担心对南程的形象和声誉造成负面影响，可她不能当着值机员的面阻止盛远时，那样太不顾及他身为盛总的权力和脸面。

盛远时果然就不高兴了：“怎么没必要？”在他看来，林如玉欺负了她，就有必要。

南庭好言好语地对他解释：“她除了能逞点口舌之快，其实什么都做不出来，不敢做，怕事后收拾不了残局，但又羡慕别人的为所欲为，在她看来，之所以能为所欲为，都是靠钱支撑的，所以，她才会和从前那个挺讨人厌的我成为朋友。”

盛远时听到她贬低自己，眼神顿时就犀利了几分。

南庭却笑得坦然：“那个时候，我也以为有钱就不缺朋友，对她招之即来，挥之即去，把她当小跟班使唤，没有用心结交，她对我其实一直是敢怒不敢言的，现在好不容易有机会损我两句，让她发泄一下也没什么。”

从前的司徒南睚眦必报，现在的南庭与世无争，盛远时发现，哪一面的她，自己都认为是有道理且美好的，却无法容忍她在自己面前被人欺负。

盛远时双手搭在她肩上："你的原谅，是你的善良；我的追究，是我的态度。就算我什么都不是，只用拳头，也不能任由别人在我面前欺负你。"

南庭懂：他的态度是对她的保护。她心中暖暖的："更何况你现在是堂堂盛总，谁惹得起啊？"

盛远时笑得矜持："盛不盛总的，还不都是你七哥？"

不希望他看见自己因感动而湿了眼眶，南庭微微偏过头去："随你怎么说。"

"都随我？"盛远时重复了一遍，像是在咀嚼其中的含义，然后笑问，"南庭管制员，是这么好说话的？"

南庭也不看他，仰着小脸说："分人！"

盛远时的语气缓和了许多："都骑到你头上了，也不反驳，这忍让有点过了。"

南庭微微低了头："她说得没错，从前的我的确很……目中无人。"

盛远时脱口道："无论从前的你是什么样子，都轮不到她来教训。"

如此护短，几乎是本能。

南庭注视着他，一瞬不离。

意识到自己情绪的外露，盛远时转过了身。

南庭沉默了几秒，才拉了拉他的手。

盛远时转过来，话也没说，直接把她拉进怀里抱住。

南庭不知道这个拥抱代表了什么，却在瞬间，泪如雨下。

如同跋涉五年，终于追上他的步伐，心中的那份思念与期待，终有处可依。

航站楼，南程航空的贵宾休息室，并不是适合表白的地方，可他们的缘分，一直和空港关联在一起。所以，这其实是个再适合不过的地方。盛远时拉开些许距离，面对她的眼泪说："五年过去，我们都变了一些，不能说这些改变到底是好还是坏，可如果有重新选择的机会，我还是希望我们能见证彼此的改变。好在，我们走散过，却没走丢。”

他停顿了一下，像是继续不下去，然后握住了南庭的手：“无论你为什么选择管制职业，都谢谢，谢谢你回到我身边，如果不是你自己回来，我真的，不知道该去哪里找你。”

南庭的眼泪掉下来，砸在他手背上，滚烫炽烈。

盛远时低头注视着她：“如果你愿意，我们就以现在这个全新的自己，重新开始。”

“可你说，不会等我。”南庭几乎泣不成声，“你走得那么快，我怕追不上。”

他们确实回不去了，可为什么要回去呢？五年了，他们一直在往前走，那又何必停下来，继续往前走不就可以了？

没错，这一次，他们要一起往前走，未来很长，他们还有很多时间，这些时间，可以用以回忆过去，却不用回到过去。

“既然是新的开始，就不用你追得那么辛苦。”盛远时眼底微湿，为面前这个，只要触及他的感情，就变得有点笨的女孩子，“我们互换一下角色，这次我追你。”

南庭有点不相信：“你追我？”

盛远时坚定地点头：“刚刚在波道里约你，是我追你的第一步。”说着，用指腹为她擦眼泪，“第一次追女孩子，没有经验，你多包涵。”

南庭用那双盈满泪意的眼睛看着他：“不用追啊，你又不是不知道我。”

不用追这样的画风，很有司徒南的个性。盛远时笑得骄傲又心疼：“你应该说，盛远时，你也有今天！”末了，他宠爱地掐掐南庭梨花带雨的小脸，“这种名正言顺教训我的机会，可是机不可失，时不再来。”

南庭反应了一下，才扑进他怀里，哭着说：“林如玉怎么今天才出现啊？”

是啊，如果不是林如玉，盛远时还不知道这场表白，要从何说起。尽管桑桎的那一句质问让他自省，可对于爱情，他到底是个新手。

直到看见林如玉仗着南庭的忍让，肆意妄为地伤害她，盛远时才更加明确地意识到，这个他又爱又恨了五年的女孩子，是那么深刻地驻扎进自己心里，他容不得任何人诋毁她、中伤她。于是，他生平第一次，近乎刻薄地和一个女人计较起来，甚至不惜动用职权碾轧她。

盛远时，承认吧，除了爱，你心里也堆积了很多遗憾与嫉妒，遗憾过去五年的分离，嫉妒桑桎这五年来对南庭的守护，恰好这个时候，林如玉给了你宣泄的机会。

南庭却还因顾及他盛总的身份，劝他算了。

盛远时其实想告诉她：这五年，我拼尽全力地往前走，从盛机长到盛总，只为强大到足够让你放心依靠。如果我知道，当我做到，你就会回来，我一定会走得更快。所以，七哥不是不等你，是不能等。

为了避免她哭肿了眼睛，盛远时适时逗她说："被我追有那么难以接受吗？"

南庭揉了揉眼睛："人家是喜极而泣，你不要想歪喽。"

这话听在盛远时耳里，有点撒娇的意味，他眼底都有了笑意。"你倒是喜了，"言语间低头看看自己的机长制服，"把七哥的衬衫哭成这样，让七哥怎么面对下属？"

南庭这才意识到自己把他的白衬衣哭出了泪痕："你飞行箱里有备用的，换一件吧。"

"你倒是什么都知道。"盛远时宠爱地刮了刮她的鼻子，"不换了，就这样。"

南庭皱起秀眉："那别人问起来，你怎么说啊？"

盛远时一笑："谁敢问我？"

南庭撇嘴。

盛远时又说："真有那么不识趣的，我就告诉他，女朋友哭的。"

"女朋友"三个字让南庭抿嘴笑了，起初笑得很腼腆、很矜持，后来就有点憋不住地变成了甜蜜恣意的笑，感觉到盛远时盯着自己，她把脸埋进他怀里。

这样害羞的她，盛远时有点抵抗不了："今天晚上就开始约会？"

南庭闷闷地问："怎么约？"

盛远时看着她憨憨的样子："趁月黑风高时，找个僻静的角落，干点什么。"

南庭轻轻地打了他一下："那我带睡不着去。"

盛远时失笑："防人之心那套开始往我身上用了是吧？"末了又问，"一会儿还上席位吗？"

南庭点头："我得回去了，出来太久了。"

盛远时站起来："我开车送你，能快点。"

南庭没有拒绝，边往外走边问："你怎么知道波道里的是我师父？"

盛远时把她带过来的资料拿在左手，右手自然而然地牵起她："能那么护着你的，除了你师父，还能有谁？"

南庭轻轻地回握他的手："那我师父姓应你也知道啊？"

盛远时实话实说："那次训练之后，我通过林主任要了你的档案。"

南庭沉默。

盛远时解释道："你突然就变成了管制员，连名字都改了，我总要确定一下。"

虽然模拟机训练时两人用英文对了话，盛远时断定她就是司徒南，可他还是在第二天亲自去了趟塔台，通过林主任这层关系调了南庭的档案。林主任都有些好奇："这是怎么了？前些天顾总来要小南的资料，今天您又来要，这个小南同志不简单啊。"

盛远时捏了捏她的手："希望我调你档案的事，不会让你生气。"

"我没生气。"南庭看着他，"你不也是关心我吗？"

盛远时改而搂住她的肩："知道我是走心的就行。"

南庭嘀咕："我又不傻。"

盛远时不客气地批评她："你傻起来也是够我喝一壶的。"

南庭有点小异议："追人家的时候不是应该多讨好吗？盛总，你这波操作不对。"

她歪着脑袋的小模样几乎让盛远时控制不住吻她，可就在他准备操作时，听见一道女声说："今天这场大戏，比年度最高票房电影都精彩。"

是程潇，此刻，她正坐在贵宾休息室里悠闲地喝着咖啡，也不知道来了多久。

被坏了好事的盛远时略显不悦地说："怎么哪儿都有你？"

程潇保持坐着的姿势不动，仰脸看着他："机场不是我第二个家吗？我不在这儿，你养我啊？"

不等盛远时怼回去，南庭先问她："你来多久了？"

盛远时以为南庭是害羞先前的话被程潇听去了不好意思，但其实不是。

程潇施施然站起来，拨开南庭肩膀上盛远时的手，凑到她二老公耳边小声说："从那个林姓小贱人欺负你的时候。"

南庭恍然大悟："我就说刚刚好像看见你了。"但来不及确认用眼角余光瞥见的人是她，盛远时就来了。

"我还等着看你撕她呢，结果……"程潇说着挑眉看向盛远时，"顾南亭在指挥中心等你。"

南庭赶紧说："那你快去吧，我自己回塔台。"

盛远时吩咐程潇："你负责把人给我送回塔台。"

"什么给你给我？"程潇摊手，"我刚从航线上下来，又没开车。"

盛远时没好气地说："那就背过去。"

程潇无语，她用手点点盛远时："要不是看我二老公的面子，我敢保证你不止咖啡一个情敌。"

盛远时就知道她动过坏主意："抱歉，不能成全你那颗媒婆心了。"

等盛远时走了，程潇抬手戳南庭脑门儿："怎么那么没出息呢，就这么和好了？"

南庭边躲边笑着说："我头上的伤还没好呢，你下手轻点。"

程潇挽着她胳膊往外走："就凭姓林的那个嚣张劲，你真的不该忍，凭什么被她欺负啊？她算哪根葱？"

"你明明在场，好歹帮我周旋一下啊，"南庭于心不忍，"黑名单这种事，还是不要轻易做。"可盛远时当众放了话，他作为南程的总飞行师，当然是一言九鼎，不能更改的。

程潇不以为然："有什么可周旋的？他掌管着那么大一家航空公司，让个欺负自己女人的女人不能坐飞机，还不能了？"

"也怪我了。"南庭后悔不已，"我明明可以分分钟让她闭嘴的，如果那样，他也不会动气。"

"这种情况，就该他出面摆平，你逞什么英雄？"程潇啧一声，"欲擒故纵的招你都想到了，这个道理还想不明白吗？"

南庭不答反问："你的意思是，我就该耍个爱的小心机，等他来大杀四方？"

程潇一拍大腿："你不觉得我们盛总气场全开的样子该被爆灯吗？"

南庭一挑眉："我以为你这辈子只会为顾总爆灯。"

程潇呵她痒："不怼我两句你难受是吧？"

南庭回到塔台又值了一个小时的班，整个塔台的管制员都感觉到她愉悦的心情。交班完毕，她更是比以往任何一天都迅速地出了塔台，通勤车上的一位师兄看见她，扬声喊："如花快来，给你占了座位。"

白色路虎边上站着的盛远时循声回头，看见一位鲜肉级的小帅哥在朝他的南庭招手，他低头笑了笑，没急着上前。南庭边往他的方向来，边对那位鲜肉说："谢谢师兄，我还不走。"

等她行至近前，盛远时伸手。

南庭把背在身后的手递过去，目光则落在他的制服上："没换衣服啊？"

“这就开始嫌弃我了？”盛远时微一用力，就把她拽到了面前，“下次别让我听见‘还不走’这种模棱两可的理由。”

南庭双手抵在他胸前：“那怎么说？”

盛远时低头，把唇附在她耳边说：“告诉他，男朋友来接，不劳费心。”然后觉得不够似的，还补充了一句，“你七哥不怕被曝光。”

南庭笑而不语。

盛远时在她腰侧掐了一下：“听见没有？”

南庭怕痒地躲了下：“可你不是说要先追人家吗？那就还不是……男朋友吧。”

“在这儿等我呢，嗯？”盛远时把她困在双臂间，“我就随口一说，你还当真了是吧？”

“随口？”南庭用那双清澈的眼眸注视着他，像是在咀嚼这两个字背后的意思。

盛远时就反应过来了，他认真地说：“我不是那个意思。”

南庭微赧：“我知道。”

“我很想省略掉这个追的过程一步到位，毕竟，你七哥已近而立之年，恋爱这种事，应该争分夺秒。”盛远时笑望着她，“所以，你知道我在追你就行了，对外不用这么说。”

“哪有这样的？”南庭在他怀里扭了扭，“当年我追你的时候都没这种待遇。”

盛远时旁若无人地搂了搂她：“那时你还小。”

“现在你也不老。”南庭说完挣开他，自己往副驾的位置走。

盛远时车速很快，南庭安安静静的，一路都不说话。

盛远时单手扶方向盘，右手去握她的手：“和七哥没话说了？”

南庭发现他特别喜欢以七哥自称，她边抽回手边说：“小心开车。”

盛远时虽然嘴上说：“我是老司机了。”但是手还是扶上了方向盘。

南庭略有些好奇：“听说飞行员开车，打方向盘时习惯向上拔方向盘，是这样吗？”

盛远时失笑：“飞机的方向舵是向上提的，所以可能有的时候会有那样的下意识吧。”他偏头看了南庭一眼，“飞机还不能倒着开呢，我不也会倒车吗？”

“那倒是。”南庭建议，“我们回家做饭吧，睡不着也可以一起。”

盛远时眉心微蹙：“口味变了，不爱吃日料了？没事，只要不是不喜欢七哥了，别的你七哥都能接受。”

他这样坦然，南庭轻松了不少：“比起你做的菜，确实不想吃日料。”

这话取悦了盛远时，他心情极好地说：“看来要想追到你的人，就要先征服你的胃。”然后在小区附近的生鲜店买了食材，以齐妙那边调料全为理由把南庭带去了齐妙家。

南庭见盛远时用钥匙开门：“妙姐出差不在，我们这样登堂入室好吗？”

“有什么不好？她巴不得我过来帮她收拾收拾。”等把手上的东西放进厨房，他似笑非笑地说，“你那边的备用钥匙，之前她都是交给我保管。”见南庭微微惊讶的表情，他笑得愉悦，“所以等我哪天想留宿时，你最好不要拒绝。”

南庭招架不住似的，脸唰地就红了。

盛远时摸摸她的脸，面对她要跟着进厨房的举动，他伸手一拦：“打下手的机会以后很多，今天等吃就行。”

南庭隔着厨房的玻璃门，看见盛远时把白衬衫的袖子挽起来，露出精壮的手臂，然后有条不紊地开始清洗食材。她想了想，转身回家，再回来时，除了脚边跟着的睡不着，手上还多了条粉色的围裙。

盛远时看见她拿着小围裙进了厨房，笑着低头。

南庭给他把围裙戴上，站在他身后，打了个漂亮的蝴蝶结。

盛远时刚想逗她说这个粉红色和我们现在的状态有点相得益彰，她的胳膊已经从他的腰侧伸过来，自背后搂住了他，而她的脸，轻轻地贴上他背脊。

微风从半开的窗户吹进来，温柔地拂过他和她的脸。

南庭用她独特的嗓音说：“有点不敢相信这一切是真的。”

盛远时把手覆在腰间她的手上：“需要我怎么做，才相信？”

南庭不言语，只是用脸轻轻地蹭了蹭他的背。

盛远时伸手把她拉到身前，扶着她的腰，一低头吻了上去。她或许也是有所准备的，微张着嘴，让他的舌没有任何阻碍地滑入口中，温柔而肆意地在她唇齿间轻吸轻吮。那湿热的触觉真实到刺激，南庭不自觉地闭上眼睛，慢慢回应。

盛远时搂紧她，越吻越深，可这一吻不同于那一晚的急切激烈，而是越深越温柔，带着几分抚慰的意思，直到她没了力气，整个人倚进他怀里，盛远时才放开她，在她唇上呢喃：“这样相信了吗？”

始终都相信，他是自己的毕生所求。

南庭紧紧地抱住他的腰。

盛远时吻她发顶：“回家做饭的决定好像有点失误。”

南庭咬唇不语。

盛远时半真半假地说：“你在这儿，我没心思做饭。”

“那我出去好了。”南庭说着，就要挣开他的怀抱。

盛远时却不松手，反而抱她更紧。

南庭不知如何是好。

盛远时用自己的脸贴着她的脸，轻轻地蹭了蹭：“这五年，想我吗？”

彼此缺失的那一千八百多天，在他们心里，始终是个结。恨不得对方能从第一天起，详述到重逢的前一刻，点点滴滴，巨细无遗。

南庭闻言，眼眶又有些湿了，她很坚定地点头，再点头：“想得要死。”

却执拗地坚持，不肯来找他。盛远时带着几分惩罚意味地咬了她一口，沉声警告：“这是第一次，也是最后一次。以后就算发生天大的事，都有我。”

南庭的眼泪根本不用酝酿，迅速充满了眼眶，只要一眨眼，就要落下来。

盛远时无意惹她哭，在她唇上辗转地吻了很久，耐心地安抚。

如此这般耳鬓厮磨的结果就是，这顿晚饭直到八点多才吃上，好在盛远时的厨艺弥补了所有，他看着南庭像个孩子似的吃得那么香、那么满足，连眼底都盈满了笑意。

爱情本是如此简单，生活也不如想象的那般复杂，当夜幕降临，和心爱的她坐在一起享用晚餐，还有一条宠物狗在房间里溜溜达达，就很幸福。

在某一个瞬间，盛远时突然觉得自己有点老了，老到那么急切地渴望安定，莫名就想到了当年的六年之约，算算，好像只有四个月不到了。他不禁想，不知道那个时候，南庭是不是足够适应两人的关系，愿意把自己交给他？

南庭见他兀自在笑："在想什么开心的事啊？"

盛远时把碗里的菜吃个精光："以后再告诉你。"

南庭也不追问，高高兴兴地又喝了小半碗汤。

饭后南庭负责收拾，她把清洗干净的碗筷放到沥水盘里，把砧板和刀具一一归位收好，最后擦拭灶台和清理手盆，直到洗完了手，摘下围裙才察觉到盛远时的目光，抬头向他看过来时，温柔地笑了起来。

难怪她是历年来最快被放单的管制员，一个能把一件在别人看来不起眼的小事做到如此细致认真、心无旁骛的人，没有理由做不好本职工作。而管制工作，也确实需要她的这份细心。盛远时真心觉得，该对她刮目相看，而林如玉那句今非昔比其实更适用于她。

南庭并未意识到盛远时在观察自己，她从厨房出来，看见睡不着坐在沙发对面，严肃地盯着盛远时的样子，蹲下来摸它的头："这是七哥，你要记住他。"

睡不着用那双小眼睛盯着盛远时，攻击力十足。

南庭也感觉到了睡不着对盛远时的敌意，她指指睡不着的碗："今天的鸡肉饭可是七哥做的，你吃了人家的饭，是不是应该表示下感谢？"然后指示它，"和七哥握握手。"

盛远时立即警觉地坐远了一点：“不用，它只是借了你的光，谢你就行。”

睡不着如同没听懂一样，不伸前爪。

“它平时不这样的，可能今天心情不好。”南庭戳了戳睡不着的小脑袋，“亏得我还和七哥夸你聪明，是不是给我上眼药呢？”

盛远时见她和一只狗聊得那么认真，笑了：“让它靠边玩去吧。”

南庭很执拗地说：“不行，得让它记住你的味道，要不它怎么能和你熟起来呢？”在她看来，以后他们三个总要在一起的，必须给睡不着和盛远时打好感情基础，她蹲在地上，叫盛远时，“七哥你来。”

盛远时有不好的预感：“干什么？”

南庭朝他伸手：“来嘛。”

盛远时不得不起身。

南庭示意他蹲下来，拉着他的手探向睡不着。

盛远时本能地一缩手。

南庭猛地反应过来：“你怕它？”

盛远时并不想让她知道自己对狗毛过敏，他能够想象，一旦她知道自己宠爱的睡不着会导致她的七哥过敏，会有多为难。睡不着于她而言，不仅仅是一条宠物狗，还是一个给予她陪伴的伙伴。于是，盛远时委婉地表示：“不是特别喜欢而已。”

他这么说，南庭就只以为他对小宠物不太感兴趣，再次拉起他的手：“它很乖的，你试着喜欢它一下。”

为了南庭，试着喜欢睡不着没问题，但是……盛远时内心是拒绝的，可触及她期待的眼神，他的身体并没有躲，随着南庭的动作，小心地把手覆在睡不着的脑袋上。

本以为有主人在，睡不着好歹也会伪装一下，结果它像是极度不喜欢他碰触自己似的，突然用力地抖了抖身子，然后大声地叫起来，与此同时，盛远时就打起了喷嚏。

南庭都被睡不着的突然发作吓了一跳，她有点生气地训斥道：“再欺负七哥就把你送人。”

睡不着耷拉着脑袋，哼哧哼哧地趴下了，脑袋搭在两只前爪上，一副委屈巴巴的模样。

南庭见状又于心不忍地说：“好了好了，你乖乖的，别欺负七哥就行。”

那边盛远时已经进了卫生间洗手，南庭跟过去，见他边拍打衣服边连着打了几个喷嚏，猛地反应过来：“你不会是……对睡不着过敏吧？”

从她把睡不着带过来，盛远时几乎都在厨房，之后也是南庭给睡不着张罗饭，他还在想，只要他躲着点那家伙，似乎也能和平共处，也许时间长了，他适应了它的味道和它的毛，过敏就能好，结果，睡不着不过“虎躯一震”，他马上就有了反应。

盛远时也顾不上其他了，伸手去解扣子，直接把衬衫脱了下来，精壮饱满的身体一览无余。南庭从没见过他打赤膊，羞赧地转过了身。

盛远时把她的小动作尽收眼底，笑着指示她：“去衣柜里帮我拿件衬衫。”

南庭跑去卧室，在衣柜左侧拉门第二层看到两件白色的、没有熨烫过的、有点皱褶的全新男式衬衫，她逐一看了看，确认款式和尺码是一样的，就随手拿了一件。

她站在卫生间门口，把衬衫递进去：“给你。”

盛远时语气平淡地说：“再拿进来一些，我手湿着。”

南庭不疑有他，又往门口靠近了些，可她才伸手把衬衫递进去，就被盛远时扯了过去，根本来不及反应，整个人已经落进他赤裸的怀里。

盛远时再次吻了她，从温柔的轻吻到后来的热烈，南庭有种目眩神迷的感觉，仿佛全世界都在摇晃，只有依附着他，才能站稳。

盛远时很想更进一步，无论是大脑，还是身体，都有按捺不住的渴望，这渴望提醒他，自己对南庭的想念，可盛远时控制了这渴望，担心进展太快吓到她，所以最后，他抵着南庭的额头说：“别怕，说好了追你，就会给你适应的时间。只不过，我也难免有冲动的时候。”

从盛远时说要重新开始，南庭心里的幸福感就在不断攀升，她闻言说：“我没怕。”然后像是要证明自己是勇敢的，她仰头，主动亲了亲他的下巴。

盛远时是喜欢南庭这样的，似乎这样更多了几分从前的样子，可任由她这样下去，他无法保证自己能控制得住。他松开怀抱，抚了下她的发顶：“别考验我，我可不想在别人家里做出点出格的事来。”

南庭转过身：“那你快把衣服穿好。”

盛远时边穿衬衫边说：“你看都看了，记得负责。”

“不理你。”南庭疾步走出去。

盛远时还在笑：“我是说，帮我洗一下衬衫。”

南庭折返回来，一言不发地把他换下来的衬衫拿走了。

或许是为了缓解她的尴尬，也可能是不满意衬衫的质地，盛远时边系扣边说：“齐妙一点都不会买东西，还怪我太挑剔。”

南庭头也没回地应了一句：“你本来就挑剔。”

盛远时一时无语。

由于次日有飞行任务，他没待太晚，临走时南庭问：“你对狗毛过敏是吗？”

盛远时没办法再否认，他只好说：“有点。”

南庭皱眉头：“所以你那天……”

“那天早上它扑了我一下，应该是有毛留在衬衫上了。”盛远时低头看了看新换的衬衫，“今天换得及时，回去我再吃片药，就没事了。”然后又怕她有别的想法似的说，“抽空我去做个脱敏，问题就解决了。不用舍不得它，让你养。”

南庭咬了咬唇：“脱敏怎么做？会疼吗？”

“输个液能有多疼？”盛远时想了下，“运气好的话，吃药或许也行。”

“那我陪你去。”

"好。"

"一个人在家行吗？"

"不是一个人，还有……过敏柴。"

柴犬睡不着的新绰号——过敏柴？

盛远时笑着抱了抱她。

确认他到家吃过药，没有出现更严重的过敏症状，南庭才稍稍放了心。她看着舒舒服服霸占着大床的睡不着，不禁猜想："不会因为那晚七哥在，你和我一起睡沙发，才对七哥有敌意吧？"

南庭趴在床上，摆弄着睡不着的爪子，试图和它解释："是我让七哥睡的呀，再说，这是我的地盘，不是你的。"然后托腮想了想，"明天我去给你买个狗房子吧。"

睡不着似乎是意识到再也没机会睡主人的大床了，哼哧哼哧地撒娇，还不停地舔南庭的手，南庭顿时觉得小家伙误会自己要抛弃它了，她抚摩睡不着的脑袋："七哥都要为了你去做脱敏了，你以后可不能欺负他知道吗？尽量离他远一点吧，过敏可是很难受的。"

于是这一晚，在睡不着睡着后，南庭把原本就很干净的卧室和客厅，里里外外，认认真真地又打扫了一遍，试图把睡不着掉落在角落里的毛都收拾出来，有意杜绝一切可能导致盛远时过敏的因素。等她一身是汗地忙碌完，才看见盛远时和她道晚安的微信，她想了想没回复，有意营造她已经睡着的假象，以免盛远时看见回复问她："怎么还没睡？"

第二天南庭是夜班，盛远时则因有飞行任务早早去了机场，起飞前两人通电话，听说她要去买狗房子，他不解地问："它以前都睡哪儿？"

南庭理所当然地答："床上啊。"

"你床上？"盛远时的语气就有点不对了，"那你睡哪儿？不会它一直和你一起睡吧？"

呃……南庭其实已经想明白了，盛远时上次之所以过敏那么严重，肯定是床上睡不着的毛沾到他身上了，她懊恼地挠了挠头发："你的过敏没严重吧？"

"别转移话题。"盛远时必须要一个准确的答案，"它是不是一直和你睡？"

南庭的声音顿时低下去："是。"

盛远时坐在驾驶舱里，无语地看了看机坪，用眼角余光瞥见右座的丛林盯着自己，他没好气道："准备工作都做好了？"

丛林哪还敢溜号，老老实实地继续工作，心中却在腹诽：难怪师父说翻脸就翻脸，原来是师母和别人……睡？不可能！这绝不可能！南庭怎么看都不像随便的人！那这个"他"是谁啊？丛林觉得自己的脑洞有点不够用了。

南庭听见他迁怒副驾驶，赶紧说："我以后再也不让它上床了。"

盛远时缓和了一下语气，尽量心平气和地和她讲道理："你再喜欢它，它再听话，都只是……宠物，不能睡在主人的床上。我没有嫌弃它的意思，而是……你明白我的意思吗？"

南庭明白。只是，她一直睡不着，床空着也是空着，不记得是从哪一天起，睡不着就开始上床睡了，而她，床单换得很勤很勤的，但这话她不敢和盛远时说。南庭自己都奇怪，重逢后，为什么会莫名怕他？哪怕从她发烧那天起，盛远时始终对她格外温柔，这份温柔，是从前的司徒南从未享受过的。

这边的丛林表面在工作，却一直竖着耳朵在听，闻言松了口气似的说："原来是宠物。"

盛远时立即看向他："你说什么？"

丛林生怕被师父赶下飞机："我没说话啊，师父，我一直处于静音状态。"

盛远时沉沉地看他一眼，命令："再向塔台确认一下天气情况。"

丛林马上进入工作状态："G 市塔台，南程 1662……"

中午时桑桎过来，见客厅里多了一个狗房子：“以前不是说空间小太委屈睡不着了吗？”

南庭没说盛远时过敏的事：“它占着我的床，等我不失眠了，我睡哪儿？”

关于她睡不着这件事，桑桎说：“你现在的情况已经不属于失眠范畴了，你要试着接受‘不眠’这个名词。”

无论是失眠，还是不眠，不都是睡不着觉吗？南庭不觉得二者之间有多大区别。

桑桎也无意增加她的心理负担，没再深入地说什么，给她检查了下额头的伤，把创可贴撕了：“洗澡的时候注意点就行。”

南庭照了照镜子：“会留疤吗？”

答案是不会，桑桎却认为她的这份在意是因盛远时而起，故意说：“万一留疤就梳个刘海儿挡上。”

南庭于是扒拉一绺头发比画了一下，嘟着嘴说：“梳刘海儿不好看。”

桑桎兄长似的表态：“他要是嫌弃你，我替你教训他。”

南庭被说中心事，不好意思地笑了笑。

桑桎见睡不着在自己脚边趴下，奇怪这家伙什么时候不排斥自己了，他对南庭说：“小姨早上和我通了个电话，问了下你的近况。”

“她总拿你当我的监护人。”南庭早已习惯了小姨南嘉予与桑桎单线联系，“却忘了，我早就成年了。”

“你从来都是报喜不报忧，她不过是要听真话。况且我们同在G市，我照顾你理所当然。”然后转告她，“小姨到G市工作了，在你从A市回来的次日到的。”

“在我回来的第二天她就来G市了？”南庭特别意外，“可我去A市时，她一个字都没提过，最近我们还通过电话，她也没说。”

桑桎替南嘉予解释：“告诉你，难保你不会请假帮她安顿。”

“我不会。”南庭略带孩子气地说，“我怕她嫌弃我身上有睡不着的味道。”

桑桎失笑：“她还是不赞同你养睡不着？”

南庭微微抬眉：“她说，我把给睡不着买狗粮的钱省下来买核桃吃，会比现在更聪明。”

这话确实是南嘉予的风格：“小姨这次不是临时出差，而是以合伙人的身份常驻G市。”

“这个消息比我考试不合格还坏。”南庭把桑桎带来的水果切了一盘放在茶几上，边吃边说，“等她梳理完手头上的工作，肯定要来梳理我了。”

桑桎本意也是提醒她有所准备：“让她知道你住在这么小的房子里，恐怕……”

“我这儿哪里小了？带着睡不着都空荡荡的。”南庭读懂他眼里的心疼，“没错，我现在租的房子和我从前的卧室比都显小，可我没觉得有什么不好。原来房子那么大，其实是浪费。”

“话不是这样说的。”桑桎眼底浮现起复杂的情绪，“小姨也是不想让你吃苦。”

“我已经不可能像从前那样衣来伸手、饭来张口了。”南庭垂眸，“况且我也不想再过回那样的日子，像现在这样，有喜欢的工作，有照顾自己和睡不着的责任，很充实，也很踏实。”

最难的时候已经过去，现在这样，确实没什么不好，除了盛远时的出现让桑桎不是很舒服。他看着南庭：“你受伤的事，我没对她提起，不过要是哪天她召见你了，估计也瞒不住，她的观察力远超于我。”随后又说，“至于你的不眠，我没经你的同意，简单和她说了几句，让她有个心理准备。不用担心她承受不了，她是位坚强的女性，这一点你很像她，尤其以目前的情况来看，不眠对你的健康没有影响。”

南庭问：“要开始了吗？”

桑桎点头：“就最近吧。我和老师交流了下，一致认为还是要从你的那些梦开始。"

南庭没有异议："我听你的。"

随后两人一起吃午饭，席间，南庭突然问："脱敏怎么做？"

桑桎不解："谁要做脱敏？"

南庭不答。

桑桎就明白了："盛远时？"他忽然想到那个新的狗房子，"他对狗毛过敏？"

他太聪明了，南庭如实说："他对睡不着的气味和毛都很敏感，会打喷嚏，皮肤还会出现红和痒的症状。"

桑桎低头笑了，自言自语道："没想到，睡不着会是他的克星。"

南庭其实也觉得对狗毛过敏挺奇葩，不过，世界之大，无奇不有嘛："脱敏到底怎么做？能一劳永逸吗？"

桑桎放下筷子："简单地说，脱敏治疗就是反复注射或通过其他给药途径与患者反复接触，药剂由小到大，浓度由低到高，提高患者对变应原的耐受性，也就是使身体中产生抗过敏抗体，直到不会对过敏原有反应，或是令过敏现象减轻。"

"反复注射，反复接触，"南庭倒是很会抓重点，"是多少次？"

桑桎揉了揉眉心："这要看患者自身的免疫情况，不能一概而论。总之，脱敏需要一个过程，不是一两次就能治愈。"

南庭就有点打退堂鼓了："看来脱敏并没有那么简单。"

"但也是现有治疗过敏的最有效方法，没有之一。"桑桎以专业的角度建议，"可以让他先到医院做个检查，再考虑后续的治疗方案。当然，如果他嫌麻烦的话，你就别养睡不着了。"

南庭敏感地听出他语气中的不悦，她声音低低地说："他说让我养。"

"那就让他尽快到医院检查，否则就离睡不着远点，过敏严重是会危及生命的。"桑桎说完不再理她，继续吃饭。

去上夜班前，明知道盛远时还在返航途中，手机应该处于关机状态，南庭还是因为担心他的过敏打了下试试，直到听到关机的提示音才死心，转而打给南嘉予，响了半天她才接，不等南庭说话，她就语气很急地说：“桑桎告诉你了？行，你知道就好，我马上要开会，回头打给你。”

对于小姨忙碌的生活状态，南庭见怪不怪。

南嘉予在她挂断前说：“你和桑桎最近怎么样？”

“我们？”南庭下意识皱眉，“还那样啊。”

“还那样？”南嘉予沉默了一下才说，“他可能没告诉你，现在整个桑家都在等你过门。”

“什么？”南庭一怔。

南嘉予难得无奈地说了一句：“你让他怎么办？”

怎么办？南庭不明白。这几年，她和桑桎确实来往频繁，确切地说，除了师父应子铭，以及一众师兄，桑桎几乎是她有交往的唯一异性。如果是这样令桑家误会，南庭不禁想，或许是该和桑桎保持距离的。可他明明说，由于被家里催婚而在相亲，又是怎么回事？南庭有心向桑桎求证，想想又觉得，还是应该当面问清楚。

南庭接班时，盛远时的飞机已经着陆了，频道里，他们没有遇见。

小胖向她汇报：“一切顺利，平稳接地。”末了神秘兮兮地说，“不过估计不是你指挥，有些失望，我听声音不是很愉悦。”

意识到大家都知道了她和盛远时的事，南庭也不扭捏：“谢谢胖哥。”

小胖笑嘻嘻地对她说“再见”，下班走了。

南庭站上席位就把不眠、桑桎以及南嘉予的话都暂且放下了，甚至盛远时，她也没再去想，而是专心致志地指挥飞机：

“中南 1234，G 市塔台，复飞，跑道上有飞机。”

“海航 5678，G 市塔台，落地跑道更正为 16，重复，落地跑道更正为 16。”

“新锐 3476，损坏的飞机已被拖走，机场正在清理跑道，做好可能复飞的准备。”

这个傍晚，由于春天航空有架损坏的飞机占用了一条跑道，导致机场只有一条跑道可以降落，有不少航班延误，整个时段，南庭的精神都处于高度紧张的状态，以至从席位上下来时，她难得地有了疲惫之意，本想回休息室休息一会儿，结果才走到门口就听见里面热闹地聊着天。

一位师兄乐呵呵地说："盛总好像才落地吧，这就过来看如花了？"

那位盛总轻描淡写地说："答应陪她一起吃晚饭，也给大家带了些吃的。"

另一位年长的师兄又说："盛总别介意，我们叫习惯了，都是好意。"是在解释她如花的绰号。

盛远时大度地表示："我知道，谢谢各位平时对她的关照。"

师兄回道："盛总这么说就太见外了，如花就像我们自己的妹妹，只要是能关照的地方，兄弟们都不遗余力。"

又一位平日里就爱开玩笑的师兄说："盛总那次在模拟机训练时关照过如花后，回去没和遥控器、键盘什么的亲密接触一下吗？"

话至此，大家都笑了。

盛远时的声音里也有了笑意，他说："没办法，她让我别客气。"略显无奈的语气中透出宠爱，像是在那个时候他就和南庭在一起了，而在外人看来他的刻意为难，实则是南庭让他公事公办。

这人，什么事经他嘴一说，味道就变了。南庭站在休息室门口，有点不想进去，像是怕面对师兄们的调侃，正准备给他发条微信，同样从席位上下来的大林就过来了，问她："站在这儿发什么呆呢？"

大林声音不小，半开着门的休息室里听得清清楚楚，盛远时闻声转过身来。

他静静地站在那里，身高腿长，目光热烈，俊朗的面孔上带着隐约的笑意，像是小说里的男主角，光华满身，如星辰璀璨。

南庭忍不住就微微一笑，仿佛回到了相聚分离最为频繁的那一段时光，每次接机时的心情：期待、欣喜。盛远时见她过来了，从桌上拿起一个袋子，对众人说："先走一步。"

众管制员正对一桌子美食流口水，见状都说："谢谢盛总。"然后又对南庭说："如花快去吃晚饭，晚回来一会儿没关系的，有我们。"

大林也对南庭说："下个时段我替你。"

盛远时点头致谢，但还是替南庭说："会准时让她到岗的。"

一个小时的休息时间，当然是走不了多远的，盛远时就是想看看她，然后打算一起在车上解决了晚饭。当然，晚饭只是借口，他们并没有事先约好，依南庭现在的生活态度，必然是自己准备了晚饭的，而盛远时带了那么多好吃的过来给她的师兄们，完全是收买人心。

搞定后方，总是没错的。

南庭却提议："去瞭望台吧。"

盛远时无条件同意。

瞭望台距离塔台并不远，是看机坪和跑道最好的位置，此刻正值黄昏，平视远方，就能看到美丽的夕阳，用无处不在的光芒勾勒出空港的轮廓，镌刻下生命中的相聚与别离。

南庭抱着盛远时带来的爱心便当，轻声地说："见习的时候，我总爱在这儿看飞机起降，然后猜，你在哪架上。"

那个时候满心奢望，奢望在未来的某一天能遇见他，即便不能像从前那样无拘无束地相处，即便这辈子无缘相爱相守，至少可以像朋友一样打声招呼。

却始终没有勇气制造机会与他重逢。

此时已进入九月，夜风微凉，盛远时把从车上带出来的外套披在她身上，和她并肩坐下来，抬眼望向远处："我飞过不同的时段：晨曦、午后、深夜；看过不同的风景：彩虹、云海、冰川、火山；经历过不同的天气：雷雨、大雾、低云、浮尘、冰雹、风切变，还有霾……有那么几次，我以为那可能是我人生中最后一次透过驾驶舱的风挡玻璃看这个世界。"

飞机确实是安全的，但很多时候，旅客并不知道，自己所乘坐的飞机曾在起飞或降落时遭遇过惊险一刻，那些压力通通都是飞行员在承担。任凭盛远时飞行术再精湛，也不可避免地经历特情。那个时候，他在想什么呢？

盛远时伸手把南庭搂入怀里："当飞机平安着陆，我才发现，对于空难，我并不畏惧，在处置特情的时候，我只是机长盛远时，唯一的责任就是尽自己最大的努力确保全机旅客和机组的安全，除此之外，没有任何杂念，什么父母亲人，什么爱人朋友，没时间去想。直到我走出驾驶舱，只是盛远时，我才会控制不住地想，如果我不幸罹难，还没看你最后一眼……"

那个时候，是最坚定的，要继续找她，要坚持下去，要有个结果。

晚霞映红了南庭的眼眸，她把头靠在盛远时肩膀上，嗓音微哑："你天生就属于天空，你的双翼足以搏击风雨，这一点，我始终相信。"

他是她的七哥，她的七哥是最优秀的民航飞行员，他执飞的航班，是最安全的。在那些分别的、没有他消息的日子里，南庭每次仰望天空，都一遍一遍地这样告诉自己，既是安慰，也是鼓励。

他的蛮蛮也不是从前那个只知道玩乐的小女孩了，她已经强大到可以守护自己。盛远时偏头亲吻南庭的额头："以后还有你，为我护航守望。"

南庭抬头，夕阳遥远模糊，投在他脸上折射出别样温柔的光晕，忍不住就吻上他的唇。

七哥，你只问我，这五年想没想你，我想告诉你的是："我还是很喜欢你，像大自然的四季更替，周而复始，年年不离。"

塔台楼下，盛远时的目光落在她额头上："白天见过他了？"

还以为他没发现她额头上的创可贴没有了，南庭如实说："午饭和老桑一起吃的。"然后以开玩笑的口吻说，"要是留疤了，你会觉得丑吗？"

盛远时神色不动地注视着他，让她少见桑桎的话都到了嘴边，硬是咽了回去，改口道："别听他吓唬你，没事，即便真有事，我也不嫌弃你。"

南庭一笑，说正事："飞行员的身体素质要求很高，你们长期受到高空缺氧、低气压、寒冷、噪声、振动与加速度等环境的影响，对生理功能有特殊的要求，而脱敏并不像你想的那么简单，你不要去做了。”

他不做脱敏怎么办？让她把睡不着送人？盛远时不希望她因为自己有所失去：“也是他告诉你的？”

他语气不太好，南庭听出来了：“是我问他的。”

“不用他操心。”盛远时给她拢了拢外套，“你也不用瞎想，一个脱敏而已，还不至于影响飞行。”见南庭还要说什么，他强调，“我答应你，不会以职业生涯冒险，好吗？”

南庭拉着他的手轻声唤：“七哥。”有着撒娇的意味。

“知道我吃这套是吧？”盛远时抬手摸摸她发顶，“别闹，到点了，我回指挥中心。”

“这么晚了你不回家休息吗？”南庭想也没想地脱口说，“值夜班是我工作的常态，难道你以后都要陪我啊？”说完才回过味来，不好意思地转身要走。

盛远时不由分说地拦住她，凑到她耳边：“等以后结婚了，你上夜班，我就在指挥中心住。反正你不在家，我在哪儿都一样。”

“听不懂你在说什么。”南庭挣开他的手，跑进塔台了。上席位值班前，她又给盛远时发了信息：“回家去吧，你在指挥中心休息不好的，我只是值夜班，又不会有事。”

盛远时既不答应，也没反驳，只回复说：“知道了，安心上你的班。”

南庭不好再说什么，回想盛远时那句关于结婚的话，耳朵不自觉地热起来，平复了一下心情，她才去指挥大厅接班。

清晨七点，南庭值完最后一个时段的班，她像往常一样在休息室里做笔记，记录下这个夜班自己放飞了多少航班，又引领多少航班着陆，国内航班有哪些，外航又有哪些，记得仔仔细细，最后写下几个字：“顺利，无特情。”

晨会过后，应子铭特意留下了南庭，针对第二天去电台的事宜简单说了几句，末了问她："需要我接你一起去吗？"不等南庭回答，他又拍了下脑门儿，"看我这记性，南程盛远时肯定会接你的，我在这儿操什么心。"

"南程盛远时！"这句他在波道中的自我介绍……南庭微微嗔道："师父！"

应子铭看着面前的小徒弟，语重心长地说："我对南程盛总的印象都是坊间传的，具体他是什么样的人，说实话还真不了解。但我看你们的样子，不像刚刚认识，既然这样，我就不瞎操心了。"

南庭没有隐瞒，坦白地说："我们六年前就认识。"

"那时间可是不短了。"应子铭恍然大悟，"难怪他那么势在必得的样子，行，老相识就行，好好相处，遇到个可心的人不容易。"

南庭满心欢喜地点头："谢谢师父。"

盛远时到底还是在指挥中心待了一晚，次日因为航线问题，先去了民航局，随后又回南程开会，忙完就到晚上了，从公司出来，他没有回家，而是直接驱车去了民航小区，才把车停稳，就看见桑桎站在楼下打电话，没多久南庭就下来了，上了对方的车。

盛远时停车的位置并不显眼，南庭没有看见他。他在车里坐了很久，还是给南庭打了个电话，她很快接了，先问他："忙完了吗？"

盛远时不答反问："怎么一天都没给我打个电话？"

南庭回答："怕你和局领导在一起不方便。"

她那么懂事，有这样的考虑不足为奇。盛远时沉默了几秒，切入主题："在哪儿呢？晚上一起吃饭吗？"

那端没有马上回答，像是在思考什么。等待的那几秒，盛远时觉得自己的心都要跳出来了，有那么一瞬间，他突然很怕南庭不说实话，但是最终，还是听见她说："晚饭不能一起吃了，我和老桑刚出门。"

或许她也在那一瞬间考虑给他一个善意的谎言，她冰雪聪明，不会看不出来盛远时对桑桎没有好感，可她到底还是说了实话。

怎么会不相信她？怎么会想要去试探？她是你的蛮蛮啊，曾经满心、满眼都是你。就算你不喜欢她和桑桎来往，也不该怀疑她对你的心意。这样不自信，哪里像自己？盛远时觉得抱歉的同时，再开口时语气明显轻松不少："和别的男人在一起，还敢说得那么坦然？"

南庭轻声笑了，顾及桑桎在场，她不好明着说什么，只微微嗔道："你又不是不认识。"

"那我怎么办？"语气像个要糖吃的孩子。

桑桎看似在专心开车，可车里的空间就那么大，彼此说什么都听得清清楚楚，南庭能怎么说："以前你是怎么办的？"

"以前没你，随便怎么办都行；现在有你了，我再也过不惯单身汉的凄凉生活。"盛远时其实也不需要她回答，他径自说，"刚刚在楼下看见你们了，前一秒我还在想，要是你敢不说实话，我今晚就把你办了。"

不难听出他在"办"字上加重了语气，南庭脸红耳热，又实在问不出口，你想怎么把我办了？只能轻责道："原来是挖了坑给我跳。"想到他昨晚在指挥中心，她关心地说，"你早点回家吧，明天还要去电台。"

盛远时却不依："不行，我今天还没见到你。"

不知道是桑桎听见了什么，还是无意，他在这时偏头看了南庭一眼，当然，也有可能他是看右侧的倒车镜，是南庭敏感了。可还是想尽快结束这通电话，于是她说："我要吃过晚饭才回家，到时候给你打电话。"

盛远时不是不讲道理的人，尽管还没听南庭细讲过和桑桎的渊源，也知道他们不是普通的朋友，不过，既然南庭无意，他也不想太敏感，但还是不甘心似的加了一句："早点回来，晚了收拾你。"

通话结束，桑桎依然专注于路况，一个字都没多问。

反而是南庭先开口："你之前一直和我说你在相亲，是真的吗？"

桑桎这才看向她："怎么突然问这个？"

对象从盛远时换成桑桎，南庭的底气仿佛足了很多："你先说是不是？"

桑桎先是不说话，随后一笑："是怎么样？不是又怎么样？"

南庭想到南嘉予的话，也不拐弯抹角，一针见血地问："因为我，你在被家里逼婚是吗？"

"你听谁说的？"前方遇上红灯，桑桎稳稳停车，"如果是小姨，你就不用在意，应该是我母亲和她说了什么。"

他母亲和她小姨说？南庭一时心情复杂："你都不问问小姨是怎么和我说的吗？"

桑桎似乎了然于心："无非就是说桑家在等你过门。"他自嘲地笑了笑，"我们家那位桑总，总以为自家的门槛高不可攀。"

南庭当然知道"桑总"是指桑正远，他的父亲："是我做了什么，让他误会了吗？还是……"

"是我的问题。"桑桎把目光从她脸上收回来，投向车窗外的街道上，"我们家的情况你清楚，我能从事心理学的研究和在医院工作，是有代价的，这个代价，就是我的婚姻。"

以婚姻为代价？南庭几乎就要脱口而出："那些看似完美的上流社会的资本联姻吗？"她隐隐明白了什么，却不能苟同。因为在司徒家，司徒胜己从来都以她的喜乐为第一考量，其他的都是次要。南庭永远都无法体会桑桎的为难。

桑桎终于坦白："为了免于被他们催婚，我让你背了黑锅。"

"你是说……"

"我说我们在一起了。"

而他们同在 G 市工作，又来往密切，桑家不疑有他也是能理解的。只不过："桑总都不反对吗？我们家……他居然同意你和我？这对于他而言，太过牺牲了吧？"

她不过二十四岁，却仿佛看透了人性，或许说人性有点过了，只是看清了他父亲的为人，一个不惜以儿子的终身幸福换取最大利益的人。桑桎笑得有几分心酸："如果我以不婚相胁，他妥协也不奇怪。"

“不婚？”南庭难以想象温文儒雅的他会说出那样的话，“你不用对自己这么狠吧？”

绿灯在这时亮了，桑桎启动车：“为了做研究，也是没办法。没提前和你打招呼是不想你有负担，我本来想着，反正你也不可能见到他们，应该不会知道，却忘了小姨和桑家的联系。”

南庭别过头去，没回应。

桑桎又说：“无论别人说什么，你都别往心里去，我会找机会和他们说清楚，包括小姨。”

“那你的研究怎么办？”南庭站在他的角度建议道，“等我的治疗结束吧，也许看你攻克了一个世界性的难题，桑总就不再阻止你了。”

找到不眠的根源，再解决它，不是那么容易，过程的长短，在现阶段看来，也无法预测。至于家里，不考虑也罢。但她这个乐观的心态，桑桎是鼓励的：“为了不辜负你的这份信任，我也要千方百计。”

南庭一笑：“也就是你，换成别人，我可不敢让他研究。”她摸了摸自己的脑袋，“虽然它不太灵光，好歹也是标配。”

桑桎一笑，私房菜转弯即到，他提醒道：“给小姨发个定位。”

盛远时没有马上回家，而是致电乔敬则，约了老地方见。

盛远时先到，他是这家私房菜的常客，上到老板经理，下到服务生，都认识他，见他来了，马上有人引领他上楼，走到楼梯口，他脚步不觉一顿。

不远处安静的卡座里，桑桎面对他的方向而坐，正倾身为对面的女士倒茶，至于那个背对他的纤细身影，当然是南庭无疑，她旁边靠窗的位置，还有一个人，灰色的职业套装，头发利落地绾起，此刻正拿着手机在打电话。

原来还有别人。盛远时堵了一路的胸臆，顿时畅通无阻。只是，过去一年多，两人同在机场，从未遇到过一次，现下连吃个饭都能碰上，盛远时都担心自己这个时候出现在这里，南庭可能会误会他是跟踪她而来。

有点解释不清自己。可女朋友近在咫尺，和别的男人一起吃晚饭，他却要视而不见。这种心情，难以描述。

盛远时低头笑了笑，无可奈何的那种。就在他决定悄无声息上楼，再给南庭发个信息时，乔敬则到了，那位大哥扬声喊："盛老七！"

别说是南庭，只怕整个私房菜的人都听见了。

盛远时的脸色当场就不好看了，他回身，视线沉凉地看了乔敬则一眼。

"谁惹你了？"不明所以的乔敬则走过来，煞有介事地打量他，"不是听说快和南庭小妹妹和好了吗，怎么一点春风拂面的温柔都没有？"

还春风拂面的温柔，盛远时恨不得拿杨柳抽他一顿："你不说话没人拿你当哑巴！"

南庭闻声转身看过来，桑桎也抬头，看见是盛远时，意外的神情纤毫必现，然后，他嘴角浮现一丝似有若无的笑意，像是在质疑："这么巧？"

确实就这么巧，盛远时觉得自己的心虚没有道理。但这种局面，或多或少有些尴尬，他深呼吸，故作从容地对南庭说："我在楼上订了位置。"莫名有了几分解释的意味。

乔敬则这才发现南庭，再看看她对面坐着的男人，就有点替盛远时不舒服了，于是当着桑桎的面发出邀请："要不要一起啊，南庭小妹妹？"

"不用了，谢谢。"南庭本打算先做好铺垫，再安排盛远时和南嘉予见面，结果……事情发展到这一步，她也在想，如果盛远时不和南嘉予打招呼就走，以后还怎么见面？

南庭走过来，附在盛远时耳边说："是我小姨。"至于他是恰巧出现在这里，还是另有原因，她没有多想。

盛远时到底是沉得住气的，冷静地说："我过去打个招呼。"算是给南庭拿了个主意。

桑桎见他走过来，没有说话，只是微一点头，表示打招呼。

盛远时也是。

南嘉予似乎并没有听见乔敬则的那声"盛老七"，也没有发现外甥女带着个男人来拜见自己，还在打电话："客运合同自承运人向旅客交付客票时成立，但当事人另有约定或交易习惯的除外……”

听出来她一时不会结束，南庭试图打断她：“小姨，这是盛远时，我……”

盛远时适时按住她的手，示意她等。

南嘉予其实什么都听见了，她虽然保持通话的姿态，嘴上还在继续，却也侧头看了盛远时一眼。

只一眼，盛远时已把她看得清清楚楚，皮肤保养得很好，健康白皙，鼻梁挺直，眉眼犀利，没有画眼线，也没有涂睫毛膏，但眉毛修剪的弧度却把她性格中的强势展露无遗，是位精致、干练的女子，至于年龄，如果不说是南庭的小姨，仅看外表，两人更像姐妹，而从她刚刚的三言两语中，盛远时也听出来，她是从事法律工作的专业人士。

乔敬则看看打电话的南嘉予和坐着喝茶的桑桎，再看看站得笔直的南庭和盛远时，有点气不打一处来，他突然插话进来：“这饭还吃不吃啊？”

盛远时偏头，沉声说：“你去点菜。”

南庭也认为这样下去会令盛远时难堪，她说：“或者你先去吃饭？”

盛远时有种感觉，南嘉予并不想理自己，可因为南庭，他清楚，这是自己必须要过的一关：“那我先上去，稍后再下来和小姨打招呼。”

南庭点头。

南嘉予在这时开口：“盛远时？”相比讲电话时的干脆利落，这三个字她说得铿锵有力。

盛远时站住：“小姨您好，我是盛远时。”

南嘉予还举着手机，对他说了两个字：“留步。”

盛远时保持着微笑：“好，您继续。”

南嘉予倒没让盛远时等太久，她三言两语结束了通话，放下手机时问：“做什么的？”语气平常得像是丈母娘初次见未来女婿的常规问询姿态。

在南庭的小姨面前，盛远时自动、自觉地摘下了头顶的光环，谦逊地答：“飞行员。”

南嘉予神色不动："民航？"

盛远时站得笔直："是。"

"哪家航空公司？"

"南程。"

"中南南程？"

"是。"

南嘉予轻笑："你们那位顾总找过我，请我做你们集团的法律顾问。"话至此，她才抬眸，正视盛远时，轻飘飘扔出了四个字，"我拒绝了。"

她连中南的大BOSS顾南亭都拒绝了，又怎么会把他盛远时放在眼里？盛远时觉察到南嘉予对自己的排斥，这场问询再也进行不下去了。

等盛远时和乔敬则上楼，南庭又憋了几秒，终于还是没忍住："小姨，你为什么要这样？"

"我怎么了？"南嘉予仿佛不明白她气从何来，"我了解一下你的朋友有什么不对？"

"你明明知道我们不仅仅是朋友。"

"是吗？那在此之前我怎么都没听你提起过他？"

南庭无言以对，片刻，她倏地起身。

南嘉予突然沉声："南庭！"

桑桎马上出面打圆场："小姨……"

"你别说话。"南嘉予的目光沉甸甸地落在南庭身上，"坐下。"

南庭站着不动，胸口因生气剧烈起伏，半晌说道："我去洗手间总可以吧。"话音未落，她气鼓鼓地朝洗手间的方向去了。

南嘉予喝了口水，抬眼看着桑桎："你就这么由着她？"

我是什么身份？有不由着她的理由吗？在与南庭的这一段关系中，桑桎非常清楚自己的位置，所以一直以来，他都试图以平常心来对待南庭。

但还是感激南嘉予的认可，至少这位长辈在明知道他和南庭其实并不是那么适合在一起的情况下，没有因为家族、因为父辈，否认他的付出。

也更羡慕盛远时，即便南嘉予初次见他，没有给他好脸色，可南庭有多向着他，任谁都看得出来，而盛远时和南庭在一起，没有任何利益之上的牵涉，那种关系，是最清白，也最干净的，这对于南庭而言，才是真正的幸福。南嘉予在犹如女儿一般的外甥女的幸福面前，终会妥协。

时间早晚而已。

所以，盛远时，你比我幸运。

于是，桑桎对南嘉予说："这事恐怕还是得由着她。"

南嘉予注视他温润的眉眼，没再说什么。

然而，盛远时也有属于自己的苦恼，倒不是不能承受南嘉予的奚落，毕竟，你再优秀，也不是所有人都能像喜欢人民币一样喜欢你，尤其爱情这种事，从来也不是以优秀来衡量的。再者就是，对于人家而言，你只是"盛远时"三个字而已，人家认识你是谁啊？凭什么捧着外甥女往你跟前送？思及此，盛远时也就觉得，南嘉予的反应是最平常不过的，而他也是能够接受的，只是——

当南庭以上洗手间之名追过来，声音低低地说"对不起"时，他心里很不是滋味。

当年，她选择离开他，重逢后，在认定自己有错的情况下，她都没有向他道歉，如今却要为了南嘉予和自己说"对不起"。

盛远时握着她的手，语气温柔："说什么对不起？七哥不需要。"

南庭都快哭了："可是，小姨故意给你难堪。"

"又没打我又没骂我，就是问问我的基本情况，叫什么难堪？"他回身看看气鼓鼓的乔敬则，笑了，"再说了，又没外人。"

南庭替他委屈："她那样，比打骂还让人难受。"

"谁说的？"盛远时逗她，"你七哥是随便什么人都能打骂的吗？"

乔敬则在旁边哼了一声："别说大话，现在能打骂你的人就出现了。"

回想被叫"盛老七"那一刻的尴尬，盛远时的声音不自觉沉下来："等会儿再和你算账！"然后就要送南庭下楼："回去吃饭，好好的，不许和小姨较劲。”

南庭像个孩子似的不肯走：“我不想理她了。”

“那可不行。”盛远时半拽半抱地把她带到楼梯口，“我对小姨而言只是陌生人，她对我不热络是再正常不过的事，你要是因为这样和她闹脾气，让她接受我就更难了，懂吗？”

“可是……”

“没有可是。”盛远时好言好语地劝，“她是长辈，有她的道理，我们不妨先听听她的想法，再对症下药，况且今天见面的时机也不对，我这么莫名其妙地出现，总要给她一个缓冲的时间。”

相比盛远时的成熟，南庭多少有些冲动，好在她听盛远时的，没有继续执拗下去，老老实实地回去吃饭了，虽然面上还是能看出来在闹情绪，却没再提盛远时。一顿饭下来，也算相安无事。

至于楼上那二位，盛远时肯定是没什么胃口的，乔敬则本来就因为齐妙憋了一肚子火，后又替兄弟打抱不平：“长辈了不起吗？给谁下马威啊？外貌人品、工作人脉、家世背景，我们哪一样拿不出手？况且我们那么厉害，还能上天呢。”

以前也以为上天就很了不起。随着年纪渐长才明白，那曾经梦寐以求的四道杠，是比泰山还重的责任。盛远时沉默。

乔敬则跷着二郎腿，气呼呼地说：“你能不能给句话，我这都口干舌燥了！”

盛远时直接倒了杯酒给他：“润润嗓子。”

乔敬则端起来干了：“只要你不嫌麻烦送我回去，今天我就舍命陪你了。”

盛远时却一反常态地一口没喝，只是适时换了个话题：“她不是出差了吗？怎么你们电话里也能吵得不可开交？”

提到齐妙，乔敬则的注意力马上就转移过来了：“她是出差了，说走就走，连招呼都没打一个。然而你知道她是和谁出差吗？是个男的！”他越说越气，又干了一杯，“这可真是男女搭配，干活不累，这两人，半夜还在一个房间里待着，你说，这叫什么事？”

再继续下去，乔敬则就喝醉了。盛远时把他扶下楼时，卡座那桌已经换了一拨客人，他把乔敬则送回家，返回民航小区。

南庭的窗前一片漆黑，昭示她还没回来。盛远时就坐在车里等，没过多久，微信有信息过来，南庭说：“我回小姨家了，刚刚手机没电，走的时候没告诉你。”

其实已经料到南嘉予会直接把人“扣下”，却还是不死心地非要来看看不可，盛远时不放心地再次嘱咐她：“不要在这个时候和小姨有任何争执，那不是袒护我，而是给我制造麻烦，明白吗？”

南庭没回复。

盛远时有心打个电话过去，又担心她不方便接。忽然有种早恋怕被家长发现的错觉。这种感觉，也是无奈极了，只能再发一条信息，以恳求的语气说：“蛮蛮，听我的话。”

南庭才不情不愿地说：“知道了。”

盛远时又坐了片刻，开车回家。

南嘉予刚从书房出来，南庭转身就要回卧室，一副不想和她说话的样子。

南嘉予也不生气，一改先前的犀利，语气温和地说：“没什么要和我说的吗？”

南庭想着盛远时的嘱咐，忍了忍：“没有。”

南嘉予了然一笑：“他教你的吧，别在这个时候和我起冲突？”

南庭深深觉得自己身边的每个人都太精明，她在卧室门口站了会儿，又折返回客厅的沙发上坐下：“小姨，你为什么不喜欢七……盛远时？”

南嘉予也在单座沙发上坐下：“我什么时候说过我不喜欢他了？”

南庭撇嘴：“还用说吗？你的态度就代表了一切。”

南嘉予的目光落在南庭的额头上，嘴上则说："难道我一见到他，就一副恨不得把你嫁给他的姿态，才表示我喜欢他？"

这么说好像也有道理，南庭不确定地问："那你是不讨厌他的？"

"就见这么一面，还谈不上喜欢和讨厌。"话至此，南嘉予没再继续，改而问她，"额头上的伤哪儿来的？"

去私房菜前，南庭故意用头发遮了遮，试图瞒天过海，结果晚饭气氛那么差，事后南嘉予还让她过来住，她就把这茬儿忘了，不过转念想到是盛远时救了自己，南庭就不准备瞒了，把台风那晚的事一五一十地告诉了南嘉予。

南嘉予听完没有急着评价盛远时英雄救美的行为，而是先问："桑桎怎么说？会留疤吗？"

南庭老实地答："他说如果留疤就让我剪个刘海儿。"

南嘉予笑了笑："那就没事。"

南庭也不好直言替盛远时邀功，那太明显了，她没再说什么。

南嘉予把手里的钥匙给南庭："从这里到机场也很方便，那边的房子退了吧，搬过来住，我们娘儿俩也有个伴。"

南庭内心是拒绝这把钥匙的，或许是习惯了一个人，或许为了盛远时："你那么不喜欢睡不着，我还是带它单独住好了。"

南嘉予硬把钥匙塞给南庭："如果只是狗的问题，那我可以告诉你，为了你，小姨能忍，要是还有其他原因，就给我明说。"

南庭摆弄着钥匙，没吭声。

南嘉予还有工作要做："给你添了几件衣服，在衣柜里，去试试合不合适。"

南庭笑着说："谢谢小姨。"

南嘉予掐掐她的脸："和小姨不用说谢。"

临近十点，南庭见南嘉予还没有休息的意思，她站在书房门口，探着个小脑袋说："要吃消夜吗？我来弄。"

南嘉予平时是不吃消夜的，但想到南庭晚饭基本没吃几口，她说：“那就煮个面？”

南庭一笑：“再加个蛋。”

南嘉予很少自己做饭，而无论是工作还是生活，她都是个极挑剔的人，但对于外甥女的厨艺，她却持鼓励态度，边吃边说：“味道还不错，我为低估你道歉。”语气像朋友之间的闲聊。

南庭笑得温暖：“是因为没有对比，你才能将就，要是你吃过七哥煮的饭……”她意识到自己有点说多了，忙住了口，怯怯地抬头瞄了南嘉予一眼。

南嘉予像是没有听出什么似的，继续低头吃面，隔了会儿才问：“盛远时会烧菜？”

南庭“嗯”了一声，小心翼翼地说：“还烧得不错。”

南嘉予抬头：“所以你的胃已经被征服了？”

南庭与她的目光一对，扯了个小谎：“哪有？我和你一样，挑剔得很。”

南嘉予皱眉的表情明显是不太相信的意思，嘴上则说：“那最好。”

接近凌晨，南嘉予才忙完，从书房出来后，她走到次卧门口，里面静悄悄的，一点声音都没有，她在外面站了片刻，还是轻轻地推开了门，边轻声地唤“蛮蛮？”边往床边走。

南庭根本就睡不着，可为了免于南嘉予担心，她才关了灯，一直在床上躺着，此刻听见小姨叫她，人也往床边走过来，她把床头灯打开了：“小姨，你怎么还不睡？”

南嘉予在床边坐下，把她躺得有点乱的头发捋了捋，别在耳后：“你不也没睡吗？”

南庭看了看她：“桑桎怎么和你说的？”

南嘉予看着她的小脸：“他只说你失眠，但到什么程度，我还是想听你来告诉我。”

南庭垂眸："我现在整夜都睡不着。"然后生怕南嘉予担心，她又急急地说，"但我的健康状况和白天的状态，都没有受影响。"

南嘉予虽然因为桑桎的话有了些许心理准备，可听到她说整夜都睡不着，还是很震惊："从来不觉得困倦和疲惫吗？"

"偶尔会有那些感觉，不过躺一躺，就会缓解。"

"从什么时候开始的？"

具体是从哪一天起一点都睡不着，南庭也记不清了："在养睡不着之前。"

所以，"睡不着"这个名字，是这么来的。而她养那条柴犬，已经有一年多了。南嘉予把她搂在怀里，像是母亲安慰女儿一样："不怕，有小姨在。"

南庭回抱着她："小姨，你也不用怕。"

南嘉予怎么能不怕？尽管桑桎一再强调，她目前的身体很健康，可这世界上，又有几个人是不用睡觉的？不眠！南嘉予自认是坚强的人，可这个陌生的名词还是令她感到胆战心惊。

"不管是工作还是爱情，都要建立在健康的基础上。"南嘉予抚摩着南庭的脸，"你现在的首要任务是治疗，像上次那样勇敢地面对，让你妈妈知道，你会好好地生活。"

南庭笑了："我知道啊。"

"既然睡不着，就别一直躺着了，像在你自己的地盘那样，想干什么就干什么，小姨没那么矫情，我困了的时候，地震都吵不醒。"

南庭听她这样说松了口气，等南嘉予回房休息了，她在书房看书，在网上查关于不眠的一些信息，天亮后又掐着时间，就着冰箱里的食材做了早饭。

盛远时的信息是在早上六点多过来的，他说："给我个定位，去接你。"

南庭于是把早饭做好，放在餐桌上，悄悄出门。

听到外面房门落锁的声音，南嘉予从卧室里出来了，她走到窗前，看到一辆白色路虎停在楼下，然后，南庭从单元门里跑出去，扑进盛远时怀里，对方抚摩过她的脸，又亲了亲她的额头。

南嘉予神色不动地走到餐桌前，看着上面热气腾腾的粥、鸡蛋饼，以及用黄瓜拌的小凉菜，眼眶一热，她坐在餐桌前，一口一口地吃着外甥女做的早饭，半晌，才自言自语：“姐，你看，她已经长大到都能照顾我了，你放心了吧？”

南庭穿了条白蓝相间，及膝的木耳边装饰的连衣裙。这是他们自重逢以来，她第一次穿裙子，除了头发比以前长了，笑起来的样子，比年少时漂亮生动的司徒南更妩媚动人，盛远时忍不住吻了她。

看时间还早，两人一起吃早餐，听南庭把和南嘉予的对话复述了一遍，盛远时并未觉得欣喜，反而意识到：这位小姨，不简单。她非但没有凭借血缘的关系给南庭施压，反而安抚住了南庭，估计是考虑到了万一南庭反弹，会影响两人的关系，把南庭推得更远。

果然是学法律的，看问题比较全面，也更缜密。盛远时觉得遇到了对手，先前还天真地计划在六年之约到期时向南庭求婚，此刻顿觉压力山大。

两人到电台时时间还早，盛远时提议等应子铭到了再一起进去，南庭当然是没意见的。没过多久，应子铭就到了，盛远时和他握过手后，姿态谦逊地与之交谈，南庭默默跟在他身边，觉得温暖踏实。

等盛远时和应子铭师徒进入直播间，节目负责人和他们简单地沟通后，生怕嘉宾紧张，贴心地安慰道：“今天的两位主播都是很有经验很会带动气氛的，几位放松就行。”

盛远时和应子铭都是见过大场面的人，内心和面上一样从容淡定，南庭则是第一次参加节目录制，尽管出镜的只是声音，还是紧张到不停地看提纲，丝毫没有上席位时的自信。

应子铭见状对盛远时说：“刚到塔台那会儿，也是成天抱着书本看，要么就是埋头做笔记，我都担心她得颈椎病。”

盛远时听着，仿佛也跟着经历了南庭从见习一步步走向放单的过程，他感慨似的说："她这几年，变了很多。"

应子铭当然不知道从前的南庭是什么样子，但他是过来人，能从南庭眼里看破很多事，尤其是微笑背后的坚强，于是他说："人越长大，越不容易快乐了。"

盛远时看着应子铭有了白发的鬓角："您家是男孩还是女孩？"

"是个儿子，叛逆得很，他妈成天和我说，要我多管管。"应子铭说着，神情中多了几分苦涩与为难，"可我哪有时间啊？整个塔台，有执照的管制员只有 16 位，根本退不下来。"

面前这位是有着 20 年指挥经验的老管制员，连他自己都记不清指挥过多少航班，经历过多少特情，可对职业的热情与担忧，却始终如一。对于应子铭，盛远时多了几分佩服与尊敬，也庆幸南庭能遇到这样一位好老师，既给予她工作的指导，更给了她生活的关照，于是他发自内心地说："您辛苦了。"

似乎是听懂了他的语带双关，应子铭笑了："都是应该做的。"

此次针对即将到来的十一出行高峰，电台分期邀请公路、铁路、民航的精英人士录制节目，南程作为最近风头正劲的热门航空，首先被关注，而有了帅气的机长，怎么能少了空管美女？于是，这一期节目就是飞行员与空管穿越电波的一次 PK。

主持人子清很快来到直播室，见到身穿飞行制服的盛远时，眼睛带笑，声音甜美："盛总好，我是子清，稍后的节目由我主持。"然后主动伸出了手。

盛远时绅士地伸出手，轻轻与之一握，收手时介绍应子铭："这位是 G 市机场塔台管制室管制主任应子铭老师。"

子清和应子铭握过手之后，看向南庭时，带着些许激动地说："塔台第一位女管制员，南庭。"言语中笑着握住了南庭的手，"听说女管制员不多，我特别佩服你。"

南庭有点不好意思，她谦虚地说："就因为女生少，我才有机会。"

盛远时闻言，眼底有了笑意。

距离节目开始还有几分钟时，另一位主播才姗姗来迟。当南庭看到走进直播室的，正是前几天才在航站楼见过的林如玉，她下意识看向盛远时，盛远时安抚般点了点头，仿佛事先就知道。

可他才把人家列入黑名单，现在又以嘉宾的身份和人家一起录节目，南庭有点不敢想这期节目录制的艰难了。

相比南庭的意外，没去成纽约，被别人顶了学习名额的林如玉更是满腔愤怒，尤其接到这个工作任务，得知自己要替那位临时被抽调去纽约的主播接档这期节目，而做客嘉宾又是盛远时和南庭时，她差点当场和领导翻脸。

子清对此并不知情，到时间时，她先开场："各位听众上午好，又和大家见面了，我是主播子清，今天我的搭档是我们电台的第一美女主播如玉。"

当录制开始，林如玉像换了个人似的，语调优美地和听众打招呼，然后顺理成章地切入主题："对于机场和飞机，我们都不陌生，那么今天做客我们直播间的就是与这二者有着紧密联系的人，都说一物降一物，他们是如何彼此降伏的呢？精彩马上开始。"

广告和简单的介绍过后，进入问答环节，子清先提问盛远时："作为一名飞行员，请问盛机长，您每次登机时拎的小黑箱子里装的是什么呢？"

提纲盛远时看过，对于他这位老司机而言，那些问题都太浅显，根本不需要做任何准备，他闻言简明扼要地答："箱子里装的主要以手册为主，在飞机上必须用到的工作手册，还有耳机、证件等工作所需要的东西。"

林如玉接下来又问了一个问题："那么多工作手册，遇到危险的情况，来得及翻吗？"

这是提纲上没有的问题，却也难不住盛远时，他神色平静地答："不是遇到所有的情况都需要翻手册。"他注视着林如玉，指了指自己的头，"也有记忆项目。”看似是在回答问题，又像是提醒她凡事动脑，想好后果。

林如玉看向他的目光有不满和怨恨，但终究问道：“飞行需要听空管的吗？”

盛远时笑望着南庭：“这是必须的，飞行的全程都要听管制员的指令，怎么飞，飞哪里，飞多高，都要管制员指示。天高任鸟飞，但不是任我们飞。”

这明明是事实，但林如玉是外行，再加上有之前的冲突，她越发觉得盛远时的那句“天高任鸟飞，但不是任我们飞”是在提醒她什么。

子清对于两人之间的暗潮汹涌全然不知，被林如玉抢了一个提问盛远时的机会，她还不能当场表现出来，只能微笑着继续：“管制工作会很枯燥吗？具体都做些什么呢？”

应子铭本想让南庭作答，带她来就是给她锻炼的机会，他一个老头，相信听众也没什么期待，但南庭却示意他先说，应子铭就简单地介绍了一下管制员的工作内容。或许是觉得确实挺枯燥的，担心听众都睡着了，他举了个小例子：“这份工作也是充满了人情味的，有时候遇到外航的飞行员，飞到北京区的时候，他们会很有兴趣地对我们说：‘能给我指指长城在哪儿吗？’如果天气晴好，他们可能会找一找，要是真的看到了，他们会觉得非常壮观，还跟你分享他的心情。”

确实很有爱，子清听得笑了，又问南庭：“平时工作的时候也是有电脑辅助吧，屏幕上的那些斑斑点点是什么呢？”

“除了耳机、话筒，我们工作时必备的工具是雷达。”南庭很认真地说，“雷达屏幕上显示的都是雷达信号，每一个点代表一架正在执行任务的航空器，就是飞机，上面承载着包括机组在内的上百人的生命安全。”

节目就这样看似有条不紊地进行着，子清都是按照提纲走的，除了喜欢多向盛远时提问外，一切如常。林如玉却总不按常理出牌，问些相对敏感的问题，比如，她会问盛远时：“听说你们的收入很惊人，不介意给听众朋友透露一下吧？”

子清拿胳膊碰她一下表示提醒，林如玉假装不明白。

盛远时则说："如果把收入和责任、压力放在一起衡量，尤其是在经济社会发展的当今，我们的收入也不算特别高。"

林如玉还会问南庭："听说空管都很任性，根据自己方便指挥，你任性过吗？遇到极端的情况，或是气焰嚣张的机长，你怎么管制呢？"

南庭用眼角余光瞥见盛远时看着自己，她说："波道中的交流通常都是很顺畅的，机长会听从我们的指挥，遇到特情，也会很好地配合，以飞行安全为第一考量。我们有规定的术语，为的是用最简明的语言，来表达出最准确的意思，确保航空器的平安起降，不会只考虑个人方便。"

林如玉不罢休地盯着南庭，以挑衅的语气问："相熟的机长和空管打招呼也能插队先飞吧？比如对象是我们的嘉宾——盛机长。"

插队的问题没毛病，但刻意把盛远时扯进来，用意就不言而喻了。林如玉这样拿盛远时做文章，激化着彼此的矛盾，再结合前一晚南嘉予对盛远时的奚落，南庭顿时涌现出一股不平的情绪，她在一个收听率很高的节目中，注视着盛远时，冲动地说："如果是他，我会同意。"

原本要发声，替她解围的盛远时沉默了，应子铭也是一怔，林如玉则得逞般没再继续下去。子清见气氛不对，马上打圆场："我们南庭管制员太会开玩笑了，盛机长有没有很荣幸呢？"然后她一笑，"那么接下来，南庭给我们的听众朋友一个标准答案吧，或者这属于行业机密？"

盛远时感激地朝子清点头，随后以眼神示意南庭，南庭在应子铭隐隐责备的目光中赶紧说："飞机的前后顺序是根据航班时刻，由各个公司向总局先申请，给批复之后大概有一个顺序，还有专门的流量部门，负责排序，所以谁先飞，谁后飞，不是看空管心情，也无关相熟与否，是有起码规则的，作为管制员，我们必须遵守。"

一个小时的节目就这样有惊无险地录制完成，子清主动上前找盛远时合影，出于对她救场的感激，盛远时没有拒绝，而且请应子铭和南庭一起拍了合影，才退出了直播间。

应子铭问子清："刚刚不是直播吧？能剪辑吗？"

“不是直播，应老师。”子清了然一笑，“我会和剪辑师说的。”

应子铭松了口气。

南庭朝子清躬身说：“谢谢你。”

子清赶紧扶她一把：“没事的，第一次录嘛，难免紧张。”说完引导应子铭往外走。

南庭跟在两人身后，经过林如玉身边时，听见她说：“为了盛远时，还是那么没原则啊。”

南庭停步，抬眸看向妆容精致的林主播：“机场那件事，导火索是你自己，我不会道歉，也没什么可解释。至于我是帮旅客拎包，还是做管制，也是我自己的事，没有妨碍到你，希望以后再见面时，不会成为你攻击我的武器。至于黑名单，我虽然觉得没必要，可事情已成定局，我还是尊重他的决定。就像你说的，航空公司那么多，你也不是非南程不可，希望这件事到此为止，你不要再和他起冲突，毕竟，要说得罪你的人，那也是我，和他没有关系。”

林如玉领教过了盛远时的厉害，确实也不敢轻易招惹那位，但是，她说：“就因为他把我列入南程黑名单，我失去了去纽约学习的机会！”她说着，眼睛都红了，“你知道那是多么难得的机会吗？你知道我有多努力才获得了这次机会吗？司徒南，像你这种不劳而获的人永远不会懂，我们这种没有背景的人，在职场有多难！”

确实是难，可这种难并不完全是没有背景造成的吧？从迈进空管学院那一天起，南庭认为，人生最难的事情只有一件，那就是接受，接受生活赋予你的所有的坏。但这些，她不会说给林如玉听，所以最后，南庭只诚恳地说了一句：“以前，对不起了。”

对不起没有用心来交朋友；对不起利用了你的心理，让你陪我打发了那么多寂寞又珍贵的年少时光；对不起再也不能成为朋友。

在回去的路上，盛远时问她和林如玉说了什么，南庭不答反说：“你别再和她过不去了，她也挺不容易的。”

她的这份同情心，盛远时颇有些无奈：“今天是她为难我们在先，我已经什么都没说了，否则，就凭台长姓乔，她马上就会下岗，她却还不知收敛，在临近尾声给你挖坑。”想到南庭那句会让他先飞的话，盛远时也是喜忧参半，“你不应该那么说，我也不可能让你那么做。”

南庭没有告诉盛远时，自己之所以那么说，只是想让他知道，在她心里，他最重要。

到了塔台，应子铭把南庭叫到了办公室，他身为师父，第一次冷下脸来训斥南庭：“你身为管制员，在那样的场合下，怎么能说出那么任性的话？你知不知道说错一句话，是可能影响整个管制生涯的？”

南庭从没见他发这么大的脾气，自知有错的她，半句反驳都没有。

见她低头不语，应子铭叹气：“你和盛远时的关系大家都知道，这要是听不见广播也就罢了，要是被业内人听见，让别人怎么想你？这样一个公私不分、没有原则的管制员，下达的指令，以后谁还会听？小南，你有没有想过？”

南庭当时确实没有想到这些：“师父，我知道错了。”

应子铭是真的动气了，他转过身去：“你回去等处罚吧。”

第二天，南庭就接到了停岗通知，随后被调去团委，协助林主任做宣传和培训工作去了。

第三天，在航站楼碰上程潇，那位问她：“什么情况？就因为说了句会让盛远时先飞就遭受了停岗这么严重的处罚？你们塔台也太不人性化了。辞职，来我们公司做签派。”

第四天，录制的节目播出了，从那一天起，关于南庭和盛远时的流言蜚语开始在坊间传了起来：

“听说塔台那位女管制员曾经死缠烂打追过南程的总飞行师。”

“不是追过，是现在还在追，去电台上节目的时候还在表白。”

“天天坐盛总的车上下班，估计是睡过了。”

“没睡过，盛远时能为她在航站楼发威吗？还把人家列入黑名单了。”

但其实也不完全算是空穴来风，盛远时作为很多女性的男神，身边突然多了一个人，南庭被猜测、被议论、被诋毁，不足为奇，她并没觉得有什么不能接受，反正当年司徒家破产时都经历过，可当无意间听见有人说“那个管制员原来姓司徒，是原来A市一家挺有名的私企千金，后来家里破产，她爸自杀了……不知道为什么连名字都改了，估计是她妈改嫁了吧”时，南庭就没办法假装听不见了。

南庭的神志仿佛被冰凉的雨水浸漫，整个人渐渐地失去意识与知觉，进入了一种隐隐恍惚又好似无比清明的状态。

夏天的雨，总是来得特别急，沉闷的雷声过后，天像塌了似的，顿时倾泻下来瓢泼大雨，雨点密集得令车窗外腾起一层朦胧的水雾，阻碍了正常的视线。

一道温柔的女声提醒道：“别开太快。”

司机闻言，语气恭敬地答：“好的，夫人。”

后座的女孩趴在车窗前，努力地看向外面：“妈妈，好多人都被雨淋了，跑着找地方避雨呢。”

女人把她抱在怀里，轻声说：“相比那些被雨淋的人，我们是不是很幸运？”

一个把没有被淋到雨视为幸运的人，心地该有多善良？司机都不自觉笑了。但车内的女孩似乎不是特别认同妈妈对幸运的定义：“幸运吗？那应该等我们到家再下雨。”说着，她还歪着小脑袋看向外面，苦恼地说，“雨下这么大，车又开得这么慢，我都不能马上见到爸爸了。”

女人微笑着建议：“要不我们先给爸爸打个电话吧。”

“好啊。”女孩高高兴兴地拿起妈妈的手机，邀功似的说，“爸爸、妈妈的手机号码我都能背下来，不用翻通讯录。”

女人夸奖道：“蛮蛮的记性真好。”

被表扬的蛮蛮眨巴着大眼睛说："我是死记硬背的，万一哪天我被拐卖了，才能找机会给爸爸、妈妈打电话嘛，要不然怎么给你们报信儿呢。"

女人轻笑："你乖乖地待在爸爸、妈妈身边不乱跑，怎么会被拐卖？"

"电视里是那么演的呢，放学路上都可能被坏人拐走，然后这辈子再也见不到爸爸、妈妈了。"她说着，像是被遗弃了似的，可怜巴巴地搂住了女人的脖子，"蛮蛮可不要离开爸爸、妈妈，那样蛮蛮会活不下去的。"

女人抱着女儿的小身子，安抚道："爸爸、妈妈不会离开蛮蛮的，蛮蛮不要怕。"

女孩应该只是调皮撒娇，听见妈妈的保证，她眉开眼笑地拨号，给爸爸打电话。

滂沱大雨肆虐般倾盆而下，女人看着风挡玻璃前不停工作的雨刷，心口没来由地一窒，正要再次提醒司机慢一点，丈夫的声音透过手机传过来，轻声地唤她："嘉清……"

一道长龙似的闪电在这时出现在天际，伴随着女儿甜脆地喊爸爸的声音，女人看见司机猛地向右打方向盘，她根本听不见外面的雨声和轮胎抓地的尖锐声响，只是本能地用自己的身体护住女儿，"砰"的一声巨响，他们的车子被一辆货车撞击，拖出了很长一段距离……

"嘉清，你们到哪儿了？家里这边刚刚下雨了，要是还没出发，就不要急着回来了……"

我们已经出发了，但是……我再也回不去了。

变了形的车、一地的碎玻璃，还有从抱着自己，一动不动的妈妈身上流下来的血……蛮蛮声嘶力竭地喊："爸爸，救妈妈，快救救妈妈……"

头颅内的压力像高压水管爆裂一样，水雾弥漫了所有的神经和思维，甚至连肌肉都痉挛了，南庭下意识地伸手去抓掉落在车里的手机，可那手机明明近在咫尺，她却怎么都抓不到，她想喊，她努力地让声音传出喉咙，然后在清醒的瞬间听见自己用从未有过的声音喊着："妈妈！"

外面传来急促的敲门声，齐妙焦急地喊："南庭，你怎么了？你再不开门，我要撬锁了！”

睡不着好像也很着急，它没有叫，只是在门和客厅之间哼哼着来回转圈，似乎急切地想让外面的人进来，见南庭猛地坐起来，它颠颠地跑过来，用头一下一下地蹭主人的腿。

南庭喘着粗气在沙发上坐了片刻，意识才完全恢复过来，她先看了眼时间，才抬手摸了摸自己的脸，却分不清那上面的液体是汗还是泪，她想拿条毛巾擦一擦，结果才一起身，腿软似的一下子跪在地板上，一不小心把茶几上的玻璃杯碰掉了。

齐妙听见屋里的声响更着急了：“南庭，你怎么了？南庭！”

南庭顾不得膝盖处的疼，胡乱抹了下脸，扶着茶几站起来：“来了，妙姐。”一开口，发现声音都哑了。

房门打开，齐妙看到脸色苍白如纸的南庭，松了口气的同时又很担心：“老七说打你电话没人接，让我过来看看你在不在家。”结果才到门外，就听见她喊了一声什么，敲门又一直没人应。

南庭浑身无力，为避免让齐妙看出异样，她把身体靠在门上：“我睡着了，没听见手机响。”

齐妙皱眉：“你没事吧？是做梦了吗？老七在国外回不来，有事和妙姐说。”

南庭一笑：“做了个噩梦，吓到了，没别的事，我这就给七哥回电话。”

齐妙还是不放心：“真的没事？”

“真的没事。”想到齐妙之前出差了，她问，“你什么时候回来的？”

“下午才到家，睡了一觉，被老七的电话吵醒的。”

“给你添麻烦了，妙姐。”

“说什么呢，这不是一家人吗？”确认她安然无恙，齐妙就回去了，“有事喊我。”

南庭答应下来，回想齐妙那句“一家人”的话，梦里冷掉的心开始一点点回暖。

手机响起来，不用看来电显示也知道是盛远时，睡不着见南庭站在门口不动，把手机给主人叼过来了。南庭却好像挪不动步似的，倚着门蹲下来，接过手机。

那端的盛远时显然是担心坏了，接通后急切地问："怎么一直不接电话？在家吗？"

南庭用手搓了搓脸："我在沙发上睡着了，没听见手机响，妙姐敲门才醒。"

盛远时不疑有他，只听出她声音不对劲："哭了？"

节目录制那天傍晚，他就上航线了，由于是执行国际航班，两人倒有几天没见面了，可即便身处国外，对于她被停岗的事，他也了如指掌。准确地说，当南庭在节目中说出那句话，盛远时已经料到应子铭必然会给她那样的处罚，以示惩戒。

其实可以动用职权把这事大事化小，小事化了，毕竟只是一期电台节目，并不是她在实际工作中犯了错。但盛远时相信，南庭是不愿意他那样做的，尤其子清也算帮着化解了，他又适时和电台那边打了招呼，正常情况下，事情不会再恶化。

令大家都没想到的是，节目确实剪辑过了，却不是把南庭那句"如果是他，我会同意"剪掉，而是把子清救场那段剪掉了，所以，节目一经播出，"没原则管制"火了，然后，那些不堪入耳的流言开始在G市空港传开。

肯定是林如玉的手笔，南庭却无意追究："在你眼里，我是个被停岗就要哭鼻子的人吗？"

对于她的心理承受力，盛远时还是有信心的，他没有出言安慰，只问："今天做什么了？"

"和林主任去高校做活动，看到很多学生特别有兴趣的样子，觉得让更多的人了解管制职业，了解民航业，是件很有意义的事情。"这种感觉有效地缓解了被停岗的失落，也让南庭意识到，自己对管制工作的热爱，以及说出那样的话，错在忽略了身为管制员的专业性，是对管制职责和操守的亵渎，所以，对于应子铭的批评和处罚，她不再抵触，而是欣然接受，南庭只希望，还有改正的机会，还能重回指挥大厅，“是我太任性了，还要你和师父替我善后。”

盛远时语气温柔地说：“谁让我是你七哥呢。”然后自嘲一笑，“可惜办砸了，一个小小的剪辑师，竟然没搞定。”

“七哥。”

“嗯？”

“算了。”

盛远时没答应，也没拒绝，只是换了别的话题和她聊了很久。为避免再引起一场风波，南庭自始至终都没有提那些流言蜚语，直到通话结束。

静静地坐了片刻，她给桑桎打电话：“我和我妈遭遇车祸那一刻的细节，我想起来了。”

城市那端已经躺上床的桑桎倏地坐起来：“你是说……”

南庭垂着头：“就在之前，我竟然睡着了，前后不过四十分钟，我梦见了车祸发生时的情景。”眼泪控制不住地掉下来，她哽咽，“她前一秒才说不会离开我……”后一秒车祸发生时，身为母亲的南嘉清用自己的身体护住了女儿。

那一场车祸里，司徒家的那位司机当场死亡，南嘉清却坚持到了司徒胜己赶来，可惜，她没能和丈夫说一句话，心跳就停止了，经过一系列的抢救，医生终是宣布了死亡。

南庭却奇迹般毫发无伤，只不过，除了记得和南嘉清一起遭遇了车祸，事发经过她完全没了印象，如同失忆般忘了个干干净净。司徒胜己已经失去了挚爱的妻子，他太怕女儿再出什么事，直到经过观察发现，南庭除了缺失了那可能只是几分钟的记忆外，再无异样，才终于放心。

从那一天起，没有谁再提起那场车祸，直到十多年后，南庭在那些祸及父母的流言压力下，在梦里记起了所有。

“是我，是我偏要回家，外婆那么留我们，说再多住一天，我却说想爸爸……明明都快到家了……”南庭说不下去了，她在出租屋里，像个无助的孩子一样，泣不成声。

桑桎到底还是放心不下，连夜赶了过来。

南庭的眼睛还红着，但情绪已经稳定下来。桑桎看见桌子上那本手抄的经书，还有另一本厚厚的笔记本上南庭字迹的版本，眉心不觉一皱：“这是你抄的？”

南庭点头：“没事的时候我就抄两页。”

那何止是两页，距离她从A市带回这本经书才一个多月，她已经抄了差不多一本了。可如果这样能让她平静下来，桑桎也觉得没什么不好。

她的自我修复能力，不是一般人可比。

桑桎提议：“今晚借助催眠休息一下吧。”

南庭摇头：“我不困。”

桑桎抬腕看表，夜里十一点：“这个点，该是休息的时间。”然后洞悉她心思似的说，“深度睡眠应该不会做梦。”

他人都过来了，不给她催眠成功怕是不会罢休，南庭妥协：“那你不用在这儿守我一夜，等我睡着就回去吧。”

桑桎点头，拿出从楼下便利店买来的一包蜡烛，等南庭在床上躺下，他关了房间所有的灯，在一片漆黑中点燃了蜡烛。

南庭见他被晕黄温暖的烛光笼罩，微微笑了：“催眠还这么浪漫吗？”

桑桎端着蜡烛走近，在一个不远不近的距离坐下来，半真半假地答：“还不是担心你抵触？”

南庭喃喃自语：“上次催眠不是这样的？”

桑桎没有避讳，坦言：“上次你的心理压力没这么大。”

南庭闭上了眼睛。

桑桎却说：“看着烛光。”

南庭睁开眼睛看过来：“我放松不下来。”

桑桎很有耐心地引导她：“小姨那天回来说什么了吗？”

“她说她对盛远时不喜欢也不讨厌。”南庭看向墙上桑桎被烛光投射出的影子，“但我觉得她没说实话。”

“为什么这么想？”桑桎似乎是真的没想通，“毕竟她只见过盛远时一面，在不了解的情况下，那样的情绪并不奇怪。”

“可能是我想多了吧。”

“慢慢来。”

“嗯。”

“烛光刺眼吗？”

“还好。”

“看到了什么颜色？”

“白色和红色。”不等桑桎说话，南庭突然问，“你离火光那么近，不热吗？”

桑桎意识到今晚对她的催眠不会那么容易：“刚刚的梦，还记得吗？”

“记得很清楚。”南庭有点回避烛光，不自觉地把目光投向了天花板，“当时雨很大，那辆货车是从左边的路口驶出来的，速度很快……”

而司徒家的车是直行，虽然因为南嘉清的提醒，车速并不快，可当时是绿灯，司机并没有减速，直到发现左侧路口快速驶过来的货车没有刹车的迹象，才试图打方向盘向右避险。

还是没来得及。

那辆货车径直撞上来，推着司徒家的车，驶出上百米远。抢救南嘉清的医生说，如果早点送来，可能还有救。货车司机却在事发后弃车逃逸，没有第一时间打急救电话。

或许是受不了良心的谴责，或者是意识到终逃脱不了法律的制裁，在事发一周后，司机自首，司徒胜己才知道，对方是酒驾。

肇事司机的家人上门求司徒胜己，他们跪着哭，说司机是家里的支柱；说没了他，一家老小都活不下去；说他们做牛做马都愿意；说南嘉清已经死了，就算司机赔命，她也活不过来了；他们不停地说对不起……

却换不回南嘉清的命。

小小的司徒南仿佛一夜之间长大，她没有哭，憋着眼泪说：“永不原谅！”

或许也是从那一天起，司徒南再无法接受和说出“对不起”这三个字，直到十几年后的这一夜，桑桎才知道，“永不原谅”是司徒南对自己说的。

“那是一场意外。”桑桎的声音如同从遥远的地方传来，有些空灵，又平静、平稳到有安定人心的力量，南庭听见他缓慢地说，“司徒叔叔和我说过，原本那天天气很好，你妈妈提前和他通电话，说要带你回去了，司徒叔叔确实有心让你们多住两晚，你知道，那个时候你外婆还没有接受他，他不能陪你们回去，你妈妈又不想留他一个人在家……”

当年，南家二老不同意南嘉清和身为孤儿的司徒胜己结婚，南嘉清却毅然决然地追随司徒胜己走了，嫁给他，陪他创业，还给他生了一个可爱的女儿。

司徒南的到来，缓和了南嘉清和父母的关系，她终于能回娘家了，唯有司徒胜己一直不被接受。为避免妻子为难，司徒胜己就以忙为借口，让司机送她们母女回南家。南嘉清心疼丈夫的退让，虽然她也带司徒南回娘家，却从不多待，一般只住一两晚就走。

随着司徒南渐渐长大，小家伙开始问：“为什么爸爸不去外婆家？”

南嘉清和司徒胜己统一口径说：“爸爸工作忙。”

司徒南相信了，直到那一次，听见外婆抹着眼泪和南嘉清说：“要不是他司徒胜己，你也不会几年都不回来，你也别怪你爸不让他进门……”

老人家是后悔了，觉得过去几年不认女儿，错失了亲情，可司徒南是个孩子，哪能听出外婆的语气是妥协的意思？而听头没听尾的她也不知道，她的外婆在最后和她的妈妈说：“下次叫他一起回来。”

司徒南认定爸爸不到外婆家来，是外婆不让，得知外婆不喜欢她爸爸，她坚持要回家。南嘉清则因母亲终于肯接受丈夫了，急于把这个好消息分享给司徒胜己，迫不及待地带着司徒南回家，结果在半路上出了车祸。

能怪谁呢？都是天意吧。司徒胜己始终都不知道，在妻子临终前，岳母已经接受了自己。当然，如果可以重来一次，他宁可岳母永远都不接受自己，只要妻子好好地活着。

生死却由不得任何人选择。

南庭的意识渐渐有些恍惚，她的声音渐渐弱下去：“我多希望，我能去代替妈妈，这样，她就能留下来陪爸爸了……”

如果她再不睡着，桑桎已经进行不下去。

微凉的风，寂静的夜，他吹熄了蜡烛，疾步走出了卧室。

睡不着趴在沙发上，老老实实地注视他，像是连眼睛都不敢眨。

桑桎坐到它身边，摸它的脑袋，低哑着嗓子说：“有好几次，我都忍不住想要告诉盛远时，她经历过什么，她却和我说，那些已经过去的事，不要说得那么沉重……”

睡不着听不懂，只是安安静静地看着他。

桑桎到底还是在沙发上将就了一晚，直到凌晨五点多，确认南庭快醒了才走。然后那么巧地，向来不起早的齐妙由于前一天睡多了，也起了个大早，准备出门去买早餐的她，竟然和桑桎打了个照面。

桑桎怎么都不会想到齐妙是盛远时的表姐，他当然不会和一个房东解释自己为什么在南庭这儿出现，他坦然地点了下头算是打招呼，打开电梯离开。

齐妙在门口怔了片刻，又关门回去了。她坐在客厅的沙发上，抬头看着墙上的时钟：“这个点，不会是刚来，那他，是在南庭那儿待了一晚？”这么一分析，她就有点沉不住气了，几乎是下意识地去拨了盛远时的手机，可似乎又觉得这样太冒失，马上挂断了。

随后，齐妙抓起包出门，半个小时后，她把乔敬则堵床上了。

每次遇到自己想不通，或是解决不了的事情，除了盛远时，乔敬则永远是齐妙的第一选择，可她自己，从未意识到这一点。

睡得迷迷糊糊的乔敬则开门见是她，下意识回头看了下时间，又眯眼看她：“干吗啊这是？捉奸都不用这么早吧。”说着还像煞有介事地要关门，“里头藏人了，不方便，在外面等。”

齐妙才不信，推开他就进来了：“人在哪儿呢？我帮你把把关。”

“把个屁啊。”乔敬则挠了挠睡得乱七八糟的头发，“以为我像你呢，随便抓一个都行。”

齐妙一个抱枕砸过来：“我怎么了我？”

乔敬则挨了一下，一脸大爷相地往沙发上一瘫：“出差好几天想我了吧，我告诉你投怀送抱没用，不给我解释清楚那天晚上那个男人是怎么回事，”大手一挥，“不要你了。”

“你是要上天吧！”齐妙扑上去就是一顿暴打。

乔敬则忍了她会儿，一个翻身就把人压身下了，把她的手控在头顶：“没完没了了是吧？信不信爷现在就把你拿下？”

齐妙要用脚踢他，乔敬则只用一条腿就把她压得动弹不得：“再乱动，就身体力行地告诉你，爷是个男人！”

意识到两人的姿态过于亲密暧昧，齐妙不敢动了：“你起来，我有事和你说。”

“爷不想说事，爷要办事。”乔敬则说着竟然腾出一只手探向她腰间。

齐妙微恼：“乔敬则，你活腻歪了吧？不想让盛远时打死你，赶紧给我滚起来！”

乔敬则在她腰上掐了一把：“我怕他啊？”嘴上这么说，却没再闹下去，然后没有意外地，被起来的齐妙狠捶了几拳。

乔敬则也不生气，还一副“任督二脉被打通”的欠揍样。

齐妙把先前遇见桑桎的事说了，乔敬则把遇见南嘉予那天，和南庭一起吃饭的男人和桑桎对上号了，但他毕竟是男人，不像齐妙那么一惊一乍的：“就算他在南庭那儿待了一晚上怎么了？也许人家有事呢！”

“什么事还要过夜？过夜啊！孤男寡女的，你认为正常吗？”齐妙越想越不对，“我相信南庭的为人，可那个桑桎显然是对她有想法的，什么叫‘不怕贼偷，就怕贼惦记’？我们总得防着点这种心怀不轨的人吧？”

乔敬则一语双关：“光有想法有什么用？还不是几年都没搞定吗？”

“几年？”齐妙瞬间抓住重点了，“看来南庭和老七的事你是知情的啊。”说着就揪住了乔敬则的耳朵，“来，说说。”

乔敬则哎哟着喊疼。

南庭如常上班，这一天团委没有外出宣传的活动，她被应子铭叫到进近管制模拟室。

那是和塔台顶层的指挥大厅截然不同的地方，那里没有一扇窗，谈不上视野，看不到飞机，在那个封闭的空间里，管制员只是通过无线电和雷达管理工作。

应子铭打开机器，为她演示进近管制员的工作状态——

“TY021，报告航向高度。”

语音回应：“航向 140，高度 3000 米保持，TY021。”

“TY021，为了识别，左转航向 110。”

语音复诵：“左转航向 110，TY021。”

“TY021，已经识别，位置从 A 市以北 20 公里，保持现在航向。”

语音回应：“保持现在航向，TY021。”

应子铭继续：“DH723，没有识别，还未到雷达覆盖范围内，恢复自主领航，直飞北京，磁航迹 200，距离 32 公里。”下达模拟指令的空当，他说，“飞机在机场上空至 6000 米之间的空域内，是爬升或下降的阶段，在这个过渡区域，飞机要在这里完成航路空域和机场空域之间的飞行转换，而管制员与机长的通话大概十分钟……”

南庭听到这里才反应过来应子铭是在教她，她马上拿出笔记本，开始记录。

应子铭见她低头在记录，于是继续讲解，其间要是提到一些专业名词和术语，像是磁航迹、近地告警、汇聚、平行飞行，还会像考试一样对南庭说："英文复诵。"

南庭马上回应："Magnetic track（磁航迹），terrain alert（近地告警）……"快速，流畅。

一上午很快过去，离开模拟室前，南庭才鼓起勇气说："师父，我让你失望了。"

应子铭叹了口气："我不会因为你说错一句话，或做错一件事就失望，就像你的工作，我只能教你，不能替你完成一样，我只是希望你明白，在管制工作中，整架航空器上的生命安全胜于任何的个人情感。"

南庭这两天自己也想了很多："从前我以为，管制工作只是我人生最茫然无助时的一份寄托，而我之所以认真严肃地对待这份寄托，是出于对飞行事故的惧怕，直到拿到停岗处罚那一刻我才发现，不知道是从哪一天起，这份寄托和惧怕变成了热爱与敬畏，热爱管制职业，敬畏生命可贵。"她向应子铭鞠了一躬，"师父，我为那天自己对管制工作的亵渎而道歉，希望您能给我改正的机会。"

应子铭当然是要给她机会的，否则他不会带她到这里来，但他希望，自己的徒弟能勇敢地面对和承担自己所犯的错误，而此刻他也很欣慰，欣慰南庭的自省，可他嘴上还是说："能不能重回塔台、什么时候回，要看林主任对你工作的评价了。"

南庭立即保证："我一定好好表现。"

应子铭一挑眉："表现太好，老林不放人，也很麻烦的。"

南庭就笑了。

应子铭却看了下表："盛远时的飞机可是落地了，还不抓紧时间一起去吃午饭？"

盛远时的飞机是直接对接的廊桥，他通过登机口就来到航站楼，正准备往塔台去，程潇就打来电话，本以为是工作的事情，结果却是说南庭，盛远时沉默地听着，脸色越来越沉。

通话结束，盛远时正要转而打给南庭，号码还没拨出去，就感觉身后有人快步追上来，不及回头，已经被人亲昵地搂住了胳膊。

是南庭无疑，她穿着工装，头发在脑后束成马尾，不施粉黛的样子清清爽爽，格外好看。盛远时看看南庭，又看看胳膊上她的手，唇边的笑意蔓延至眼底："这么高的待遇，是知道我旅途不愉快给的安慰奖吗？"

"为什么不愉快？"

"想快点飞，区调不同意。"

"干吗不遵循正常的巡航速度？"

"想早点落地见到你。"

南庭抱着他的手臂，抿嘴笑。

盛远时特别享受她的依赖与羞涩，可令他不解的是："不会是做了什么对不起我的事，才来撒娇的吧？"

自从两人和好以来，除非他在波道中宣布所有权，或是主动去塔台自证名分，否则她根本没有接近他的自觉。盛远时都在想，没准哪天两个人在航站楼走个对面，她都会假装不认识自己。

南庭有点不好意思地掐了他一下："我听到一些关于我们的传言，大抵是说我如何死乞白赖地追你，我想既然都尽人皆知了，不如趁机坐实谣言。"

此前，盛远时并不知道那些风言风语，直到程潇在电话里说："不知道是谁把南庭家破产和她曾经追你那段过往给抖搂出来了，现在整个空港都在传，她一个落魄的公主凭着几分姿色攀上了你这个高枝儿。"程潇还在那端笑道，"还有人说，她把你睡了。"

面对如此不堪的流言，她非但未觉得委屈，反而提议以"坐实谣言"的方式化解谣言。

盛远时心下一松，为南庭的勇敢，也有对她的心疼，他笑问："这么就坐实了？"

"那还要怎么样啊？"南庭偏头看他，"请盛总明示。"

盛远时俯身，唇贴着她耳朵："传言里不是还提到了睡没睡的问题？我觉得坐实那个比较有说服力。"

南庭闻言瞬间脸红："我……还没有答应你呢，说那个，太早了。"

"通过我的观察，我判断你的心已经答应了。"盛远时扣住她的手，把她拉向自己，旁若无人地抱住，"不用矜持，我喜欢勇敢的你。"

在此之前，南庭内心深处并不希望两个人的关系为众人所知，倒不是配不配得起的问题，而是长大了，清楚光有爱是不够的，两个人要长久地在一起，需要共同面对很多事情。她也会控制不住地想，就算盛远时是喜欢她的，也不代表盛家的家长会接受她，毕竟，她的家庭在外人看来，是破碎不堪的，甚至南庭自己，都不知道该怎么去和她七哥讲。

此刻，面对盛远时外露的情感，南庭也暂时放下了那些顾忌，只想拥抱自己喜欢了六年的男人，让他知道，对于喜欢他这件事，她比从前更勇敢。

南庭伸出胳膊，紧紧地回抱他。

盛远时心满意足地吻她侧脸一下。

南庭不抬头也能感觉到周围路过的人投过来的目光，但在航站楼里就是有这样的好处，太多的人都以拥抱表达离别的不舍，或是重聚的欣喜，所以，别说是拥抱，就算是接吻，也不足为奇。可身为这一方天地的工作人员，遇见熟人的概率太高，南庭把脸埋在盛远时颈窝里，低声地转移话题："人家都饿了。"

"其实我也饿了。"盛远时松开了她，无限暧昧地补充，"不仅仅是胃。"

南庭反应过来，转身就走，然后听见身后的男人语带笑意地说："那边没有餐厅。"

两人下午都有工作，在二楼随便选了家店解决午饭。等菜的空当，盛远时看着她说："要不是程潇告诉我，我还不知道这几天你被流言中伤。"

南庭也不确定程潇听去了多少，但凭盛远时的反应，她判断出他们不如自己听到的多："也不都是流言，至少那些说我家破产、说我改名换姓、说我追你的话都是真的。只不过，有些人没吃到葡萄说葡萄酸，有点添油加醋而已。"她看着盛远时轮廓硬朗的五官，笑嘻嘻的，"说到底，是女人的战争。”

她先被停岗，后又被这些流言蜚语中伤，换作别人，怕是要找男朋友哭诉的，她却还有心情和他开玩笑，说什么坐实谣言，除了用行动告诉他，她承受得了，更是为了安抚他，怕他发作。

盛远时却不接受她的善解人意：“我不会乱猜，我会去查，如果证明和那个林小姐无关，停岗的责任我就不追究，否则，”他给南庭倒了杯水，“你就别管了。”

南庭其实并不在意那些半真半假的传言是不是出自林如玉之口，因为无论是谁，对她而言都一样：“塔台的师兄们都和我说，要是让他们知道是谁在中伤我，一定会替我出气。你看，认识我的人都相信，那些是谣言。至于那些我不认识的、误解我的人，我在乎他们是谁啊？所以我认为，最好的回应，就是不理。”

盛远时却不认同：“善良没错，但善良也该有锋芒。这世上，总有一些人，拿他人的善良作为武器攻击他人，你不给他点颜色看看，他永远不懂得收敛。南庭，思想精神、人格个性，和‘身体发肤，受之父母’一样，都不能轻易被人毁伤。”

他说得那么有道理，南庭哪辩得过：“行，你说怎么办就怎么办，好吗，盛总？”

盛远时有些负气似的说：“我不喜欢这么忍气吞声的你。”

这话听在南庭耳里，隐隐有些甜蜜，她带着几分试探意味问：“那你喜欢什么样的我？”

服务员恰好来上菜，南庭以为他不会回答自己了，结果那位盛总当着服务员的面说：“我喜欢爱作的你、任性的你，还有喜欢我的你。”

服务员的微笑中，南庭脸红了。

一位身穿空乘制服的女子在这时来打招呼：“盛总。”

盛远时眼底的笑意犹在：“刚从航线上下来？”

“是的。”然后笑着向南庭点了点头，才又对盛远时说，“不打扰您和女朋友吃饭了，我先走了，盛总再见。”

等那位空乘走远，南庭略显无奈地说：“这回是真的坐实谣言了。”

盛远时抬眸看她，恍然大悟似的说：“幸好刚才抱你的地方是南程服务台前，要不你这反悔了，我还拿你没撤呢。”

南庭探身向楼下看，此刻，南程服务台前的几位工作人员都在仰头往他们的方向看，见她转过头来，他们立即扭过身去，假装工作的样子。好吧，明明是她提议坐实谣言的，结果竟然被盛总……这个套路，她给满分。

午餐的氛围太好，导致南庭整个下午都精神百倍，连应子铭都感应到她的好心情，临近下班时感慨似的说：“恋爱真是件好事啊。”

南庭才意识到自己的情绪，外露得太过明显了。

指挥中心有事，盛远时走晚了，等他疾步从楼上下来，准备开车去塔台接南庭时，就看见他的女孩，安安静静地坐在一楼大厅的休息区，低头在翻笔记，周身被透过玻璃投射进来的天光笼罩。

这个瞬间，莫名地温暖了整个心房。

盛远时放轻脚步走过去，俯身问：“看什么呢，这么入迷？”

南庭抬眸笑：“你忙完啦？”

盛远时接过她的笔记本翻了翻：“去进近管制室了？”

南庭高高兴兴地答：“今天一天都在进近模拟室，师父带我去的。”

“看来是因祸得福了。”盛远时说着，牵起她的手往外走。

晚饭依然是二人世界，不需要盛远时亲自下厨，也没有睡不着在旁边虎视眈眈，他们在一家环境优雅的餐厅边吃边聊，盛远时听南庭讲在空管学院上学时的事，也会带着几分醋意地问一句：“学校有人追你吗？”

“应该没有吧，没注意啊，那个时候，我一门心思就是学习，”她偏头看着他，“还有想你。”

此刻她笑得心无城府，漂亮的眼睛清澈如婴儿，盛远时忍不住就倾身吻了一下她。

头顶晕黄温暖的灯光，窗外偶尔路过的行人，以及餐厅里悠扬的乐声，在那一刻都成了背景。

九点多的时候，盛远时送南庭回家，齐妙听见声响出来。

盛远时明显感觉到了她的急切："有事？"

齐妙想到乔敬则的嘱咐，忍了忍："没有，听见你来了，出来看看。"

盛远时看她一眼："我才从电梯里出来，好像没发出什么声音吧，你怎么听见的？"

齐妙瞪他一眼，话里有话："我就不信这个时间，还能是别的男人送南庭回来？"

盛远时一挑眉："这倒是。"

齐妙眼尖地发现他手里拎着两个甜品袋子："有我的吗？"

"没有，都是给我女朋友的。"说着就要递给南庭。

南庭打他手一下，递了其中一个袋子给齐妙："他说不能让我们两个小女子因为一份甜品打起来，所以一人一份。"

齐妙接过来："算你们俩有良心，还知道撒点狗粮给我充饥。"

"有乔敬则，你饿不死。"见齐妙作势要打人，他警告似的啧一声，"别一言不合就动手，没什么事我可走了。"然后转脸对南庭说："我就不进去了，免得有反应。"

明白他是指睡不着，南庭点头。

盛远时都进电梯了，又出来说："明天要是不外出，中午到南程休息室来，餐饮中心搞了个试菜的活动，来尝尝。"

南庭答应下来。等他走了，齐妙还在门口站着，她边开门边说："来坐会儿吗，妙姐？"

当然是要了。

进门后，南庭烧水泡了两杯茉莉花茶，端过来时，齐妙正在拆甜品的包装，于是，两个人就一起坐在沙发上喝茶、吃蛋糕。

齐妙却有点食不知味，索性喂起了睡不着。

南庭把睡不着叫到自己身边来："太胖会导致它心脏不好的。"

齐妙实在憋不住了："你身体有什么不舒服吗？"

"我不舒服？"南庭一怔，首先想到的是：自己不眠的病症被发现了？可转念一想，又觉得不可能，她否认，"没有啊，我挺好的。"

齐妙却感觉到她那瞬间的迟疑，她断定："你肯定是身体出了问题。南庭，你如果不和我说实话，我一定会告诉老七的。"

她太笃定，还搬出了盛远时，南庭心里是有些慌的，但她还试图稳住齐妙："我真的没事，就算你告诉七哥，我也是一样的说辞。"

齐妙就把手机拿出来了："老七应该还没走远。"

南庭按住她的手："我真的没事。"

齐妙脱口而出："那为什么桑桎在你这儿待了一整夜？"

南庭自然不知道桑桎凌晨走时遇见了齐妙，此刻齐妙突然发问，她有些措手不及，却也明白为什么刚刚见到盛远时时，齐妙欲言又止。

如果被盛远时知道桑桎在她这儿待了一整夜，必然是会不高兴的，毕竟，这和一起吃个饭、值个班的性质是截然不同的，换作别的女人和他整夜待在一起，南庭心里也会不舒服。即便不会因此分手，也可能无法避免一场争执。而齐妙是盛远时的姐姐，不可能看见了当没看见。她这一问，是替盛远时问的。

南庭必然要给齐妙一个解释，而她不能说谎，谎言一旦被揭穿，会引起更大的误会，到时候浑身是嘴都解释不清，于是承认："是我的身体出了问题。"

齐妙才放下手机："我记得你说过，他是心理学家、精神科主任，那么你是……"

是哪里出了问题呢？南庭怕齐妙联想到抑郁症，她赶紧说："或许是精神方面的问题导致……"她终是有所保留，把"不眠"说成了"我失眠"。

"失眠？"这在齐妙看来，好像不算什么病，"只是这样？"

"由于是长期性的，我担心对健康和工作有影响，正在接受他的催眠疗法。”

“催眠疗法？”齐妙感觉新鲜，“所以他昨晚是在帮你做催眠？他没有趁机对你……怎么样吧？”

“老桑不是那样的人，我们之间，也绝对没有超越朋友界限的关系，妙姐，你别瞎想。”南庭简明扼要地说了被停岗的事，她把自己失眠症状加剧归咎于近期心理压力大，“老桑只是希望通过提高我的睡眠质量，缓解我的心理压力。”

这是个非常合理的解释，齐妙被说服了，她先把林如玉骂了个狗血淋头，后又迁怒了盛远时和乔敬则：“这个老七也是，都不知道和乔叔打个招呼吗？还有那个乔敬则，都不关注一下吗？”最后才说，“你不想老七担心的心情我可以理解，但凭你们的关系，你有任何的不舒服，无论是身体上的，还是心理上的，都应该让他知道，否则因此造成误会，得不偿失。”

道理南庭是懂的，就在刚刚，当她知道桑桎又守了自己一夜，还被齐妙撞见他从自己家里出去，南庭忽然就在想，后续的治疗怕是瞒不了盛远时了，像今晚一样，一旦他没有飞行任务，或者她不值夜班，约会会是他们恋爱的常态，而治疗会持续一段时间，还需要固定的频率，这样的话，要在盛远时面前做到滴水不漏，几乎是不可能的。

与其遮遮掩掩，被他发现后产生误会，不如早早坦白，只是，他能接受自己是个不眠人的事实吗？如果他追问，是什么原因导致了不眠，要如何回答？

南庭心里是为难的，嘴上则说：“妙姐，让我自己和七哥说可以吗？”

齐妙哪里会想到什么不眠啊，意外什么的，从乔敬则那边听说了南庭和盛远时分开过五年，而她家又破产了，现在除了小姨，没有任何亲人，齐妙对南庭更多了几分心疼：“你和老七走到这一步不容易，五年，南庭，不是妙姐危言耸听，这么长的时间别说是谈一场恋爱，结婚、离婚再结婚都够了。可他这些年，身边连一个女人都没有，如果说他不爱你，我是打死都不信的，可他那个人嘴硬，不会轻易把爱说出口，你认识他那么久，应该了解他。”

这是一个姐姐在替弟弟说话呢。南庭也听出来，齐妙对于她和盛远时那一段过去，是知情的：“当年是我不好，我太任性了，七哥能不计前嫌地原谅我，我们还能在一起，对我来说就像奇迹。有的时候我真的害怕，怕一觉醒来，什么都没了。他的原谅、他的爱，都是我想象出来的，是我的幻觉。”

齐妙掐掐她的脸：“别犯傻了，他没抱过你、亲过你？那么真实的感觉，幻想得出来吗？”

南庭听得笑了，又有点不好意思：“妙姐！”

齐妙无所谓地一耸肩，一副过来人的语气：“妙姐虽然没谈过恋爱，没什么经验可分享给你，但情侣间的分分合合还是见过很多的，像你们这种能走回原点的不多，绝大多数散了就散了。”

齐妙和盛远时同岁，其实已经是适婚的年龄了，可她不仅是单身，还没有谈过恋爱？南庭略有点好奇：“你和敬则哥……”

齐妙瞬间打断她：“我们只是姐弟，姐弟而已，你不要瞎想。”

可南庭又不瞎：“我看敬则哥很喜欢你。”

齐妙死不承认：“老七也很喜欢我。”

南庭无奈：“不是姐弟亲情的喜欢。”

“可我对他就是姐弟亲情。”看出来南庭在猜测她拒绝姐弟恋，齐妙索性坦白，“我不是拒绝乔敬则，我是拒绝谈恋爱。”

拒绝谈恋爱？还有这种操作？南庭有点傻眼：“你不会和我小姨一样是独身主义者吧？”

齐妙纠结了半天：“和你说实话吧。”她神秘兮兮地凑到南庭耳边，“我有恐男症。”

“恐男症？”从字面上理解就是恐惧男人？南庭讶然，“可我看你和敬则哥、七哥都相处得挺好的啊。”

齐妙打了她一下：“你小声点。”

南庭看了看房间里的第三者——睡不着，特别小声地说："它听不懂的。"

齐妙看看歪着小脑袋盯着南庭和自己的睡不着，憋不住笑了："我这个恐男症呢，主要表现在……"

于是，在齐妙发现南庭失眠的同时，南庭也获知了齐妙一个连盛远时都没发现的小秘密，针对这种对男性或男性气质有所恐惧的莫名其妙的病，南庭首先想到了："我帮你问问老桑，这种心理疾病怎么治。"

齐妙眯着眼睛想了想："那你先别和他说是我。"

南庭笑了："行，但说好了，我失眠这件事，我自己和七哥说。"

"量你也不敢背着老七和那个姓桑的搞出点什么。不过，我这怎么像是在给你和那位创造独处的机会啊？要不你还是别问了，我这样也挺好的……"被南庭轻轻地推了一下，她笑了，"好了好了，我开玩笑的，尊重你。"就这样相信了南庭失眠的说辞，临走时还不忘体贴地建议，"喝点红酒，有助睡眠。"

当天晚上，南庭就给桑桎发微信问："你听说过恐男症吗？"

桑桎回复："还有恐女症，一种特异形式的社交恐惧症。"

"特异形式？社交恐惧症？"南庭咀嚼着这几个字的含义，"我能理解为见到男人就害羞吗？"

桑桎直接把电话打了过来："我发现你最近问题有点多，还比较偏。"

南庭一笑："我都不知道现代社会怪病这么多。"

"医学高度发达，疾病也是层出不穷。"桑桎回答她上一个问题，"你所说的害羞脸红，是比较容易表现出来的，属于浅层心理，还有深层的。这种社交恐惧症不分年龄大小，看似是一个心理形式，但却会影响生理功能。"

就知道在他这里能得到答案，比百度还全面准确："看来还挺严重。"

"那倒未必，还要看患者的病症表现有哪些，有的可能只需要心理疏导。"桑桎突然想到什么，有点诧异地问，"不会是你那个房东吧？"

这人也太神了吧，她还什么都没问呢。想到答应了齐妙暂时帮她保密，南庭否认：“不是她。”

“要是你问我恐女症，我就没方向了，毕竟塔台基本都是男同志。恐男的话，”桑桎笑了笑，“你身边的女性朋友不多。”意思是，你就承认吧。

“真不是她，是我们……”南庭实在不善于撒谎，她随口说，“是我在航空公司的一个朋友。”而她在航空公司的女朋友，好像只有程潇，南庭在心里默默地向程潇道了个歉。

桑桎心知肚明似的笑了笑：“有需要的话，让她找我。”

南庭下意识地问：“你不是不给人做心理疏导吗？”

谁让是你问我的呢。桑桎说：“病例特殊的话，可以考虑。”

南庭不疑有他，向他确认：“你昨天又守了我一夜？”

桑桎也不否认：“你情绪不太稳定，我不放心。”

“早上走的时候遇见妙姐了，我是说我房东。”

“怎么了？”

“她是，”南庭一顿，“盛远时的表姐。”

南庭现在租的房子……想到是自己帮她找的房源，桑桎有种送羊入虎口的挫败感。他哑了半天，开口却是说：“盛远时误会了？需要我去解释吗？”

“不用了，我想找个机会告诉他，我的病。”

“睡不着的问题？”

“嗯。”

桑桎沉默。

“有什么问题吗？”

桑桎站在落地窗前，注视着满城灯火：“瞒着他，你会有一定的心理压力；告诉他，他的反应可能会造成你新的心理负担。我不太确定，这二者之间哪一个选择对你是最好的。”

南庭担心的却不是自己，她原本的顾虑，除了不愿提及当年那场意外，更怕给盛远时的心理和情绪带去负面影响。在南庭看来，责任机长的心情是会影响到民航安全的。而现下，身为她主治医生的桑桎似乎并不希望她把病情透露给别人，她又犹豫了。虽然桑桎最后也说：“我尊重你的选择。”南庭还是退回了原点。

次日上午，南庭随应子铭进了进近管制室，这一次，是真的进近管制室，不是模拟室。在那个和模拟室基本相同的封闭管制室里，她目睹了一个进近管制班组从区调手中接过一架有特情的飞机后，有条不紊地协调所有区域内的其他飞机改变现有姿态为其让路，在三分钟之内与塔台接力指挥，引导其平安着陆。

飞机落地后，管制室陷入异常的沉默，除了必要的指令还在陆续发出，没有一个人说一句闲话，包括在场的应子铭，神色也是凝重的。这样略显诡异的安静持续了将近五分钟，直到电话响起，几位管制员才把目光投过来，却没有一个人主动接听，甚至管制主任都有些迟疑。

最后还是南庭在应子铭的示意下拿起了话筒：“你好，G 市进近管制室。”听见那边说了一句话后，她如释重负地笑了，并伸手按下免提，于是，整个进近管制室都听见那边高兴地通报：“中南 1255 的机长刚刚打来电话，说那位有大出血前兆的孕妇抢救及时，已经脱离生命危险，母子平安。”

当“母子平安”四个字在空气中扩散开来，南庭眼眶一热，进近管制室更是瞬间响起了欢呼声。原来，先前管制室那段时间的寂静是在等待，等待期待中的好消息。然而，每一个管制员心里又无比明白，即便他们争分夺秒，也未必能挽救每一个濒临死亡的生命，他们害怕生命的逝去，哪怕那生命与自己毫无关系。

走出管制室后，南庭给程潇打电话，她由衷地说：“你真棒。”

作为中南 1255 次航班责任机长的程潇，也得意地说：“我也这么觉得。”然后就绷不住笑了，“你是不知道，我听说那个孕妇要生了，第一念头是，就算生在飞机上也不至于有生命危险，结果乘务长竟然告诉我，孕妇有大出血的前兆，简直是惊魂一刻。等有机会，让盛远时带你体会一下急降5000米的刺激，估计你这辈子都不想飞了……”

盛远时的声音在这时“乱入”，南庭听见他略显不耐烦地说：“能不能抓点紧？不知道你爷们儿在办公室等吗？”显然是在催促程潇，语气还有点大男子主义的感觉。南庭赶紧说：“你快去吧，顾总肯定担心了。”

程潇却没回应她，而是没好气地对盛远时说：“你是不想你老婆等吧？”

手机就易主了，盛远时低沉的嗓音传过来：“南庭？”

南庭温柔地回应：“是我。”想到中南的飞机刚刚遭遇了特情，她说，“一会儿你还去航站楼吗？”如果他不去，管他是什么试菜活动，她才不想去呢。

盛远时就笑了：“不去的话，干吗把大BOSS叫来善后？”

南庭失笑：“那我过去找你。”

盛远时抬腕看表：“我十分钟后到。”

能把一个试菜活动办成一个小型的自助餐会，招待当天出发或到达的中南及南程尊贵的会员，顺便解决了值机、地勤等一众员工的午餐，南庭佩服餐饮中心能提出这样一个策划案。她站在距离南程贵宾休息室不远处，看着旅客和工作人员进进出出，没有急着过去，直到看见盛远时从外面进来，张望着寻找她，才要上前。

一道男声在这时不太确定地喊道：“司徒？”

这声音……南庭循声转头，就看见身穿飞行员制服的Benson一脸难以置信地看着自己。

南庭都以为自己眼花了，她惊讶得说不出话。

Benson确认是她，激动地跑过来，边拥抱她边说：“我竟然还能活着看见你。”

久别重逢，南庭的鼻子已经在泛酸，可Benson的中文却让她笑了：“你的中文怎么一点进步都没有？”

Benson顿觉那个爱和他开玩笑，爱向他打听师父喜好的小姑娘回来了，他也是高兴得热泪盈眶，声音里居然还带了几分哭腔："除了你，没人愿意好好教我中文。他们都说，作为一个老外，我中文够好了。师父也说，让我平时多说英文，以便提升其他同事的英语水平。简直是抹杀我有一半身体属于中国的事实。"

那么高大的一个外国男人，此刻委屈得像个孩子，南庭都快笑出眼泪了，她用力地回抱了一下这位老朋友："你师父肯定是为了给公司省培训费。"注意到他肩膀上那醒目的四道杠，她满脸笑意地说，"恭喜升机长了。"

"我遇到了一位好师父，虽然他脾气臭点，但相比其他公司那些动不动就骂人的教员，还是很可爱的。所以，我像喜欢你一样喜欢他。"这位中法混血的Benson机长越说越兴奋，就要用法式贴面礼庆祝与南庭的重逢。

这种场面，盛远时就不能视而不见了，行至近前的他伸手把南庭拉到自己身边："抱一下可以了，别没完没了。"

南庭嗔怪地看他一眼。

见两人亲昵地站在一起，Benson像是发现了什么大秘密，有些不高兴地说："原来您早就找到司徒了，都不告诉我，真不够哥们儿。"

盛远时纠正道："我不是你哥们儿，是你师父，这是辈分问题，不要混淆。"

"不是差不多吗？都是关系很好的人。"Benson皱眉，"难道是程潇骗我？"他说着看向南庭："司徒你说，我听你的。"

不等南庭说话，盛远时拿起她的工作证给Benson看："南庭，塔台管制员。"

Benson捏着工作证前后看了看，不解："管制员？啊，我想起来了，南程首航那天，我就听波道中的声音像你。只是，司徒你什么时候改名字了？难怪师父找不到你。"

这是Benson第二次提到盛远时找她，南庭偏头看他，眼里的情绪喷薄欲出，像是在问，你找过我？你为什么从来都没说你找过我？

盛远时却只是对 Benson 说：“有机会再告诉你。”像是一语双关。

南庭忍了忍，没多问。

Benson 是来试菜的，他询问盛远时：“我带司……南庭南庭，我带南庭去吃东西？”说着朝南庭眨眼：“听说有又大又甜的玉米。”

记起他对玉米的偏爱，南庭调侃道：“那么大一根玉米，不吃它好像都会生气。”

Benson 笑得露出了一口整齐的白牙。

见两人依然像从前那样合拍，盛远时意识到，相比自己这个男朋友，小老外明显成了南庭的“新欢”。好吧，看在他们也是久别重逢的分儿上，他大手一挥：“去吧。”

南庭倒没忘了他：“你不和我们一起吗？”

Benson 替他回答：“等会儿何经理过来，肯定要和师父商量菜品的事。”然后附在南庭耳边，小声汇报，“一个像你一样，喜欢我师父的女人。”

南庭当然不会随便吃醋，她微笑地说：“那我去了。”

盛远时旁若无人地摸摸她的脸，放人。

南庭几乎是被Benson拉着手拽进去的，盛远时看得直皱眉。只是，算了，男人要有胸襟，但还是有种扎心的感觉。

何子妍在这时款款而来，职业套装、细高跟鞋，再配上妆容精致的面孔，美丽、精干。

她含笑对盛远时说：“今天有两道菜是我做的，你一定要尝尝。”语态亲昵，没有像平时在公司时那样公事公办地称呼他“盛总”。

盛远时的心思都在南庭身上，倒也没听出什么，闻言随何子妍进去试菜。

何子妍不疾不缓地介绍着新的菜品，不时夹两样，然后看似无意地递到他嘴边。

盛远时拒绝了她的好意：“我自己来。”

几次过后，何子妍没有再继续，发现盛远时有些分神，她循着他的目光看过去，看见 Benson 身旁的女孩子，有些不确定地说："司徒南？"

盛远时诧异："你认识她？"

"真的是她？"何子妍这才确定，"我还以为认错人了。"

盛远时正准备把南庭叫过来，就听见何子妍似失落又似感慨地说道："她应该和桑桎结婚了吧。"

南庭和桑桎……结婚？这是本年度盛远时听过的，最不好笑的笑话，没有之一。他的脸色沉下来，语气也是冷的："你也认识桑桎？"

何子妍仰脸看他："我不是和你说过有位在中心医院上班的医生朋友吗？"

所以，这个朋友是桑桎；所以，针对他对狗毛过敏这件事，南庭去询问了桑桎，何子妍给他推荐的医生朋友也是桑桎。

桑桎——有那么点无孔不入的意思。

何子妍才反应过来："你也认识桑桎？"

盛远时俨然没了试菜的心情，他放下手中的碟子："算是吧。"

算是？何子妍想了想，这样说明自己和桑桎的关系："我和他是青梅竹马，在没出国前，我以为嫁给他的会是我。"

桑桎的青梅竹马与自己一起共事，他的女朋友南庭又在桑桎身边受其照顾多年。这个关系链真的是，一言难尽。盛远时把目光从远处的南庭身上收回来，他偏头看了何子妍一眼，这一眼，意味深长。

何子妍带着几分惋惜说："很多人都看好我们，说什么郎才女貌、天作之合，我爸还特别迷信地找人合过我们的八字，连八字也显示，我们俩是天造地设的好姻缘。"她端起一杯红酒抿了一口，娓娓道来，"那个时候，真的很喜欢他，觉得和他在一起很舒服、很自在，他从来不会干涉你、左右你，只会给你最理智的分析，让你自己选择。我从小就喜欢厨房，愿意动手做吃的，但全家人都反对我做配餐师，认为没前途，连我爸爸都觉得我给他丢脸了，只有他鼓励我：做自己想做的事。"

从知道有桑桎这个人存在，盛远时没有刻意地去了解过他，但凭南庭对他的态度，盛远时判断，这位桑医生必然是温和、周到、体贴的人。所以，何子妍说的这些，盛远时是相信的，而他庆幸的是何子妍和自己说了这些，换成南庭给予桑桎如此高的评价，盛远时觉得，自己一定会控制不住发火。于是，他竭力压抑住心中的不快，决定先听听何子妍的版本。

其实心里有了答案，但还是问："这么看来，你们在一起是众望所归，那又怎么会分开？"

"除了桑桎，还真的是众望所归。"何子妍笑得有几分苦涩之意，"桑、何、司徒，三家是家世雄厚的 A 市三大家，桑、何两家喜事若成，物流第一家，非桑家莫属，何家也能因此赶超司徒家，位居 A 市第二大家。所以，我和桑桎的订婚宴特别隆重。"

原来是一桩没什么新意的资本联姻，对于结局，盛远时已经没什么期待了，但那个时候的何子妍刚满二十岁，哪里懂得父母是把家族利益摆在了最前面，作为女儿的她，只是牺牲品？她就那样满心欢喜地，为了桑桎，放弃了整座森林。

却还是没能在一起。

何子妍抬眸看向盛远时，自嘲地笑了笑："我被退婚了。"

盛远时沉默。

"桑桎说他不能接受这样的资本联姻，哪怕是以他钟爱的事业为代价。我就在想，既然他反对这样的联姻，为什么不在订婚宴举办前说呢？"何子妍声音平静得像是场外评说一样，"直到我见过司徒南，我才明白，原来他是遇到了真正的爱情，而那些我认为的，他对我的好，不过是……"她自嘲地笑了，"他对待所有人的姿态。"

可桑桎对南庭的好，绝不在这"所有人"之列。这一点，盛远时心里有数。他面上不动声色，眸底却是风云变幻。

何子妍却无意再继续倾诉下去，她耸了耸肩："不该和你说这些，都是过去的事了，我该感谢他的退婚，否则……"我也不会遇见你。但后半句，何子妍没有说，她精致的面孔上重新扬起笑容，"怎么样？给我的新菜打个分吧。”

盛远时连敷衍都懒得，他淡声道：“没胃口，吃什么都食不知味。”然后端起一杯水润了润喉，饶有兴致地问，“既然都能介绍我去找他看病，应该是恢复了邦交，却不知道他结没结婚？”这话明显就是试探的意思了。

作为餐饮中心的经理，何子妍向来都是以成熟稳重的一面示人，此刻，在盛远时面前，她像个孩子似的努努嘴：“未婚夫结婚了，新娘不是我，这么尴尬的关系怎么恢复邦交啊？你不知道，我们女人的心理很奇怪的，明明不喜欢他了，但亲眼看见他对别的女生好，还是会不舒服，所以我回国后，并没有和他联系。只是听我妈说他在中心医院，说万一我有什么事的话，毕竟从小一起长大，可以找他帮忙。”

不喜欢他，看见他对别人好，会不舒服？这是一种怎样的心态，盛远时无法理解。他把视线投向南庭，恰好南庭也正往他的方向看，盛远时于是朝她招手。南庭和 Benson 说了两句话，就朝他走过来，面带笑容的样子似乎并没有认出何子妍是何许人也。

何子妍见到盛远时和南庭的互动，不解：“你也认识司徒南？”

盛远时没马上回答，等南庭行至近前，他缓和了语气问：“菜品怎么样？”

南庭笑眯眯的：“还不错呢，尤其那道蜜汁鳗鱼，味道很棒。”

见南庭视何子妍为陌生人，盛远时说：“那道菜恰好出自何经理之手。”

南庭顺着他的目光看向何子妍。

何子妍笑而不语，似乎是在等她认出自己。

南庭看着何子妍，觉得隐隐有些面熟，可大脑飞速运转，却怎么都想不起来在哪里见过。

何子妍微微一笑：“我对你印象深刻，你却不记得我了？”

“你是……”南庭欲言又止，依然不敢确认。

何子妍秀眉一挑：“我是桑桎的前未婚妻啊。”

“老桑的……”南庭怔住，“何小姐？”

何子妍眉眼弯弯："我出国前夕，听说你和桑桎要订婚了，不知道现在，我是该叫你本名司徒南呢，还是该称呼一声桑太太？"

"桑太太？"南庭看向盛远时，不解的目光中隐有怯意。

盛远时心里已是翻江倒海，尤其那声桑太太，实在刺耳，但他面上依然是一派平静，见南庭似是进行不下去，他适时伸手搂住她的肩膀，替她向何子妍答："何经理误会了，她现在既不叫司徒南，也不是什么桑太太，而是塔台管制员南庭，我女朋友。"

何子妍看看南庭，又看看盛远时："她是你，女朋友？"她沉默了几秒，像是在消化这突如其来的消息，随后歉意地说，"不好意思，看来是我误会了，我还以为司徒……和桑桎都结婚了呢，真是抱歉。"

盛远时始终沉默着，南庭垂着眼跟在他身后，冷静地等着他发火，然而，都到了塔台楼下，他连一句话都没说。南庭走到他面前，仰望他："我和桑桎……"就被手机铃声打断了。

是南嘉予，南庭接起来："小姨，我在塔台，今天不值夜班，去你那儿啊……"她抬眸看了一眼盛远时，才带着些犹豫说，"那我……下了班过去。"

盛远时转身就走。

想必他是在等她下班后的解释，结果她却……南庭如鲠在喉，那声"七哥"怎么都没喊出来。

心里特别难受，却不得不继续工作，南庭尽量不去想中午发生的事，全身心地投入到工作中。下班后，她直奔南程的指挥中心，在一楼遇见了程潇和顾南亭。

顾南亭去开车，把空间留给了两个女孩子，程潇见南庭脸色不太好，问："不会吃个午饭还吵了一架吧？"

"比吵架还严重。"南庭急急地问，"他在吗？"

程潇如实答："下午没见他过来啊。"

“没来？”南庭苦笑，“我这回遇到了宇宙难题。”

程潇无所谓地一笑：“再大的难题也大不过给他制造个情敌，还被他撞见。”

“基本上是这个情况。但这个所谓的情敌，我也不太清楚是怎么出来的。”南庭无奈地叹了口气，“你们餐饮中心的何经理，当着他的面，叫我桑太太，桑桎，我朋友，也是我的主治医生，他还见过，两个人，两看生厌，你懂的。”

“看来，你胆挺大啊！”程潇听得眼睛都亮了，“我本想把你介绍给我老铁咖啡，就是南程的总经理，结果他眼睛一横，我都没敢挑战他的权威，你却……桑太太？”她一副若有所思的样子，“这个桑什么的，不简单。”

“我和老桑真的没什么。”南庭沉沉地叹了口气，“如果我说，我不知道自己怎么就变成了桑太太，你信吗？”

“我信，因为我是你的好朋友。”程潇敛笑，“但如果我是盛远时，我可能不会信。”立场不同，结果也就不一样，信任这种事，没事的时候拿出来说说挺好听的，真有事发生，没几个人能做得到。

南庭急得眼泪都快下来：“我小姨说，整个桑家都在等我过门，问我，让他怎么办？妙姐也问我，为什么老桑会在我家待了整夜？何子妍又问我，是该叫我司徒南，还是称呼我桑太太？我都不知道怎么回答。我确实和老桑来往频繁，在认识你之前，他几乎可以说是我唯一的朋友。我知道七哥不喜欢他，可我现在需要他的帮助，当然，我明白，七哥可以给我一切我想要的，包括医生，但老桑是最了解我病情的人，没有人比他更适合做这件事。程潇，我想做一个健康的人，好好地和七哥在一起……”她背过身去，委屈到进行不下去。

“你病了？”程潇扳正她肩膀，“怎么回事？”

南庭努力把泪意咽回去：“我看上去一切都好，体检报告都显示健康到不行，可我……和你不一样……”她哽咽，“程潇，我能不能不说？”

“好，我们不说了。”程潇抱住她，“老盛不是不讲道理的人，听见别人喊你桑太太，他肯定是生气了，但大不了就是发一通脾气，怪你知情不报，相信我不会更严重了，别怕。”

可盛远时的手机却处于关机状态，程潇拉着南庭上了自家的车。回市区的路上，顾南亭给乔其诺去了电话，问盛远时是否在总公司。

乔其诺说：“下午本来有个飞行会议需要他主持，但他临时打电话让助理取消了。”

程潇于是又打给盛远时的助理，那边回答：“盛总只交代会议改期，没说去哪儿。”

程潇又让助理查了他的行程，确认他最近两天都没有飞行任务。

挂了电话，程潇没好气地问顾南亭：“怎么你们男人也喜欢玩关机、失踪这一套吗？多大的事啊，还要小孩子脾气！”

南庭捏了捏她的手：“你不要迁怒顾总。”

顾南亭也不生气，只打给自己的助理：“查一下盛总有没有替飞？”

程潇不说话了。

南庭则对顾南亭说：“让您见笑了。”

“没事，都是从那个时候过来的。”顾南亭像个老大哥一样，语气温和地劝，“在意才会生气，你不要怪他。”

南庭垂眸：“我是怕他怪我。”

顾南亭一笑：“怪也是因为爱。”

程潇嘟囔：“好像什么都懂似的。”

助理很快回话：“盛总替林机长飞A市了，四点起飞，航班准时的话，一小时后落地。”

顾南亭安慰南庭：“他肯定是有急事，才没来得及事先告诉你，等他落地，会给你打电话的。”

程潇则对南庭说：“你不许先打给他。”

顾南亭笃定地说：“他会先打过来，放心。”